ISTRICI D'ORO
Classici e intramontabili. Salanici

Elisabetta Gnone è nata a Genova e vive sulle colline del Monferrato. È stata direttore responsabile delle riviste femminili e prescolari della Walt Disney, per la quale nel 2001 ha creato la serie di fumetti *W.I.T.C.H.*, destinata ad un successo mondiale.
Nel 2004 ha pubblicato il primo libro della fortunatissima saga di *Fairy Oak*, che ha conquistato il cuore di milioni di giovani lettori nel mondo.
Negli ultimi anni Elisabetta si è dedicata alla scrittura della sua nuova serie *Olga di carta*, un nuovo, delicatissimo mondo in cui, con garbo e ironia, affronta i temi delle fragilità, della vulnerabilità e delle imperfezioni che ci rendono umani.

Collana fondata da Donatella Ziliotto

Progetto grafico e artistico di Elisabetta Gnone
Cover design di Scozzese Design
Fotografie dei paper cut di Mattia Reiniger
Impaginazione e post produzione digitale di Litomilano
In redazione Salani: Viola Cagninelli

UNA PRODUZIONE
BOMBUS

elisabetta@bombusmedia.com
www.facebook.com/ElisabettaGnone.Autrice/
www.instagram.com/elisabettagnone/

ISBN 978-88-3100-254-7

Per informazioni sulle novità
del Gruppo editoriale Mauri Spagnol visita:
www.illibraio.it

Prima edizione: novembre 2015
Nuova edizione Istrici d'oro: marzo 2020

Gruppo editoriale Mauri Spagnol
Milano

www.salani.it

ISTRICI D'ORO

ELISABETTA GNONE

Olga di carta

IL VIAGGIO STRAORDINARIO

PAPER CUT DI LINDA TOIGO

Il Viaggio Straordinario: Olga Papel è una ragazzina esile come un ramoscello e ha una dote speciale: sa raccontare incredibili storie, che dice d'aver vissuto personalmente e in cui può capitare che un tasso sappia parlare, un coniglio faccia il barcaiolo e un orso voglia essere sarto. Vero? Falso? La saggia Tomeo, barbiera del villaggio, sostiene che Olga crei le sue storie intorno ai fantasmi dell'infanzia, intrappolandoli in mondi chiusi perché non facciano più paura. Per questo i racconti di Olga hanno tanto successo: perché sconfiggono mostri che in realtà spaventano tutti, piccoli e grandi. Un giorno, per consolare il suo amico Bruco, dal carattere fragile, Olga decide di raccontargli la storia della bambina di carta che partì dal suo villaggio per andare a chiedere alla maga Ausolia di trasformarla in una bambina normale, di carne e ossa. Il viaggio fu lungo e avventuroso: Olga s'imbatté in un venditore di tracce, prese un passaggio da un ragazzo che viveva a bordo di una mongolfiera e da un altro che attraversava il mare a remi. Più volte rischiò la vita, si perse, ma fu trovata da un circo. E quando infine trovò la maga, solo allora la bambina di carta comprese quante cose fosse riuscita a fare...

Questa è una storia vera.
È la storia di quando l'orso ammaestrato
del signor Giubàt, alla fine, mi ha tagliata in due
e l'Omino a molla mi ha riattaccata con lo scotch.
Lui ha sempre con sé un rotolino di scotch,
perché ogni tanto gli capita di staccarsi
dal fondo della scatola e cadere fuori.
La donna volante
voleva prestarmi uno dei suoi cerotti,
ma io dico che quando ti tagliano in due
ci vuole qualcosa di forte per tenerti insieme.

A madame Tartare
e monsieur Tatin

PROLOGO

Tutti sapevano che Olga amava raccontare bene le sue storie oppure non le raccontava affatto, e quando la giovane Papel attaccava un nuovo racconto, la gente si metteva ad ascoltare. Sarà stata la fame di conoscere per chi non s'era mai mosso dal villaggio; sarà stato il solletico che ogni storia procurava a un angolino della mente, trasformando fatiche e pensieri in sogni e speranze; sarà stato il fascino dell'ignoto e dello straordinario, sta di fatto che, quando Olga Papel cominciava a raccontare, chi era vicino tendeva l'orecchio, le finestre si dischiudevano, le voci nei cortili si acquietavano, volti incuriositi sbucavano da dietro il bucato e chi era in casa usciva, trascinandosi dietro una sedia.

Strano ma vero, quella ragazzina di appena undici anni era uno dei passatempi più graditi del paese e uno degli argomenti che sostava più spesso e più a lungo sulle labbra degli abitanti della contea di Balicò: Olga e le sue incredibili storie, che lei giurava d'aver vissuto personalmente.

"Impossibile!" sostenevano alcuni.

"Magari!" sospiravano altri.

"Da come le racconta non possono che essere vere" pensavano in molti. Liti, perfino zuffe, erano scoppiate per via di quelle storie: chi non credeva che fossero vere non sapeva come dimostrare che fossero false, e chi non credeva che fossero false non riusciva a dimostrare che fossero vere, se non sottolineando la precisione di quei racconti. I dettagli che Olga descriveva, anche i più fantasiosi, erano coerenti col contesto e il momento; i personaggi che diceva d'aver conosciuto, anche quelli più eccentrici, erano credibili; gli eventi che la vedevano protagonista, seppure assai insoliti, per non dire surreali, avevano senso e seguivano una logica.

"Quale bambina può inventare storie con tale astuzia e maestria?" chiedeva chi ci credeva.

"Una bambina che sappia leggere e ripetere a memoria" rispondevano gli scettici.

"Una bambina con molta fantasia" sosteneva il maestro di Olga.

"Una bambina col diavolo in corpo" biascicava la vecchia Cherpia, che il maligno lo vedeva dappertutto.

"Una bambina strana" mormoravano le pettegole.

"Una bambina che dovrebbe venire più spesso in chiesa" predicava il parroco.

"La miglior amica del mondo" sospirava la signora Debrìs, la mamma di Bruco. "Guai se non ci fossero Olga e le sue storie, mio figlio sarebbe perduto".

"Una strega" borbottava Barcabroncio, il barcaiolo, al quale era capitato di ascoltare pezzi di quelle storie mentre traghettava Olga e i suoi amici da una sponda all'altra del fiume, e ne era stato ammaliato.

"Una bambina che ha bisogno di attirare l'attenzione"

diceva la nonna di Olga. "Tutta sua mamma, precisa identica! Per non parlare della sua bisnonna, pace all'anima sua: mia madre vedeva le anime dei defunti dappertutto, e lasciava soldini in ogni angolo affinché i poveri spiriti potessero pagarsi il viaggio per il Paradiso. Per lei tutti i morti erano buoni e meritevoli di sedersi a tavola con l'Altissimo".

"Una bambina che ha scoperto come vincere la paura" diceva infine la saggia Tomeo, che all'animo umano faceva barba e capelli ogni giorno.

"Paura di cosa?" le chiedevano gli altri.

"Dei mostri che mette nelle sue storie e dei quali noi tutti abbiamo paura".

OLGA PAPEL

Olga Papel era una ragazzina esile come un ramoscello, mangiava come un uccellino, faceva respiri brevi e il suo esistere, quasi sempre, produceva pochissimo rumore, se non un leggero fruscio, come la pagina di un libro mossa dal vento. Talvolta era in un posto e subito dopo era in un altro; saltava fuori bagnata zuppa da dove acqua non ce n'era, sporca di sabbia da un bosco innevato, bruciata dal sole in un giorno di pioggia.

Sua nonna diceva che, da quando Olga era nata, le sembrava di vivere con un fantasma: la vedeva uscire e un attimo dopo se la ritrovava in casa, addormentata davanti al fuoco; la sentiva parlare, ma la bambina era fuori, a giocare nei campi; e altri fatti strani che accadevano quando c'era la luna piena.

Nora sorrideva. Aveva capito di aspettare Olga l'istante in cui il semino era stato deposto nel suo ventre.

"Benvenuta" le aveva sussurrato, "spero che starai comoda".

L'aveva amata dal primo momento e nell'ansiosa attesa di conoscerla le aveva parlato sempre; le aveva descritto la casa in cui sarebbe nata, il villaggio al quale sarebbe appartenuta, la campagna in cui sarebbe cresciuta.

E ogni sera le aveva raccontato una storia.

Quando, una tormentata notte d'inverno, un mese prima della data stabilita, Olga era venuta al mondo, Nora aveva esultato, perché la neonata era esattamente come se l'era immaginata: bruna e intelligente.

"Bruna va bene" aveva commentato nonna Almida, "ma intelligente... È nata da mezz'ora, aspetta prima di conoscerla".

"Io la conosco, la conosco da sempre!" aveva risposto Nora.

"Sarà" aveva borbottato la nonna. "Intanto, dalle da mangiare, è sottile come una foglia di mais. E per il nome?"

"Olga" aveva sussurrato la madre baciando la figlia, "un nome cicciotto per il mio foglietto di carta".

E così, senza cambiare nessuna delle sue abitudini, Nora aveva cresciuto la bambina, con l'aiuto non richiesto della nonna e senza un marito.

Il padre di Olga se n'era andato quando la piccola era ancora nella pancia, colpito da un fulmine mentre tornava dalle vigne. E siccome in quello stesso punto, metro più metro meno, era morto il nonno, anch'esso colpito da un fulmine, al villaggio s'era insinuato il sospetto che sulla famiglia Papel aleggiasse la malasorte. La nascita della bambina in una notte fredda e tempestosa, in anticipo di un mese, e il fatto che fosse oltremodo minuta, aggiunsero voci alle voci.

"C'è la possibilità che non viva" si bisbigliava nelle botteghe.

"Ho sentito che è una strana creatura" mormoravano le comari in chiesa e nelle vie.

"Strana come?"

"Strana!"

Nora non ascoltava. Era troppo felice e aveva troppo da fare: da quando suo marito era morto, campi e bestiame erano passati sulle sue spalle. Doveva occuparsi delle vigne, coltivare l'orto, mantenere pulito il bosco di noccioli, tagliare l'erba, badare alle capre, alla scrofa, ai due asinelli, alle oche e alle galline; tenere lontane volpi e faine e allevare Olga.

Le maldicenze erano l'ultimo dei suoi problemi. Olga l'unica gioia. La portava sempre con sé, avvolta in uno scialle, legata sulla schiena. Le spiegava il lavoro della terra, le descriveva gli attrezzi, le svelava i segreti dell'uva buona e della frutta succosa; le raccontava del padre, del nonno, degli zii e degli antenati. E rideva, rideva spesso, nonostante la fatica e le preoccupazioni. E quando Olga fu più grande, madre e figlia ridevano insieme; e alla fine di ogni giornata lasciavano un soldino da qualche parte per un'anima vagabonda: "Senza il loro aiuto non ce l'avremmo fatta, vero, Olga?" diceva mamma Nora tornando verso casa con la zappa sulle spalle.

La domenica andavano a zonzo per la campagna. In estate facevano il bagno alla Pozza Verde, dove l'acqua, a dispetto del nome, era fresca e trasparente. Cercavano nuovi sentieri tracciati dai caprioli e scoprivano angoli segreti, annusavano le erbe aromatiche e mangiavano more e fichi raccolti dagli alberi.

D'inverno si divertivano a riconoscere le orme lasciate nella neve e, se l'anno era rigido, portavano fieno e sale nel bosco per gli animali selvatici; addomesticavano gli scoiattoli regalando loro noci e nocciole, e raccoglievano legna per la stufa. Fu un periodo molto felice.

A sei anni Olga girava per la campagna da sola. Qualche volta nonna Almida le mandava dietro Valdo, il cane al quale era stato insegnato a badare agli animali della fattoria e a Olga. Con lui la bambina si lanciava in lunghe conversazioni. Gli mostrava le tracce dei lupi e dei cinghiali, gli raccontava sogni e pensieri, chiedendogli spesso consiglio, e lo coinvolgeva nelle sue avventure. A sentire Olga, Valdo era un cane dotto e intelligente, dai modi raffinati e di fini sentimenti.

Olga era, a sua volta, una brava bambina: in classe ascoltava, di sera studiava e leggeva i libri che le dava la nonna, più quelli che prendeva di nascosto dalla piccola libreria, tre ripiani stretti, dietro alla porta d'ingresso.

Le piacevano quelli con le copertine color ramarro o rosso melograno, i titoli in rilievo e le lettere d'oro. Se la storia era avvincente la finiva in una notte, per poi tornare in punta di piedi, all'alba, a riporre il libro al suo posto, prima di andare a dormire.

Dormiva e sognava, e talvolta sognava di dormire tra le pagine del libro che aveva appena letto; sentiva la trama morbida della carta e l'odore dell'inchiostro. Era un sogno che non aveva mai raccontato a nessuno, a parte Valdo. Non lo aveva raccontato neppure ai suoi migliori amici, Mimma e Bruco. A loro, però, soprattutto a loro, raccontava le sue storie...

LA BAMBINA DI CARTA

Un freddo giorno d'inverno, nel nevoso villaggio di Montetabà, nacque una bambina di carta.

L'evento eccezionale attirò l'attenzione della gente, ma poiché qualcosa di simile era già avvenuto fra le alte montagne di quella remota regione, ben presto le voci si placarono.

Tutti, infatti, ricordavano le storie del bambino di fango e della bambina di vetro, ogni generazione le aveva tramandate a quella che era venuta dopo, insieme con le favole e le leggende che da secoli si raccontavano nel piccolo villaggio di cielo e di neve.

E così, gli abitanti di Montetabà smisero di stupirsi e tornarono alle loro abitudini quotidiane.

Quando incontravano la bambina di carta con la sua mamma, le salutavano e dicevano le cose che si dicono sempre quando s'incontra un bimbo appena nato; e la accarezzavano, con la punta delle dita, facendo molta attenzione.

Solo si chiedevano, gli abitanti di Montetabà, se anche quella volta sarebbe andata a finire come le volte precedenti. Si domandavano cosa sarebbe successo quando la bambina fosse cresciuta, e qualcuno già si dispiaceva per la povera madre.

Trascorsero dieci anni e una sera, durante la cena, proprio come avevano fatto prima di lei il bambino di fango e la bambina di vetro, la bambina di carta confidò alla madre il desiderio di andare a trovare la maga Ausolia, perché le donasse un aspetto normale e la facesse diventare di carne e ossa, come tutti gli altri.

«Ma tu sei normale!» cercò di convincerla la madre, asciugandosi gli occhi colmi di lacrime.

«No, mamma» rispose Olga. «Io sono diversa, diversa da tutti, e non voglio esserlo più!»

Pur comprendendo il desiderio della figlia, la donna non sopportava l'idea di vederla partire: il viaggio per andare a trovare la maga era lungo e pericoloso; entrambi, il bambino di fango e la bambina di vetro, lo avevano intrapreso anni prima, ma solo uno di loro era tornato, e il suo aspetto non era affatto migliorato, anzi! Il bambino di fango faceva paura, tanto che il villaggio lo aveva scacciato. Escluso dalla propria casa e dai propri affetti, il poverino aveva condotto una vita raminga e solitaria, una vita da bestia confinata nei boschi. Finché di lui non s'era saputo più nulla.

Quando la bambina cominciò a preparare la borsa, la donna abbassò le braccia e tirò un lungo sospiro.

La fanciulla preparò una borsa leggera, con poche cose indispensabili: l'indirizzo di casa, un foglietto con il suo nome, una breve storia delle sue origini, nel caso in cui il viaggio fosse stato tanto lungo da offuscare i ricordi, un taccuino, un ritratto di sua madre, un sacchetto con dieci monetine, un mazzetto di matite colorate legate con un nastro, qualche foglio di carta, una boccetta di colla, delle piccole forbici, un pennellino e la coperta di carta che aveva sul letto, ben ripiegata in quattro.

La madre le confezionò un ombrellino per proteggersi dalla pioggia.

« Mi raccomando, bambina mia, guarda bene dove metti i piedi » le disse stringendola al petto. « Fai attenzione alle pozzanghere e riparati dai temporali e dal vento del Nord! E proteggiti dal fuoco, amore mio infinito ».

Poi, affranta, guardò la figlia allontanarsi.

« Aspettami, mamma. Ti prometto che tornerò! » le disse Olga salutandola

Bruco aveva finalmente smesso di piangere. Seduto sul marciapiede, si asciugò il naso con la manica; il moccio gli aveva bagnato i pantaloni sulle ginocchia.

« Come... come si chiamava quella bambina? » chiese a Olga, ancora scosso dai singhiozzi.

« Olga » gli ricordò lei, « come me ».

« Ah, è vero » fece il ragazzino.

Mimma gli passò una mano sulla testa e gli scompigliò i riccioli giallicci.

« Non devi dare retta a quegli stupidi, hai capito? Se no sei stupido come loro » gli disse. Bruco era stato di nuovo insultato da Grumo Malan e la sua banda. « Ti prendono in giro per farti arrabbiare, non lo capisci? Ripetono sempre le stesse cose. Dovresti piangere per loro, non per te ».

« Piango perché hanno ragione » protestò Bruco. « Si vede che sono un molliccio, sono un verme quattrocchi, un bruco scavamele. Sono tutte le cose che dicono di me. Faccio schifo! »

« Ehilà! Vacci piano con le parole! Qui nessuno fa schifo! Dicono quelle cose perché tu ti arrabbi. Se non te la prendessi non te le direbbero. Guarda Molo: lui mica lo prendono in giro, eppure è un molosso, infatti lo chiamano Molo. La differenza fra te e lui sai qual è? Che lui se ne frega, mentre tu alla prima parola sfrigoli come una scintilla e cominci a piangere. E loro ridono ».

« E fa ridere una persona che piange? »

« A me no. Ma io non sono una stracciabùgnoli come quelli là. Sai cosa dovresti fare, Bruchino? Quando t'insultano, scoppia a ridere, così: Ah! Ah! Ah! Fatti una bella risata. Vedrai che smettono. Oppure imita Olga, che tira diritta per la sua strada. Cosa dovrebbe dire lei? "Olga la strana", "Olga la sogliola", "Olga-conta-micciole"... quante volte lo hai sentito dire a quegli scemi? Ciascuno è fatto a modo proprio, Bruco. Va bene, tu non sarai un dio, sei senza muscoli, hai la pelle color seppia, porti gli occhiali, dici le erre come le ranocchie e hai i capelli arancioni, come certi bruchetti. Però sei... »

« Si chiama rotacismo ».

« Chi? »

« Il difetto della mia pronuncia, si chiama rotacismo » spiegò Bruco. « Dipende dal fatto che non so dove mettere la lingua quando dico le erre così le dico con la gola ».

« E quando dici "ramarro" sembri un trattore » aggiunse Mimma. « Però sei educato, a scuola sei un genio e quando vuoi sai essere molto simpatico. Perciò, come vedi, non sei tanto male. Ora prendi me: sono la più bassa della mia classe, ho i capelli color fango e le gambe secche. Però ho dei meravigliosi occhi azzurri e corro più veloce di molti maschi. E Olga? Be', lei è fantastica, semplicemente fantastica così com'è. Perciò non posso che dirti: fregatene! Fregatene e basta, Bruco! »

« Quaddo sono moto sippatico? » chiese il ragazzino con la fronte abbandonata sulle ginocchia umidicce e le braccia penzoloni; in quella posizione il moccio gli tappava il naso.

« Quando sei molto simpatico? » fece Mimma. « Oh, be', aspetta, quando è stata l'ultima volta...? »

« Non ti biene in bente deanche un edempio. Parli dolo per farbi sbettere di piadgere ».

« No, non è vero! Tu sai essere un simpaticone quando vuoi ».

« E quadd'è che voglio? »

« Quando... quando... quando non sei nervoso ».

« E batta? »

« No, anche quando ti soffi il naso. E quando i tuoi fagioli sbucano da sotto il cotone e tu sei felice; quando a scuola non macchi il foglio con l'inchiostro e perciò non ti disperi. E quando non ci sono quei vigliacchi filibustieri a tirarti per le orecchie ».

« Bilibuttieri è una barola sippatica » obiettò Bruco con il naso sempre più otturato. « Se li chiami codì sidifica che il duo icconscio nudre nei doro coffroddi un'itintiva, e dunque incondapevole, sippatia ».

Mimma sgranò gli occhi.

« Ma quale simpatia? I filibustieri erano predoni! Gentaccia spietata, briganti senza scrupoli. Non nutro nessuna simpatia nei loro confronti. Ce l'hai un fazzoletto? »

« Di, ba cobunque... » Bruco tirò fuori un fazzoletto dalla tasca dei calzoni e diede un'energica soffiata di naso. « Erano anche abilissimi navigatori » continuò poi strofinandosi le narici. « Se sono entrati nella leggenda è per le loro gesta intrepide e il carattere impavido e scaltro, ancor più che per le sanguinose scorribande perpetrate nel Mar delle Antille. Per non dire del loro accattivante modo di vestire ».

« Canaglie va meglio? » domandò Mimma.

« No! Poiché le canaglie, a differenza dei mascalzoni e dei furfanti, che pure sono loro sinonimi, sono simpatiche ».

« Aaah! Sarà forse perché non puntualizzano ogni singola parola? In ogni caso » fece la giovane al limite della pazienza, « se non ti va bene neppure canaglie, allora sono dei... dei... dei super... »

« Sono cattivi, Bruco » disse Olga tendendo una mano all'amico. « Loro sono cattivi e tu sei buono. E i buoni vincono sempre ».

Bruco sollevò il viso: Olga era in piedi davanti al sole. Le afferrò la mano e si tirò su.

« Non ricordo come si chiamava il villaggio sulla montagna » disse spazzandosi il dietro delle braghe.

Olga chinò il capo da un lato e lo guardò stupita.

« Quello dove viveva la bambina di carta ».

« Montetabà ».

« E la maga, invece, dove viveva? » domandò Mimma.

« In un posto molto lontano ».

« E Olga? Non tu, la Olga di carta, è riuscita a trovarla? »

« Mimma! » protestò Bruco. « Lo sai che Olga non racconta così le sue storie. Lei non salta da un argomento all'altro come fai tu. Piantala un po'!»

« Bruco ha ragione » disse Olga, « bisogna che proceda con ordine per non confondere gli eventi; è passato molto tempo da allora, non vorrei fare confusione ».

I tre amici si avviarono verso casa: Bruco tirava ancora su col naso, Mimma camminava con un piede sul marciapiede e l'altro sulla strada, ed entrambi ascoltavano in silenzio.

LA BAITA

La porta della baita era socchiusa. La bambina di carta si avvicinò con cautela.

Era stata felice di scorgere il piccolo tetto rosso dalla cima della collina, perché se c'era un tetto era legittimo pensare che ci fosse anche una casa; e lei era molto stanca. Aveva camminato tutto il giorno e sentiva il bisogno di riposare e, magari, anche di scambiare due parole con qualcuno.

« Ehilà? » chiamò. Qualcosa all'interno della casa rotolò per terra, e si udì un leggero tramestio. « Perdonatemi se vengo a disturbare a quest'ora » gridò Olga agitando una mano davanti allo spiraglio della porta per attirare l'attenzione, « sto cercando un riparo per la notte ».

Nessuno rispose.

'Sta diventando buio, ora accenderanno un lume' pensò la bambina scossa da un brivido.

Attese qualche istante e poiché non succedeva niente decise di salire i tre gradini e dare un'occhiata all'interno. Avrebbe potuto scivolare dentro senza difficoltà: la fessura più sottile era sufficiente per lei, che era di carta e passava sotto le porte come le buste lasciate dal postino.

Però quella casetta, col tetto rosso e una sola finestra, non era la sua casa.

Perciò si accostò e sbirciò dallo spiraglio: la stanza era fresca e dall'oscurità emergevano lugubri ombre grigie. Olga intuì una grossa scrivania, una dispensa, una cesta di legna, un letto. Si sporse per vedere meglio, ma un nuovo tramestio la fece sobbalzare. Questa volta il rumore era più forte e invece di allontanarsi, si avvicinava.

La bambina fece un salto indietro, inciampò nella propria borsa, ruzzolò dai gradini e finì col sedere nell'erba.

A quel punto la porta si aprì e...

« E...? » fece Bruco con gli occhi spalancati.

« E una donnola fuggì fuori, seguita da un'altra che stringeva qualcosa fra i denti. Entrambe passarono accanto alla bambina di carta e si dileguarono ».

« Tu l'hai conosciuta? »

« Chi? »

« La Olga di carta ».

« Sì » disse Olga.

« Di persona? Voglio dire, l'hai toccata, le hai stretto la mano? »

« Le ho stretto la mano ».

« E com'era? »

« Sottile ».
« Certo, era di carta. E hai visto la casetta di legno? »
« Io no ma lei sì, poiché, difatti, entrò ».

Spinse la porta, chiamò ancora una volta, per essere sicura che non ci fosse nessuno, e s'inoltrò nella piccola stanza. Nella dispensa c'erano piatti, bicchieri e tazzine che non vedevano il sapone da un po', e le scatole di cibo mandavano un odore pungente.

Olga si avvicinò alla scrivania e la trovò ingombra di strani strumenti, che lei avrebbe usato volentieri per tirare delle belle righe diritte.

Accanto alla scrivania c'era una cesta, ma non erano ceppi quelli che Olga aveva creduto di vedere da fuori, bensì rotoli di carta. Notò, toccandoli, che l'impasto di cui erano fatti era diverso dal suo: più spesso e più ruvido.

Olga sbadigliò. Era davvero molto stanca. Cercò, con lo sguardo, un posto dove potersi addormentare e vide il letto: era sfatto e pieno di briciole di biscotti. Quindi Olga tornò a guardare i rotoli di carta: li mosse delicatamente, per accertarsi che ci fosse abbastanza spazio e, senza pensarci oltre, si arrotolò su se stessa, balzò nella cesta e si addormentò

IL BOSCO

Bruco sbuffò.

« Uff, siamo già a casa mia » disse alzando gli occhi. « Mamma mi guarda, credo che dovrò entrare. Voi non andate avanti con la storia, capito? Aspettatemi! »

« Sì » lo rassicurò Olga. « Stai tranquillo, aspetterò che siamo di nuovo insieme ».

« Cioè, domani! Avevamo detto che saremmo andati alla Pozza Verde, ricordate? E chi manca, di cacca si ammanta! » disse il ragazzino saltellando verso casa. La signora Debrìs fece ciao alle ragazze dalla finestra della cucina.

« Ci vediamo domani qui alle dieci! » gridò Bruco sparendo dietro la porta.

« Non imparerà mai » sospirò Mimma. « Pensa se una volta reagisse. Quella carogna di Grumo Malan gli dice "Ehi, caccola!" e lui… *Bang!* gli tira un pugno ».

« Bruco? »

« Bruco ».

« Non credo che succederà mai ».

« No, infatti. Però è bello immaginarlo. Vai a casa? Ti accompagno per un pezzo ».

Le due amiche si avviarono per la strada che portava fuori dal villaggio, verso il bosco ceduo e la piccola valle dove viveva la famiglia Papel, al di là del fiume.

Ogni tanto Olga si distraeva dai discorsi di Mimma per ascoltare qualcosa che sentiva solo lei: un rumore oppure la sensazione di un rumore.

Mimma non ci badava. Olga era fatta così, i suoi sensi coglievano odori, suoni e movimenti che solo le lepri e le volpi percepivano. Starle dietro era impossibile. Perciò in quei casi era meglio ignorarla e continuare a fare quel che si stava facendo. Se ci fosse stato un pericolo, Olga per prima avrebbe dato l'allarme, e se ci fosse stato un cervo, lo avrebbe indicato, avvicinando un dito alle labbra per dire di fare silenzio.

Dove cominciava il bosco le due ragazzine si salutarono.

« Ci vediamo domani, alle dieci » disse Olga.

« Va bene » rispose Mimma. « Non hai paura di proseguire da sola? »

« No ».

« Beata te. Io al tuo posto morirei, soprattutto ora che diventa buio. Corri, va'! A domani! »

Mimma guardò l'amica inoltrarsi fra le ombre nere degli alberi e di colpo si ricordò del losco figuro che abitava nel bosco.

« Porta i miei saluti a Barcabroncio! » gridò.

Barcabroncio era il soprannome di Tincredo Cod, il barcaiolo lugubre e smunto che viveva sul fiume, in una baracca precaria di tavole marce che neppure un castoro l'avrebbe voluta.

Era un tipo tetro ed emaciato, con la pelle color topo,

il naso secco, due unghi denti da roditore, gli occhi infossati e lo sguardo torvo. Una "lapide" con un orribile carattere.

Olga doveva ricorrere a lui e alla sua zattera per arrivare a casa: il fiume tagliava la valle in due e non c'erano ponti.

Da undici anni trascorrevano insieme quasi un'ora al giorno – la traversata durava dieci minuti che moltiplicati per le volte che Olga prendeva la zattera facevano più o meno un'ora – eppure non erano mai diventati amici.

« Corri! » gridò Mimma dal margine del bosco.

Olga si mise a correre e, solo quando fu certa d'essere sola, l'unica creatura umana fra tanti alberi, si fermò e si guardò attorno: pioppi, aceri, castani, frassini, robinie, salici, da quando era nata ombreggiavano quel lato della collina.

Olga li conosceva da sempre, come poteva averne paura? Di minuto in minuto cambiavano colore al regno sottostante: blu incantamento, verde meraviglia, rosso prodigio, oro... Era un mondo magico, da cui aveva ricevuto moltissimi doni.

Sospirò melanconica. Quegli alberi presto sarebbero stati tagliati a pochi centimetri da terra.

Con il tempo, i ceppi avrebbero mandato nuovi rami, che negli anni avrebbero creato un altro bosco. Ma, intanto, come sarebbe stato vivere senza di loro? Dove sarebbero andate le creature che, di giorno e di notte, rendevano vivo e operoso quell'angolo di mondo? Sarebbero fuggite? Olga immaginò di vedere arrivare gli uomini con le seghe e le accette; le sembrò di udire i colpi sordi contro le cortecce, gli scricchiolii dei tronchi che cedono e i rami che si spezzano. Gli alberi ormai vinti che precipitano con tonfi assordanti. Il sole che invade la radura. Raggi di luce ardente che trafiggono il muschio ombroso e il fungo umidino. Asciugano, bruciano, svelano.

Una lunga colonna di insetti, ragni, farfalle, vermi, porcospini, ghiri, scoiattoli, donnole, bruchi, faine, lumache, cervi, lepri, conigli, abbandona la casa. Senza tetto né pareti, il bosco non può più proteggerli. A quel pensiero, Olga si sentì profondamente triste.

Cosa poteva fare? Le stufe avevano bisogno di legna per scaldare le case. Gli inverni erano rigidi a Balicò, la neve cadeva a dicembre e restava fino a marzo. A correre ci si scaldava, ma non si poteva correre tutto il giorno e tutta la notte. Nonna Almida non avrebbe mai accettato questa come soluzione per non abbattere il bosco ceduo.

Distesa su un tappeto di foglie, Olga osservò la volta iridescente sopra di lei: gli uccellini riparavano fra i rami, ed echeggiavano i primi richiami dei rapaci notturni. Le fronde vibravano alla brezza della sera: "Sssh, sssh, è buio, andate a dormire" sembravano mormorare. Stava addormentandosi anche Olga, con i picchi e i rigogoli, ma qualcosa attirò la sua attenzione, qualcosa che non aveva visto prima: una liana, un tralcio d'edera che doveva essere sfuggito alla roncola del boscaiolo. Pendeva dai rami alti di un pioppo fino a toccare terra.

La bambina si alzò e gli andò vicino; lo afferrò e provò a tirare: era forte e ben legato, così cominciò ad arrampicarsi. Salì, sempre più su, finché sparì tra le foglie. Le avventure sugli alberi erano sempre state fra le sue preferite.

LA STREGA

Quella notte, nel suo letto, Olga sognò la signora Bramic. "Cherpia la strega" la chiamavano i ragazzi. Da lei avevano imparato tutte le parolacce e le boccacce che conoscevano. A Olga faceva paura. Per fortuna la incontrava di rado, perché l'arpia non usciva quasi mai di casa. Viveva in un tugurio di pietra e fango, umido e buio, dov'era nata "un milione" d'anni prima. In realtà aveva solo ottant'anni, ma un milione erano quelli che dimostrava.

A causa dell'artrite, camminava piegata in due; per guardare in faccia la gente ribaltava il collo all'indietro con una tale violenza che ci si aspettava che la testa rotolasse via. Era una creatura misera e immonda, che sputava bava, imprecava e malediceva tutti, biascicando e storpiando le parole, perché era pure ignorante e senza denti.

Si reggeva in piedi con un bastone, un nodoso ramo di quercia che in tanti avevano saggiato sulla schiena o sulle gambe, non immaginando che la vecchia zoppa potesse menare sodo e a tradimento.

Nel sogno di Olga, la Bramic rideva con una risata

crudele: "Che bela storiela! Che bela storiela pei stupidi ilusi!" cantava tenendosi la pancia per non scoppiare. Aveva il mento bagnato di saliva.

Olga cercava di non guardarla, ma Cherpia era lì, storpia e spaventosa: "La storiela pei stupidi ilusi finisse male! Male! Male! Male!" canticchiava con voce stridula. "Brutti, shtorti, grasi, macri, non c'han speranza, non c'han speranza! Lunghi, corti, shtrani, tonti: chi ce li vuole? Chi ce li vuole? Tutti nel buco! Tutti nel buco! Nassuno li vuole! Nassuno li vuole! Tutti a..." e giù un'imprecazione.

Incapace di sopportare ancora quella vista, Olga aprì gli occhi e per quella notte decise che non li avrebbe più richiusi.

Si stirò e si mise seduta nel letto: i raggi della luna si allungavano sulle lenzuola bianche.

Il fedele Valdo sollevò il muso per osservare la padrona che andava alla finestra. Olga scostò la tenda e guardò fuori: la pozza dei maiali riverberava i raggi argentei e i prati e le vigne rimandavano fiabesche tonalità d'azzurro. Un gatto cacciava tra i fiori gialli dell'iperico.

« Andiamo » disse la ragazzina al cane, che subito balzò sulle zampe e la seguì giù dalle scale e fuori in cortile.

Olga andò a vedere a chi stava dando la caccia il gatto. In realtà la bestiola sembrava giocare più che cacciare sul serio e, infatti, ben presto spostò la sua attenzione sui piedi nudi della padroncina. Era un giovane micione allegro e spensierato, e un fedele compagno di viaggi.

« Andiamo » disse Olga anche a lui.

Valdo si portò in testa e trotterellando imboccò il sentiero che attraversava il prato selvatico.

Ogni estate i caprioli tracciavano una via nell'erba alta.

« Loro non lo sanno che a noi fa molto comodo, vero, Valdo? È un'ottima scorciatoia per il pioppeto, ci fa guadagnare tempo e possiamo stare fuori di più. Sai, ho fatto un brutto sogno, ma non so se voglio raccontartelo, perché c'era la vecchia Cherpia che... » Valdo si arrestò e con la coda fra le zampe fece per tornare indietro.

« Lo sapevo » sospirò la ragazzina prendendolo per il collare. « Stai tranquillo, la strega non è qui, era nel mio sogno. Per questo non volevo raccontarlo. Fidati di me, è tutto a posto ». Lo baciò sul muso e il cane riprese a camminare fiducioso verso la boscaglia.

« Poiché non posso raccontarti cos'ho sognato, ti confiderò un segreto » proseguì Olga, « non ricordo più il nome del venditore di tracce. Hai ragione, è inspiegabile. Eppure è così. Ricordo la sua barba, la forma del suo naso e anche la macchia che aveva sulla guancia, ma il nome... Che posso dirti? È una pagina bianca. Scuoti la testa? Hai ragione, caro mio. È chiaro che sto invecchiando, presto compirò dodici anni. Gira a destra, Valdo, là in fondo i rovi hanno chiuso la strada ».

IL VENDITORE DI TRACCE

Mentre stava dormendo, Olga si sentì afferrare e sollevare verso l'alto.

« Aiuto! » gridò.

L'uomo che la teneva mollò la presa.

« Chi diavolo sei e cosa ci fai tra le mie mappe? »

« Mi chiamo Olga » rispose la bambina di carta, affrettandosi a raccogliere i pochi averi che erano usciti dalla borsa e si erano sparpagliati sul pavimento. « Non volevo rubare niente. La porta era aperta e sono entrata per riposarmi ».

L'uomo notò che c'erano delle briciole sul letto e delle impronte che non lasciavano dubbi.

« Bestiacce! » brontolò. « Riescono sempre a entrare ».

« Sì, signore! » confermò Olga. « Erano in due, le ho viste ».

« Da dove vieni? »

« Da Montetabà ».

« E dove vai? »

La bambina raccontò le sue intenzioni e lo scopo del suo viaggio.

« Ti servirà una traccia » disse allora l'uomo, prendendo alcuni rotoli dalla cesta e aprendoli sul tavolo.

« Vediamo... da che parte devi andare? »

« Verso ovest » rispose Olga.

« E che sentiero preferiresti fare: quello che attraversa il bosco o quello che sale verso il passo innevato? »

« Quello che attraversa il bosco » rispose la bambina senza pensarci due volte. « Se per lei non è un problema, signor... signor...

« Signor? » intervenne Bruco impaziente.

Olga lo guardò sconsolata.

« Non me lo ricordo » disse scuotendo la testa.

Lei e Bruco erano seduti sopra un masso con i piedi nell'acqua. Si erano trovati alle dieci davanti a casa Debrìs, come d'accordo, e in poco più di mezz'ora di cammino in salita erano arrivati alla Pozza Verde, che in realtà era un laghetto limpido e profondo che il riflesso degli alberi tingeva di verde.

Durante il viaggio Olga s'era guardata spesso alle spalle: un'occhiata fugace, così, girando appena la testa. Mimma e Bruco s'erano voltati anche loro, un paio di volte, poi non vedendo niente avevano ignorato la cosa. Mimma era ansiosa di arrivare: durante l'anno viveva in città; a Balicò ci andava solo d'estate, in vacanza dalla nonna, e in quei giorni voleva sempre andare alla Pozza a giocare con le rane.

« Non ricordi come si chiamava quel signore? » chiese,

mentre in mezzo alle alghe, con le mani a coppetta, provava a catturarne una.

« No » rispose Olga.

« Oh, vabbè, non fa nulla. Vai pure avanti ».

« No, aspetta » disse Bruco, « pensaci bene, vedrai che ti viene in mente ».

« È da ieri che ci penso ».

« Forse ricordi con che lettera cominciava: A? B? C? »

La ragazzina fece segno di no con la testa.

« Arbo? Bencio? Casilio? »

No di nuovo.

« Era un nome che suonava come i nostri oppure era un nome forestiero, con lettere complicate, per esempio acca, cappa...? »

« Oh, ma che importanza ha? » esclamò Mimma esasperata. « Se le verrà in mente ce lo dirà, no?! »

« Errore! I nomi sono importanti » protestò Bruco. « Se un giorno desiderassi far visita al signore gentile che vive in quella casetta, come potrei trovarlo se non conosco il suo nome? »

« Non lo so » biascicò Mimma.

« Chiedi del venditore di tracce » gli disse Olga.

Tutto il giorno, qualche volta anche di notte, se ne andava in giro per valli e montagne, in cerca di nuovi sentieri tracciati dagli animali selvatici, e di quelli vecchi che già conosceva, per sincerarsi che esistessero ancora. Quelli nuovi li segnava su una nuova mappa, quelli vecchi li ripassava con la matita sulle mappe vecchie, e quelli che l'acqua o l'erba alta avevano cancellato, li cancellava anche lui.

Una bellissima attività, che aveva permesso a quel signore di conoscere le abitudini di tutti gli animali di quei luoghi. Sapeva dove andavano a brucare i cervi e i camosci, dove si riparavano quando scoppiava un temporale o arrivavano i lupi, conosceva il posto dove riposavano le volpi e dove i conigli scavavano le tane, sapeva dove gli scoiattoli nascondevano le scorte di cibo e...

« E le donnole sapevano dove l'uomo nascondeva le sue! » esclamò Mimma ridendo. « E mentre lui era fuori sulle loro tracce... »

« Loro entravano a rubargli i biscotti » concluse Bruco.

« Proprio così » confermò Olga.

La bambina di carta pensò che, se l'uomo aveva imparato a conoscere gli animali, loro dovevano aver imparato a conoscere lui, e se le donnole visitavano la sua casa tutti i giorni come fosse stata la loro, dovevano sapere che non correvano rischi, poiché l'uomo non era né pericoloso né vendicativo.

Anzi, probabilmente era perfino gentile, tanto da lasciare i biscotti fuori dalla credenza apposta per quelle ladruncole che andavano a fargli visita.

La bambina scrutò la figura china sulle mappe.

« Lupi e orsi bussano mai alla sua porta? » domandò

avvicinandosi per sentire la risposta. L'uomo annuì. « E non ha paura? Non l'assalgono? Non cercano di mangiarla? »

Lui scosse la testa.

Non c'era altro da dire. Per Olga, una persona accettata dagli animali era qualcuno di cui potersi fidare.

« Tieni » le disse l'uomo, porgendole una mappa. « Fanno cinque soldi ».

« Cinque soldi? » La bambina quasi cadde per terra per la sorpresa. « Non aveva detto che avrei dovuto pagarla! »

« Pensi che dovrei regalartela? Sono un venditore di tracce e con i soldi che guadagno compro questi rotoli e i biscotti per le donnole ».

La bambina sospirò. Aprì la borsa e, senza guardarci dentro, cercò con la mano il sacchetto con i soldi. Fece per tirarlo fuori, ma poi ci ripensò e armeggiando con le fragili dita slegò il laccio e tirò fuori solo la somma dovuta.

« Ecco » disse consegnando a malincuore cinque delle sue dieci monetine.

« Ma sono di carta! » protestò l'uomo.

« Certo » disse Olga.

« Perciò non sono vere ».

« E io, allora? Non sono di carta io? »

« Tu sei una bambina! »

« E secondo lei non sono vera? »

L'uomo si grattò la barba perplesso. Non era a suo agio in quella discussione ed era a corto di risposte.

« Anche la sua mappa è di carta, ma non per questo l'ho rifiutata » aggiunse Olga, « né intendo rubarla: se i miei soldi non vanno bene... tenga, se la riprenda! Seguirò le tracce che troverò e spero mi condurranno verso il bosco ».

L'uomo aprì la mano e guardò le monete: erano state ritagliate da una ricetta di torte alle mandorle.

« Così non va bene! » esclamò sbattendo la mappa sul tavolo. Srotolò il foglio, lo distese e lo piegò in due, poi in quattro, in sei, in otto... Ogni volta, prima di piegare, guardava la borsa della bambina. Finché: « Adesso dovrebbe starci » disse. « Il viaggio è lungo e sarà meglio per te se avrai le mani libere. Mettila al sicuro e proteggila dalla pioggia, sai di cosa parlo... »

La bambina annuì: conosceva bene gli effetti dell'acqua sulla carta.

« Troverai presto le prime tracce » continuò l'uomo, « seguile e non fermarti finché non vedrai il bosco. Buona fortuna ».

Olga infilò il foglio nella borsa e, ringraziando, si rimise in cammino

UNA STORIA PER BRUCO

Qualcosa precipitò nell'acqua con un grido bestiale. Bruco, seduto sul masso, lasciò cadere il panino che stava mangiando e lo vide sparire sotto un groviglio di pesciolini d'argento. Mimma per lo spavento scivolò tra le alghe fino alle orecchie.

Olga fissava la pozza ansiosa di vedere cosa sarebbe riemerso: prima fu uno zampillo, poi la testa di Ari-il-rissoso che spruzzava acqua con la bocca.

« Babbuino deficiente! » gli urlò Mimma. « Guarda qui cosa hai fatto! Per colpa tua ho bagnato il vestito. Se nonna mi vede in questo stato mi ammazza! »

« Calmati, non ti ho spinta io in acqua » rispose il ragazzo dando due bracciate a dorso per mostrare il ventre piatto e muscoloso.

« Ti sei lanciato da quel ramo gridando come una scimmia! Sapevi benissimo che ci saremmo spaventati, lo hai fatto apposta! »

« Quante scene, Mimma, neanche fossi di carta come la bambina della storia. Sei proprio una frigna di città che appena si sporca sviene ».

« Non svengo io, scemo, sviene mia nonna. E poi cosa

ne sai della storia di Olga? Ci stavi spiando? Che novità. Comunque, se non ti sta bene la mia compagnia, vattene pure, c'eravamo prima noi qui e nessuno ti ha invitato ».

« Il lago è di tutti, stellina. Non ho bisogno del tuo permesso per venire a fare il bagno » disse il giovane spruzzando l'acqua verso Mimma e bagnandola di nuovo.

« Ma smettila! Non sei venuto a fare il bagno: sei qui per ascoltare la storia. E siccome i babbuini si muovono in branco, dieci a uno che ci sono anche i tuoi fratelli. Dove siete, fratelli babbuini? Smettete di spulciarvi e fatevi vedere ». Riparandosi dal sole con la mano, Mimma si chinò per scrutare tra i cespugli. « Venite fuori, tanto sappiamo che ci siete, Olga si è accorta subito che ci stavate seguendo ».

Il cespuglio di bambù ebbe un fremito: qualcuno o qualcosa si stava muovendo dietro le canne; poco distante sussurri e risatine tradirono la presenza di bambini che si stavano nascondendo.

Olga guardò Bruco: era rimasto seduto sul masso, con i palmi incollati alla pietra. Fissava l'acqua dove era caduto il suo panino, che ora non c'era più.

« Credo che ora andrò a casa » disse.

Raccolse il tovagliolo dentro cui sua madre aveva messo la merenda e per poco non scivolò dal masso nella pozza. Per fortuna fece in tempo ad aggrapparsi al ramo di un albero e con molta prudenza, un passettino alla volta, riuscì a riportare i piedi per terra.

Mimma lasciò perdere le rane e, tenendosi il vestito fradicio scostato dalla pelle, raggiunse l'amico.

« Perché vuoi andare a casa? » gli sussurrò in un

orecchio. « Perché sono arrivati loro? Non sono pericolosi ».

« Lo so » rispose Bruco.

« Allora resta. Se scappi ti prenderanno sempre in giro ».

« Pazienza » rispose lui infilandosi le scarpe.

« *Ce ne re'?* » chiese Olga all'amico, in dialetto, interrogandolo dolcemente con lo sguardo.

Sussurri e risatine tacquero all'istante. Il cespuglio di bambù smise di vibrare e il giovane, a bagno nel laghetto, spruzzò l'ultima fontanella e rimase a bocca aperta.

Quell'improvviso silenzio colse Bruco di sorpresa, tanto che d'istinto si voltò a guardare: il lago, gli alberi che frusciavano nel vento, il viso del giovane ammutolito, i "babbuini", che non avevano ancora avuto il coraggio di mostrarsi e ora tacevano acquattati nell'erba...

« Ce ne andiamo? » gli chiese di nuovo Olga.

Bruco attese un momento; poi, lasciando andare un sospiro, rispose con un lieve gesto della testa.

RARI E UGUALI

La bambina di carta seguì con molta attenzione le tracce dei caprioli che il venditore di tracce aveva segnato sulla mappa.

Notò così che gli animali deviavano raramente e sempre per brevi tratti, poi tornavano indietro e riprendevano la pista originale, nell'erba alta. Andavano diritti e questo agevolava il viaggio.

Diverso sarebbe stato seguire le tracce di un coniglio, timido e diffidente per natura, o di una gazza, notoriamente curiosa. Il venditore di tracce era stato intelligente perché aveva tenuto in considerazione le tracce più utili e vantaggiose per un viaggiatore.

Durante il cammino Olga vide una coppia di falchi volare in cerchio sulla valle, e tre colombi fuggire; scorse la coda di una biscia, udì le api e i grilli, si fermò ad ammirare una nube di storni che cambiava forma nel cielo e, quando il sole stava per calare dietro al pendio, vide ciò che più di ogni altra cosa desiderava vedere: gli alberi. Tanti alberi.

« Il bosco! » gridò per la gioia.

Si mise a correre e ben presto si accorse che, da vicino, gli alberi erano più alti di quanto sembrassero da lontano, e che nel bosco era già buio.

S'inoltrò con cautela, come faceva sempre quando esplorava un posto nuovo: il fondo era mutevole, i rami bassi graffiavano le gambe, dappertutto c'erano spine, ragni e ragnatele, e nell'aria si udiva ogni sorta di verso sinistro e sconosciuto.

Ai piedi di un faggio, con la mappa stretta in mano, Olga si fermò

« Tu e quell'Olga di carta vi somigliate » disse Mimma interrompendo il racconto.

Bruco sembrava d'accordo. Aveva steso il tovagliolo bianco su una piazzola di muschio e ci si era seduto sopra a gambe incrociate. Dietro di lui Mimma, in piedi con le braccia aperte, faceva asciugare l'abito al sole.

Poco distante, disteso su un sasso piatto, c'era il ragazzo che si era tuffato; sull'altra riva, seduti nell'erba, i babbuini avevano messo i piedi nell'acqua: erano tre ragazzini, tra gli otto e i dieci anni, che costituivano la banda del giovane tuffatore, nonché la sua famiglia: erano i suoi fratelli, Davin, Pod e Timet. Finalmente erano usciti allo scoperto.

Dal cespuglio di bambù non era uscito nessuno e a nessuno era sembrato importare.

« Come si fa a non avere paura di entrare in un bosco di notte? » esclamò Mimma. « Bisogna essere dei mostri ».

« Dei mostri di coraggio! » replicò Bruco.

« No, no, dei mostri veri! » ribadì Mimma. « Solo i veri mostri non hanno paura degli altri mostri. Io sarei morta di terrore. Tu invece no, vero, Olga? Tu sei come lei. Eppure non sembri un mostro, e neanche la bambina di carta ».

« Lei si domandava dove avrebbe potuto passare la notte » spiegò Olga.

E riprese a raccontare.

Era seduta ai piedi dell'albero, con la schiena appoggiata al tronco. Aveva aperto l'ombrello per ripararsi dalla rugiada, ma l'umidità faceva arricciare il suo vestito di carta: era un guaio. Olga doveva trovare presto un riparo. Si dispiacque di non aver portato con sé una lanterna, al buio era difficile individuare un posto asciutto e sicuro.

Tastò fra le grandi radici del faggio che sbucavano dal terreno, nella speranza di trovare un letto naturale dentro al quale accomodarsi. Tra due radici percepì un soffice strato di foglie secche: lo sollevò e ci scivolò sotto, come fosse stata una coperta. Sbadigliò, ma non chiuse gli occhi: i versi degli animali, i fruscii tra i rami le mettevano ansia. "Ogni luogo ha un colore, un odore e un suono" le diceva sempre sua madre. Olga continuava a ripeterselo e un po' si tranquillizzò: i versi degli animali erano il suono del bosco, il buio il suo colore e l'odore era decisamente buono, sapeva di muschio e resina dolce. Non c'era d'aver paura, perciò, si disse la bambina.

Invece la paura venne. Eccome se venne!

Fu quando una nota stonò. Non il grido di un topo tra le fauci della volpe, non il richiamo stridulo della civetta, una fuga tra le foglie, un ramo spezzato, ma una voce!

Qualcuno parlava nel bosco. Olga riconobbe la parola "famelico". Balzò fuori dal suo giaciglio e con il cuore in gola corse a nascondersi dietro a un cespuglio.

L'uomo si stava avvicinando. E tuttavia c'era qualcosa di anomalo in lui, la sua voce era anomala: un momento era acuta fino a rompere i timpani, e subito dopo era fonda e cavernosa. Come uno strumento suonato da chi non è capace, la voce strideva e steccava.

« AaAeEeiiiH! » gridò in quel momento.

« Aaah! » gridò Olga di carta

« Aaah! » gridarono Mimma, Bruco e i babbuini.

Dal cespuglio di bambù giunse un tonfo sordo, come se qualcuno fosse caduto per terra.

« L'ha presa? » esclamò Mimma. « L'uomo ha preso la bambina? »

« Era un orco? » domandò uno dei ragazzini.

« Naaa » fece Bruco, che delle storie di Olga era molto esperto. « Qualcosa di meglio, secondo me ».

« Che cos'era? Era cattivo? »

« Perché parlava strano? »

« Si è mangiato la bambina? » domandò Mimma.

« Ah, be', sai che magro spuntino allora » commentò il ragazzo disteso sul masso. « Se era famelico, un foglio di carta non gli ha certo riempito la pancia ».

« Non so se fosse stato famelico » disse Olga, « di certo era arrabbiato… »

Girava in tondo, illuminando con la lanterna la mappa che Olga aveva perso durante la fuga.

« Cos'è questa cosa qui? Cosa ci fa nel bosco? Vandali! » gridava. « Riportatevi la vostra spazzatura a casa! Questa non è una discarica! »

Era indignato. Diceva, anzi, strillava, che abbandonare rifiuti nel bosco era un gesto osceno, immorale, un insulto alla civiltà, una barbarie compiuta in puro spregio del bene comune. Ancora non aveva visto Olga; mentre lei, incredula, osservava lui che stizzito inveiva e steccava, steccava e inveiva, calciando e strattonando la povera mappa.

A un certo punto la raccolse e se la mise in bocca, tra i denti.

« Nooo! » gridò Olga uscendo allo scoperto.

Al povero tasso venne un colpo.

Si portò le mani al cuore, barcollò un po' a destra e un po' a sinistra; finché, rigido come un bastone, cadde lungo disteso sulle foglie.

Olga si affrettò a soccorrerlo.

« Prego, prego, non faccia così » gli disse sollevandogli la testa. « Non volevo spaventarla. È che, insomma, mi capisca, devo compiere un lungo viaggio e questa è l'unica mappa che ho! »

Il tasso ebbe un fremito, poi un altro, un altro

ancora... Infine tossì e aprì gli occhi. E gli prese un altro mezzo infarto.

« Aaah! Chi sei tu? Cosa vuoi da me? Stai indietro! » intimò, cambiando tonalità tre volte, come una tromba spaccata.

« Mi chiamo Olga e non voglio fare del male a nessuno » si affrettò a dire la bambina.

« Per questo mi hai terrorizzato a morte? Perché non volevi farmi del male? »

« Be', mi scusi, ma cosa dovrei dire io? Lei è un tasso che parla! »

« Se è per questo canto e recito pure, ma mai, mai in tutta la mia vita, mi è capitato di parlare con una bambina di carta! »

Olga fece per replicare, ma poi si arrese e con un sospiro si afflosciò a terra.

« Lo so » disse mogia. « Lo so ».

Sollevò una foglia e: « Guardi qui » disse, « sono più sottile di così e se una goccia di rugiada mi sfiora mi ferisce ».

« Però quella foglia tra pochi giorni sarà rinsecchita e si distruggerà. Mentre tu no ».

La bambina gli sorrise mestamente.

« Hai fame? » le chiese l'animale. « Voglio dire... tu mangi? »

Olga annuì e sorrise con più convinzione. Aiutò il tasso a raccogliere i propri effetti sparsi attorno – la lanterna, qualche tubero e due radici – e lo seguì nel bosco

TU CHE DOTE HAI?

Il tasso, che, per quel che poté apprendere Olga, sapeva parlare ma non aveva un nome, conosceva bene il posto ed era attento a illuminare i suoi passi affinché lei non inciampasse.

« Volpi » bofonchiò avvicinando la lanterna a un buco che si trovava in mezzo al sentiero, « fanno le tane dove vogliono e se qualcuno ci cade dentro, peggio per lui. Attenta lì, cacca di ghiro ».

« Uh, grazie, per poco non la calpestavo ». Olga saltò appena in tempo. Si stava abituando al mutevole tono di voce del tasso e, d'istinto, avendo lei un buon orecchio, le venne naturale imitarlo.

« Lei, invece, dove vive? » chiese variando spesso le note.

« Ci saremo tra poco » rispose il tasso.

Superarono alcuni alberi e girarono a destra; si arrampicarono per una breve scarpata e una volta in cima si trovarono di fronte a un grosso cumulo di terra.

« Questa è la porta principale, la più alta » spiegò il tasso. « Pensi di riuscire a passare? »

Olga misurò con le mani la larghezza del suo abitino di carta e la confrontò con la larghezza del cunicolo: era più stretto del necessario di quattro o cinque centimetri.

« Non fa nulla, camminerò di profilo » disse tenendosi vicini la borsa e l'ombrello.

« Prego, per di qua » fece strada il tasso.

Procedevano seguendo il bagliore della lanterna, dentro a un cunicolo perfettamente rotondo, scavato nella torba bruna, che il tasso aveva ben compattato: non una goccia d'acqua filtrava, l'aria era tiepida e meno pesante di quanto Olga si sarebbe aspettata.

La bambina poté così godersi il suggestivo percorso nel sottosuolo senza preoccuparsi dell'umidità o di non poter respirare. Era bello. Era strano. Era nuovo. E di momento in momento sempre più sorprendente.

Una volta giunti nella tana, il tozzo mammifero mostrò di possedere, dell'ospitalità, più che una nozione: era un attento padrone di casa, sapeva conversare e ascoltare con sincero interesse, la stanza era pulita e i cibi che cucinò erano preparati con cura e perizia.

La serata trascorse fra gustosi assaggini a base di tuberi e discorsi interessanti. Il tasso non ritenne opportuno cucinare teste di topo, vermi e serpenti per la giovane ospite, immaginando che non sarebbero stati apprezzati.

Al principio i due insoliti compagni chiacchierarono di questo e di quello: temi facili come il tempo, le stagioni, le bellezze della natura, i pericoli sempre in agguato, bisce, orsi, vipere, erbe tossiche e urticanti, le solite cose di cui parlano le persone che si conoscono appena.

Presto, però, gli argomenti si fecero più interessanti e specifici: la musica, l'arte, le scienze naturali... Il tasso diede dimostrazione di saper cantare con voce da tenore e, con grande sorpresa di Olga, di saper controllare le note, almeno finché cantava.

Nella tiepida tana sotto il bosco, incredibilmente, risuonarono eleganti armonie e parole complesse; si disquisì di botanica e di zoologia, di specie e sottospecie; e così Olga apprese che il tasso apparteneva alla famiglia dei mustelidi, al genere *Meles* e alla specie *meles*; e, se anche non capì cosa volesse dire esattamente, lo trovò interessante e lo scrisse sul suo taccuino, sotto la frase che aveva annotato quella mattina:

I caprioli tracciano comodi sentieri.

Il nome scientifico dei tassi è Meles meles.

Le parole fluivano spontanee, portando alla luce passioni e sentimenti. Il tasso e la bambina si raccontarono le proprie storie, dalle origini ai progetti che ciascuno aveva per il futuro. E diventarono amici.

« Mi dispiace d'aver dato in escandescenze in quel modo » disse il tasso a un certo punto della conversazione. « Prima, quando ci siamo incontrati, ero affamato perché non avevo ancora messo niente sotto i denti, e quando ho visto quel rifiuto abbandonato nel bosco, che poi non era un rifiuto, ma la tua mappa, io... »

« Oh, non devi scusarti » lo rassicurò Olga. « Io, se mai, ho fatto una faccia quando ti ho sentito parlare. E parli meglio di me. Come hai imparato? »

« Una dote, credo. Tu sai disegnare? »

« Un pochino ».

« Io non saprei copiare la mia coda. Però ho imparato quasi subito a parlare e, poiché mi piaceva, all'innata dote ho presto affiancato lo studio. Ecco perché parlo bene. Tu che dote hai, cara? »

Olga guardò il tasso sorridendo: che dote aveva lei? Non le veniva in mente niente. Perciò smise di sorridere e si concentrò sul serio.

« Non sai scegliere? » domandò il padrone di casa.

La bambina si grattò una tempia, fece « Uhm », che voleva dire che stava pensando, e alla fine dovette ammettere di non averne nessuna.

« Come nessuna? » esclamò il tasso. « Devi pur avere una dote, tutti ne hanno una, qualcuno perfino due o tre ».

« Io no, mi dispiace » ribadì Olga. « Oppure, se ce l'ho, non so d'avercela

IL ROVO

Mimma e Bruco si guardarono a vicenda.

« Io che dote ho? » domandò la ragazzina all'amico.

Bruco la fissò silenzioso.

« Dovresti fartene una sostanziosa se vuoi che qualcuno ti sposi, Mimma » scherzò il capobanda dall'altra parte della pozza.

« Scemo d'uno scemo, che non capisci niente! » s'infuriò Mimma. « Cosa c'entra la dote del matrimonio con quello che si sta dicendo? Qui si parla di qualità! Non di soldi o di corredi di pizzo ».

« Ma dai? Pensa ».

« Non hai ascoltato la storia? Il tasso ha la dote di saper parlare, tra parentesi, meglio di te! Mentre la bambina di carta... Oh, ma cosa vuoi saperne, tu, di doti e di qualità, tu che sei... sei... »

« Leale » disse Bruco.

« Lui??? »

« No, tu. La tua dote è la lealtà ».

« Ah » fece Mimma.

Olga annuì.

« Ed è una bella dote? »

« Sì ».

« Allora andiamo avanti, che non ho più voglia di parlare con quello là ».

Olga chiese il permesso al tasso di schiacciare un breve pisolino prima di rimettersi in viaggio. Doveva essere quasi l'alba.

Il tasso si scusò moltissimo per non avere permesso alla giovane ospite di coricarsi prima; ammise d'essere un gran chiacchierone e con un inchino si congedò: Olga avrebbe riposato nella stanza dove erano stati fino a quel momento, ampia e accogliente, mentre lui si sarebbe raggomitolato in una cameretta accanto.

Disse che molto probabilmente sarebbe caduto in un sonno profondo, essendo un animale notturno che cacciava di notte e di giorno dormiva, e cercò di convincere la bambina a rimandare la sua partenza.

« Stasera potremmo ritrovarci qui a conversare, è stato così piacevole e interessante » disse.

« Oh, sì, è vero! » convenne Olga. « E tu sei un ospite tanto gentile. Purtroppo, però, non posso fermarmi, devo trovare la maga! Magari passerò a salutarti al mio ritorno, se riuscirò a ricordarmi dove si trova la tua tana ».

« Ci conto » disse il tasso. « Fai buon viaggio e tieniti lontana dai guai. Conosci la via per tornare in superficie? Vorrei accompagnarti, ma come chiuderò gli occhi sarò come morto fino a quando sarà di nuovo ora di andare a caccia di top... cioè verm... Bene, qua un abbraccio, piccola mia. È stato un grande piacere conoscerti ».

« Anche per me. Ho imparato tanto in queste ore. E, mi raccomando, non permettere a nessuno di imbrattare il nostro bosco! » gli disse Olga.

« *Malo mori!* » esclamò il tasso con una zampa sul cuore.

« Come? »

« Preferirei morire! È latino ».

« Ah ».

Neppure un'ora più tardi, con gli occhi pesanti e le ginocchia spiegazzate dalla stanchezza, Olga ripercorreva al contrario il cunicolo che l'aveva condotta nella tana del tasso. Ricordava che all'andata non avevano mai svoltato, perciò fece attenzione ad andare sempre diritta. Non era facile, perché il cunicolo era stretto e lei doveva camminare di traverso, con la borsa da una parte e l'ombrellino dall'altra. Inoltre la via era in salita e al buio, e lei aveva un sonno... Era così stanca per aver dormito poco, che si addormentava camminando. Spesso percepiva la presenza di cunicoli secondari, che aprivano le loro bocche buie su quello principale, risucchiando l'aria e creando refoli gelidi.

'Chissà dove portano? Speriamo che non esca nessuno, non vorrei essere aggredita da un topo o morsicata da una donnola affamata' si diceva la bambina accelerando d'istinto il passo.

Voleva uscire, respirare a pieni polmoni e, soprattutto, voleva rivedere la luce.

« Evviva! » esclamò a un tratto.

Microparticelle luminose danzavano in tondo con misteriosi esserini in una colonna di luce bianca che filtrava dalle asperità del soffitto, rivelando l'invisibile. L'uscita era vicina.

Olga sentì l'odore del muschio e udì il canto degli uccelli. Si mise a correre e sbucò fuori dal cunicolo: finalmente era nel bosco di giorno.

Allargò le braccia e respirò profondamente. E cantando la canzone dell'Andata riprese il cammino. Attraversò radure ombreggiate da faggi secolari, ammirò la perfezione di un carpino dalla chioma colma e rotonda, aspirò il dolce profumo di un cedro scaldato dal sole, strofinò le foglie dei noci per annusarne l'aroma simile all'alloro, fu tentata di toccare una goccia di resina ambrata, che colava dal tronco di un pruno, ma si fermò prima di impiastricciarsi il dito che, essendo di carta, sarebbe rimasto incollato.

Camminava da diverse ore, o almeno così le sembrava, poiché Olga non possedeva un orologio, quando tutt'a un tratto si arrestò stupita: un colossale intrico di rovi, vasto come una montagna, fitto come un gomitolo e irto di spine impediva di proseguire.

« E adesso? » si domandò ad alta voce. « Che razza di scherzo è questo? Il venditore di tracce mi ha venduto una mappa vecchia. Rovi di tali dimensioni non crescono in un pomeriggio! »

Si accovacciò e tirò fuori la mappa dalla borsa. « Oh! » esclamò stupita. « Non è vecchia per niente! Anzi, è aggiornata fino all'ultima spina! »

Le tracce segnate sulla mappa si fermavano proprio lì, dove era lei, davanti a un gigantesco groviglio di more e di rose selvatiche perfettamente disegnato. E tornavano indietro.

Olga era senza parole. E senza idee

FATTI SOTTO, MOSTRO!

L'abito di Mimma si era asciugato.

« È ora di pranzo, io devo andare » disse la ragazzina raccogliendo le scarpe.

Anche Olga si alzò, e lo stesso fece Bruco.

Il "babbuino" col visetto più giovane si voltò verso il capobanda, che era ancora disteso sul masso, e lo fissò allarmato. Il capo non si mosse. Il bambino allora diede di gomito ai fratelli.

« Bah » fece Pod alla sua destra, lanciando un sasso nell'acqua, « mi sa che si è addormentato. La storia stava diventando noiosa: rose, more, coniglietti... »

Il bambino più piccolo aggrottò le sopracciglia, arricciò il naso e fece no con il dito.

« Che differenza fa? » continuò l'altro. « Conigli, tassi, micetti, sono gli animali che piacciono alle femmine. Io volevo che quella Olga incontrasse un lupo mannaro o un orso divoratore di uomini, con la bava che gli colava giù dalle zanne e gli artigli aguzzi pronti a lacerare la carne. Lei avrebbe tirato fuori una catana e avrebbe provato a difendersi: "Fatti sotto, mostro! *Zac! Zac!* Muori! Aaah!" »

Bruco scrollò la testa scoraggiato.

« Allora dovevi farti raccontare una favola da tua mamma » disse Mimma al ragazzino che, immaginando di impugnare una spada, stava lottando contro un orso invisibile. « Questa è una storia vera, accaduta sul serio! Non può succedere quello che vuoi tu ».

« Non ci credo che è vera! Le bambine di carta non esistono! » replicò il ragazzino smettendo di combattere. « E se proprio vuoi saperlo, nostra mamma racconta le favole meglio di Olga, e non va in giro a dire che sono vere ».

« Perché non lo sono, sono favole. Se vostra mamma andasse in giro a dire che sono vere le riderebbero dietro. Invece tutti sanno che le storie di Olga sono fatti avvenuti davvero. Lei queste cose le ha vissute veramente! »

« Potresti dimostrarlo? » La domanda arrivava dal capobanda ed era rivolta a Olga. Il bellimbusto se ne stava disteso a pancia in su con un braccio sotto la testa, un ginocchio piegato e un piede abbandonato nell'acqua. « Insomma, dovrebbe essere facile: chiunque torni da un viaggio porta con sé un ricordo, un sasso, una conchiglia, una cartolina... » Si girò su un fianco e rivolse un sorriso sornione alla giovane Papel: « Lei, la bambina di carta, non ti ha lasciato nessun ricordo? »

« Sì » rispose Olga.

« Oooh, bene allora! » esclamò Almaris Grampet, detto Ari, balzando seduto. « E cosa ti ha lasciato? »

« Questa storia ».

Alla fine s'incamminarono tutti: Olga, Bruco, Mimma, i tre babbuini e il capobanda. Nessuno uscì dal cespuglio di bambù e nessuno se ne preoccupò. Solo Olga si voltò una volta. Poi, mentre gli altri andavano avanti e non guardavano, si accostò al ciglio del sentiero e su una pietra bianca, più piatta delle altre, lasciò un soldino. Disse anche qualcosa, che però gli altri non udirono.

I battibecchi fra Mimma e i ragazzi proseguirono per tutta la strada, fino all'entrata del villaggio: echeggiarono fra i muri delle strade, rimbombarono nelle piazzette e, strano ma vero, risuonarono perfino in vicolo Bramic, che il gruppo, coinvolto nell'animata discussione, imboccò senza badarci; nessuno di loro avrebbe mai preso di proposito quella strada, perché era fredda, umida, buia e, soprattutto, perché era abitata dalla creatura più orribile e spaventosa di Balicò.

S'accorsero dell'errore solo quando il più giovane della combriccola, che in quel momento camminava all'indietro, travolse una sedia accostata a un muro e con un gran fracasso rovinò con quella davanti alla porta di Cherpia la strega. Allora nel vicolo calò il silenzio.

I ragazzi fissavano increduli il compagno che, paralizzato dalla paura, restava seduto tra pezzi di sedia rotta: era pronto a svenire, se solo la porta alle sue spalle si fosse aperta. E si sarebbe aperta! Era solo questione di tempo, perché Cherpia Bramic non ammetteva intrusi nella sua via. Perfino il sindaco doveva chiedere il permesso per imboccarla, e neanche lui era al sicuro da sputi e improperi.

Quanto a bambocci e piscialetto, loro rischiavano

grosso. Cherpia detestava i bambini, le davano il voltastomaco, e appena ne vedeva uno lo colpiva col bastone; anche se quello non aveva fatto niente, anche se era in chiesa o se ne stava seduto davanti alla bottega del fornaio ad aspettare il pane caldo: la vecchia gli tirava una bastonata a tradimento nelle gambe o sulle spalle e poi gridava che era stato il bambino a cominciare.

Non occorreva molta fantasia per immaginare cosa sarebbe successo a quel moccioso, sudicio e scalzo, che dopo aver distrutto una delle sue seggiole osava sfidarla occupando l'uscio di casa sua. Non sarebbe neanche riuscito a spiegarle che non l'aveva fatto apposta, perché Timet non poteva parlare, madre natura l'aveva privato della parola. Comunque lei non lo avrebbe ascoltato; da lì a qualche minuto lo avrebbe afferrato con i suoi artigli e lo avrebbe trascinato in quel bisciaio buio e immondo in cui viveva e, fra topi e serpenti, lo avrebbe sbranato.

Clock! fece la serratura.

Un artiglio comparve e agguantò il miserabile per un braccio.

« Aaah! » strillarono i ragazzi.

« Lascialo andare! » gridò il capobanda correndo ad afferrare il fratello per l'altro braccio.

Cherpia affondò le unghie nella carne del ragazzino.

« Ahi! » si lamentò Timet piangendo.

Mimma, Bruco e gli altri due fratelli accorsero in aiuto.

« Lascialo! Lascialo! Lascialo! » gridavano, tirando tutti insieme. Ma Cherpia non mollava. La sua forza era sorprendente. Rideva e berciava, strattonando il povero braccino ossuto.

« Aiuto! » chiamava Mimma disperata. « Vuole mangiarlo! Qualcuno venga ad aiutarci! »

« Brutta strega, ti ho detto di lasciarlo andare! » ringhiò Ari dando uno strattone più forte. La Bramic perse la presa e rovinò a terra.

I ragazzi se la diedero a gambe starnazzando come oche, mentre la vecchia Cherpia, menando il bastone in aria, giurava vendetta e invocava maledizioni orribili su ciascuno di loro.

Corsero a perdifiato fino al piazzale della chiesa, dove il parroco li fermò.

« Non si corre nella piazza! » disse allargando le braccia per bloccarli. Don Sero si avvicinò al ragazzino che aveva finto di combattere contro l'orso e gli mollò una sberla. « Così impari a fare i rutti durante la messa » gli disse.

Erano salvi.

« Dov'è Olga? » domandò Mimma guardandosi attorno.

Ari, che stava lavando la ferita sul braccio di suo fratello nell'acqua della fontana, alzò di scatto lo sguardo e lanciò un'occhiata in giro.

« Sarà rimasta nel vicolo? » chiese.

« Non credo » rispose Bruco. « Cherpia è l'unica cosa di cui Olga abbia paura. Sarà andata a casa ».

« E quando? » fece Mimma. « Non l'ho vista allontanarsi, credevo fosse con noi. Vuoi dire che non c'era davanti alla casa della Bramic? »

Il ragazzino che stava per essere sbranato fece no col dito indice.

« Ve l'ho detto, non c'era » disse Bruco, « se ci fosse

stata lei, non saremmo finiti in quel vicolo, Olga ci avrebbe avvertiti e avremmo fatto un'altra strada ».

Quando era sicuro d'aver ragione, Bruco faceva vibrare le erre come i nobili. E qualcuno sorrise.

SARÀ VERO?

Valdo alzò il muso e cominciò a scodinzolare.

« La vedi anche tu? » gli chiese Olga.

Dalla cima della collina le sembrava di vedere sua madre china nel campo a raccogliere le erbe per la cena.

Scese incontro a quell'immagine, che sorridendole le diceva: "*Dende riverri, ribelula, dende furi che uri piore?*"

Erano le parole di una vecchia poesia che i bambini di un tempo imparavano a scuola. Nora la recitava spesso quando il tempo si metteva al brutto.

Ricordava tutte le poesie che aveva imparato e le aveva insegnate a sua figlia. Di verso in verso, Olga aveva appreso di rime e di stagioni, soprattutto quelle della vita, di metrica e di amori incontrastabili, di accenti e di gioie eccelse, di strofe e di guerre, di eroi, di terre e di animali, che andavano e venivano; mai di cani, però, o di gatti o di tacchini. Olga trovava che fosse ingiusto e attendeva l'ispirazione per dedicare una poesia a Valdo; in dialetto, come quelle che le recitava sua madre: "*Dende riverri, canero, dende furi che uri piore?*"

Il cielo era livido e carico di pioggia. L'umidità ingrassava i colori della valle: la varietà dei verdi, l'erba smeraldina, l'oro delle stoppie, il bianco soffice dei semi dei salici, che come fiocchi di neve volavano spinti dal vento dell'imminente burrasca.

Olga ebbe la sensazione di udire sua madre sussurrare inebriata: « La nostra terra ».

Quella notte, le descrisse tre cose buffe che aveva visto durante il giorno: undici ovine d'oro raggruppate su una foglia, una piuma di falco che scendeva giù per la cappa del camino e una lucertola con due code.

« Ho visto anche la nonna » aggiunse.

« Tua nonna? » le chiese Nora.

« No, la tua. La mia bisnonna ».

« Davvero? E come sta? »

« Dipende: che tu sappia, mamma, nonna Ida aveva i soldi per pagarsi il viaggio verso il Paradiso? »

« Si premurò d'averli » la rassicurò Nora. « Nel testamento chiese che nella bara assieme a lei fosse messo il sacchetto di dieci monete d'oro che aveva risparmiato per l'occasione. Specificò che lo voleva a sinistra, nonna era mancina, in modo che anche al buio, e nell'angusto spazio, lo avrebbe trovato facilmente. Perché me lo chiedi, libellula? »

« Volevo essere sicura che non fosse obbligata a restare qui. Allora, forse, le piacciono le mie storie ».

« Ida adorava le storie! Non ricordi che ti ho raccontato di quando a trent'anni scrisse una lettera al parroco pregandolo di sostituire la statua del nostro patrono con un monumento ai cantastorie? »

« Però il parroco non l'accontentò: San Prodo è ancora lì. Come mai non le piaceva la statua del santo? Raccontamelo di nuovo, mamma ».

« Ida diceva che quando passava dalla piazza per recarsi alla messa San Prodo metteva fuori la lingua ».

« Ed era vero? »

« No, lo sai, è l'effetto dell'ombra che a quell'ora fa sembrare che San Prodo abbia fuori un pezzetto di lingua. Anche Ida lo sapeva, ma non riusciva proprio a sopportarlo. Diceva che era osceno ».

« Sai, mamma? » confessò Olga. « Non l'ho proprio vista. Più che altro l'ho sentita ».

« Lo so, cara, succede sempre così ».

In un'altra casa, a mezzanotte, il signor Debrìs, professore in pensione, sfogliava l'enciclopedia di Scienze Naturali in cerca di un'informazione che, a suo parere, avrebbe sciolto ogni dubbio riguardo alla veridicità delle storie di Olga Papel.

« Ah! » esclamò soddisfatto, lanciandosi contro lo schienale della sedia. « Lo sapevo! »

Sua moglie fece capolino nello studio.

« Non vieni a letto, caro? È tardi » gli disse.

Il professore le fece cenno di entrare e, gongolando come un mirtillo nella panna, le mostrò il libro.

« La prova! » esclamò battendo l'indice sulla pagina.

Lei inforcò gli occhiali e cercò di capire cosa le stesse indicando il marito.

« Tartaruga pitturata » lesse dubbiosa.

Il professore s'innervosì.

« Più sotto! » brontolò.

« Tartaruga scatola ».

« Più sotto, ancora più sotto! »

« Tassi ».

« Esatto! »

La signora Debrìs abbassò gli occhiali e guardò l'uomo che aveva sposato con un velo di compassione.

« Leggi il nome scientifico! » esclamò lui impaziente.

« *Meles meles* ».

« Capisci adesso? »

« No ».

« Nessuna bambina può sapere questo genere di cose se qualcuno non gliele insegna » disse il professore. « E Olga è troppo piccola per averle imparate a scuola ».

« Perciò? »

« Perciò quel che racconta è vero! »

« Cioè tu credi che un tasso colto e parlante, che dice "preferirei morire" in latino – *Malo mori*, eh, Ben? *Malo mori!* – le abbia rivelato il nome scientifico della sua specie mentre imbandiva una cena succulenta che lui stesso aveva preparato? »

« Sììì! Scusa, chi altri può averlo fatto? Certo non Nora, ha frequentato solo la terza elementare. E Almida non distingue un tasso da una spazzola. Qui nessuno sa questo genere di cose! »

« A parte te e forse Tomeo. A ben vedere quel tasso vi somiglia ».

« Io, però, non me le ricordavo ».

« È completamente assurdo, Ben! » disse la donna facendo ondeggiare la lunga vestaglia mentre girava i tacchi per andarsene. « La piccola Olga avrà ascoltato il discorso di qualcuno ».

« Qualcuno chi? Il bel maestro? Ah, è da ridere. Quello sa a malapena dov'è il naso per incipriarselo ».

« Allora l'ha letto. Ecco, l'ha letto. Buona notte, caro ».

« Dove? Dove l'ha letto? Pensi che in casa Papel ci sia un'enciclopedia come questa? » Il professore corse a sventolare il grosso tomo sotto il naso della moglie. « Sai quanto ci è costata? »

« Dimmi che non intendi parlare di questo domani alla vostra riunione del circolo, ti prego » lo supplicò la donna. « So che brami di dimostrare ai tuoi amici che hai ragione riguardo a quelle storie, ma ti supplico, promettimi che non parlerai del tasso con loro, Ben, giuramelo! Sai che non sopporto che ridano di te ».

« Lo farò, invece, porterò il tasso come prova e nessuno avrà di che ridere! » replicò il professore. « La maggior parte dei nostri amici la pensa come me e gli altri dovranno ricredersi: *Meles meles* è una prova inconfutabile! »

Alla signora Debrìs sfuggì un lamento.

« È una questione di logica e buon senso » continuò il marito, « quella bambina sa cose che non può avere imparato a Balicò. E loro dovranno ammetterlo! »

« Si sbellicheranno dalle risate. E tu avrai fatto la figura del tasso, Ben! Voglio dire, del tordo ».

La poverina non sapeva più come farsi ascoltare; abbassò la voce e decise di provare con le maniere dolci.

« Ascolta, caro » gli disse soave, « le storie di Olga rendono felice nostro figlio e di conseguenza anche me e te, è vero? Non potremmo accontentarci di questo ed evitare di discutere fra noi? A questo punto della notte, poi, che siamo stanchi. Andiamo a dormire; vedrai che domani tutto sarà più chiaro e saprai cosa fare. Ti fidi di me? E poi smetti di seguire quei ragazzi nel loro girovagare, Ben, una di queste volte ti scopriranno e che figura ci farai? Un omone grande e grosso come te che si nasconde per ascoltare una favola ».

« Non ero mica l'unico » bofonchiò il professore.

Seduta sul letto, in camicia da notte, con un braccio intorno a Valdo, Olga guardava la tempesta al di là dei vetri. Avrebbe voluto che ci fosse stato anche Gatto lì con loro, ma Gatto non voleva mai stare in casa.

« I gatti prevedono la pioggia » sussurrò la ragazzina al cane. E così, senza dirselo, i due amici sperarono che Gatto fosse nel fienile a dormire beato.

Nella piccola camera ricavata nel sottotetto, Olga raccontò a Valdo della bisnonna Ida, che alla Pozza aveva fatto vibrare le canne di bambù; e del papà di Bruco, che era riuscito a stare fermo per due ore nascosto a ridosso del masso dove il capobanda era andato a sdraiarsi; per fortuna nessuno lo aveva visto quando, in preda a un terribile formicolio, il professore aveva allungato una gamba. Disse che alla signora Casolina, nascosta dietro al tronco di una quercia millenaria, era andata peggio perché si era riempita di formiche; e sospirò ripensando ai signori Carabì e alla signora Reda, che aveva sentito litigare, come al solito, per via delle sue storie. I tre si erano nascosti fra l'erba parietaria, che fa impazzire di prurito; e, infatti, quasi subito erano scappati via grattandosi come se avessero le pulci.

Solo il signor Gibòd era rimasto fino alla fine del racconto, sdraiato su un ramo poco sopra quello dal quale il giovane Ari s'era lanciato per tuffarsi nella pozza. Olga lo aveva sentito russare; questo, però, non riuscì a raccontarlo a Valdo, perché il fragore di un tuono le tappò la bocca e fece scappare il cane sotto al letto.

La bambina rimase immobile davanti alla finestra da sola; finché un altro tuono, più forte di quello precedente, la spinse a nascondersi sotto le coperte.

Allora nessuno parlò più, fino al mattino.

TACI, OLGA!

Più o meno alle otto, seduta al tavolo della cucina, avvolta in uno scialle azzurro posato sulla camicia da notte di lino bianca, Olga guardava sua nonna bucare un uovo di sotto e di sopra con un ago da lana.

« Girano voci che tu stia raccontando una delle tue storie » disse la donna porgendo l'uovo alla bambina.

Olga le dedicò un sorriso fragile: era una buona o una cattiva notizia? Nonna Almida non era tipo da dispensare buone notizie di mattina presto, e ancora meno era usa farlo nelle restanti ore del giorno, Olga questo lo sapeva. Bisognava che un evento straordinario stravolgesse l'ordine delle cose, un fatto eccezionale e meraviglioso, talmente fortunato da stroncare l'innato pessimismo della donna: il ritrovamento di una pentola di monete d'oro sotto un palo di testata della vigna, la vacca che dava alla luce dieci vitelle sane, zia Cora che sposava un re…

Poiché nessuna di queste cose era capitata, Olga intuì che quella frase fosse il preludio di una ramanzina, l'ennesima, probabilmente, sull'argomento.

« Non bastano le voci che girano sul tuo conto, Olga?

Ne vuoi alimentare delle altre? Dobbiamo essere sempre sulla bocca di tutti? » chiese Almida.

Olga fece di no con la testa.

« Posso assicurarti, bambina, che alla gente non mancano gli argomenti per parlare, sai? E siete sempre voi ragazzi a procurarli! Se penso a cosa avete fatto alla povera Cherpia... No, tu no, tu fai altri danni, tu incanti e confondi la gente. Non sai che è da biasimare colui che pretende per sé il centro della scena? E che mente pur di attirare l'attenzione? Gesù lo biasima e Iddio prima o poi lo punisce! »

Olga teneva basso lo sguardo.

Nora non avrebbe mai permesso quel discorso; non sopportava che Almida usasse l'Altissimo, o il Figliolo, come "Babau" per spaventare i bambini. Non voleva che Olga avesse paura di Dio, poiché allora avrebbe avuto ragione di temere chiunque. Nora non voleva che Olga crescesse avendo paura.

« Ci sono i tuoi amici » disse Almida guardando fuori dalla finestra.

Quando si voltò Olga era già sparita.

« Niente più storie, capito? » gridò, sapendo che la bambina l'avrebbe sentita.

Ad aspettare Olga davanti al recinto dove pascolavano un asino e una capra c'erano Bruco e Mimma.

« Dov'eri finita? » le chiesero appena la videro.

« Quando? »

« Ieri. A un tratto sei sparita. Non sai cos'è successo! » Mimma si coprì la faccia con le mani per far capire quanto grave fosse la cosa che stava per raccontare. « Per poco Cherpia si mangiava il più piccolo dei Grampet! Ci siamo presi una paura! Quasi me la stavo facendo addosso. Per fortuna siamo riusciti a liberarlo e a fuggire prima che lo divorasse ».

« Come ha fatto a prenderlo? »

« Ah, non te l'ho detto: siamo finiti davanti a casa sua ».

Olga spalancò gli occhi stupita.

« Non dire niente » fece Bruco sconsolato. « Siamo stati dei babbei. Eravamo distratti. A un certo punto Timet, che camminava all'indietro, ha inciampato in una delle sue sedie, sai quelle che lei tiene contro il muro? È caduto e gliel'ha sfasciata. *Crrraaash!* ha fatto ».

« Timet? »

« No, la sedia. Siamo rimasti impietriti ».

« Mamma, quella quante ce ne ha gridate! Dovevi sentirla » proseguì Mimma. « "*Lo scirro, lo scirro! Si vi gherro, vi scirro tutti!*" diceva. Ci ha tirato dietro tante di quelle parolacce… »

« Se non ci fosse stato Ari, Timet adesso sarebbe cibo digerito » concluse Bruco, grattando la erre più del solito, poiché così faceva quando era schifato.

Nel gruppo calò il silenzio.

Non su Valdo, però, che aveva deciso di abbaiare a un cespuglio di rosmarino.

« Lascialo stare, lo sveglierai » gli disse Olga scendendo dalla staccionata. « Salve, signor Gibòd, scusi se Valdo l'ha svegliata così ».

Dal cespuglio era spuntata la testa calva del signor Gibòd che, dopo aver sbadigliato, si grattò un orecchio.

« Fa niente » biascicò.

Non era la prima volta che Olga lo trovava addormentato sotto un cespuglio vicino a casa: succedeva ogni volta che lei raccontava una storia. Al signor Gibòd piacevano le storie di Olga e non voleva perdersi una virgola. Così cercava di stare dove stava lei. Però finiva sempre con l'addormentarsi. Olga lo lasciava dormire fino a quando nonna Almida chiamava per la cena. "Signor Gibòd, è ora che vada" gli sussurrava allora la bambina toccandogli una spalla. Lui si svegliava intontito e ciondolando come un mulo s'incamminava verso il villaggio, dispiaciuto per non aver udito tutto il racconto.

Era un uomo per bene. Un gigante che a vederlo faceva paura e invece non avrebbe fatto male a una mosca. Era vedovo e senza figli. Prima di stabilirsi a Balicò aveva viaggiato molto e prima ancora aveva lavorato per un circo, con sua moglie. Si erano conosciuti lì: lei era la donna cannone, lui l'addetto alla miccia.

Si erano innamorati e presto si erano sposati. Per anni si erano tenuti stretti, separandosi solo il tempo del lancio, che a entrambi sembrava un secolo e invece durava pochi secondi.

Poi, non si sa come, la signora Gibòd era morta e il signor Gibòd, col cuore infranto, s'era perduto per il mondo.

Un bel giorno era arrivato a Balicò, con un cannocchiale e una passione, una sola, per le stelle.

Poiché restava in piedi ogni notte a scrutare il cielo, Olga s'era fatta l'idea che la signora Gibòd in realtà non fosse morta, ma fosse stata sparata molto lontano dal marito, che da allora la cercava: 'Di notte è più facile scorgere una scia luminosa che attraversa la volta celeste' pensava la bambina.

Fatto sta che il signor Gibòd di notte dormiva poco

e di giorno sbadigliava sempre. Inoltre, a furia di guardare dentro al cannocchiale, gli era venuto un occhio più grande e l'altro più piccolo. A Olga quella strana asimmetria faceva tenerezza.

« A che punto è con la storia, signorina? » chiese togliendosi un ago di rosmarino dal naso.

« Non credo che racconterò oggi, signor Gibòd » gli disse Olga.

« È sicura, signorina Papel? Vede, aspetto sempre con ansia il momento in cui il protagonista riprende la strada di casa. È la parte che preferisco, non vorrei perdermela ».

« Ha fatto bene a dirmelo, signor Gibòd, mi accerterò che lei ci sia quando succederà; però ci vorrà ancora un po' di tempo ».

« È certa di non voler raccontare adesso, signorina? Sarei già qua ».

Mimma e Bruco attesero la risposta insieme al signor Gibòd, e quando Olga scuotendo la testa confermò che no, non avrebbe raccontato, restarono di sasso.

Il signor Gibòd se ne andò senza rancore; solo si raccomandò con Olga di fargli sapere quando avrebbe ripreso a raccontare.

« Perché non lo hai accontentato? » le chiese Mimma.

« Perché non posso » disse Olga.

« E perché non puoi? » domandò Bruco.

« Perché oggi è un giorno in cui non si può ».

« E che giorno è oggi? »

« Martedì ».

« E di martedì non si possono raccontare le storie? »

« Sì ».

« Allora perché non la racconti? »
« Sta scendendo la nebbia ».
« La nebbia? Ma se c'è un sole che abbaglia! »
« Ora arriva » confermò Olga.
« E tu come lo sai? Senti l'odore? »
« Sì ».
« Allora sarà meglio che andiamo » disse Bruco. « Ci vediamo domani al villaggio ».
« Ci sarà la nebbia anche domani ».
« E dopodomani? »
« Non lo so ».
« Ho capito, ci vediamo appena torna il sole ».
« Sì » disse Olga.
« Speriamo che torni presto » mormorò Bruco mogio.

IL VELO GRIGIO

Quella sera, nonna Almida, a capotavola, recitava la preghiera del pasto quando la luce del lampadario sfarfallò.

Olga tenne gli occhi fissi sul piatto. Anche senza guardare, immaginava lo sguardo di brace di sua nonna.

« Piantala! » sibilò Almida a labbra strette.

La preghiera continuò.

Poco dopo, però, la luce ebbe un nuovo fremito. Sembrava stesse per spegnersi; invece, dopo alcune incertezze, si stabilì su una tonalità più bassa, lugubre.

« Cosa ti ho detto? »

« Non sono io » mormorò Olga.

« Di certo non possono essere le lampadine! » sentenziò Almida irritata. « Non saltano tutte assieme ».

Mangiarono in silenzio, nella penombra.

Di tanto in tanto, la nonna tendeva una mano verso il lampadario e lo scuoteva nervosamente.

« Loro non tremano, vedi? Sono sane » diceva. « È questo velo grigio che non è normale. È come se fosse accaduto qualcosa di sinistro. Ti è accaduto qualcosa di sinistro, Olga? »

La bambina si strinse nelle spalle.

« Finisci di mangiare » ordinò la nonna.

Al termine della cena, Almida sostituì tutte le lampadine, ma il risultato non la contentò.

« C'è qualcosa di tetro nell'aria » brontolò andando a sedere davanti alla stufa. Prese il cucito e cominciò a rammendare, ma quasi subito rinunciò.

« Basta, non c'è abbastanza luce! » disse. « Vado a dormire ».

Anche Olga diede la buona notte, e Valdo la seguì.

Si raggomitolarono vicini, lei sotto le coperte e lui sopra.

Ebbero un sonno tranquillo. Olga non sognò o, se sognò, non raccontò il suo sogno a Valdo il giorno dopo, né quello che seguì. Non fecero lunghe passeggiate e Olga non lasciò mai la fattoria per andare al villaggio, o dove andava di solito.

Per giorni rimase in casa. La sera si coricava presto e dormiva tutta la notte.

Non era triste, non era arrabbiata, non era offesa. Era muta. Non priva di parole, poiché qualcuna la diceva: salutava al mattino, all'occorrenza ringraziava, commentava il tempo e, a domanda, rispondeva talvolta con un breve sorriso. Eppure era muta. Muta come una porta murata, un pozzo coperto, una statua senza volto, il retro di un quadro, una pietra rovesciata. Muto era il suo esistere. Custodito dentro di lei il suo narrare. "Taci, Olga!" le era stato detto. E Olga taceva.

Una nebbia lugubre e cupa si generò da quel silenzio. Dapprima intorno a lei, poi nella sua casa, nella valle, nel bosco ceduo, nei campi, nel villaggio, nelle case. Oscurò anche l'umore della gente. Chi s'incrociava nelle vie si salutava con un cenno e tirava innanzi, a spalle basse nella grigia foschia. Chi s'affacciava alla finestra, bagnava il basilico e rientrava, senza dare voce al vicino, al passante, all'amico.

Perfino don Sero, di natura vivace ed esuberante, lo si sentiva a metà: la sua voce tonante e piena di sacro fervore in quei giorni si udiva appena e subito si dileguava, come i fumi di vapore nei giorni freddi.

In chiesa, le sue parole superavano a fatica l'altare e i fedeli dovevano chinarsi in avanti per udire; e a ciò che a stento udivano, a stento riuscivano a credere: il vulcanico parroco, che sempre parlava a braccio con abilità da attore, facendo echeggiare la passione nelle strette navate della chiesa, inforcati gli occhiali, stancamente leggeva, avvolto nel suo pastrano.

« Ma cos'ha? » si chiedevano i presenti.

« Sembra malato ».

« Sarà questo freddo ».

« E questa nebbia, calata così all'improvviso ».

« Gli gocciola il naso ».

« La nebbia in agosto… s'era mai vista? »

« Mi fa paura ».

« Anche mio marito ha preso il raffreddore ».

« Eh, per forza, con tutta questa umidità! »

« Il cappotto in questa stagione… »

« Cosa sarà successo? »

« Sarà una maledizione! »

La nebbia andò avanti per giorni. Gli umori si fecero

tetri, febbri e raffreddori dilagarono. Nelle case si congelava e tutti si chiedevano quando sarebbe finita.

Intanto al circolo, dove il professor Debrìs incontrava gli amici, si ragionava sui motivi che potevano aver indotto la giovane Papel a smettere di raccontare.

« Ha esaurito la fantasia » sostenevano gli scettici. « E visto che ti piacciono le prove, caro Debrìs, eccoti la prova provata che la bambina inventa, poiché solo la fantasia si esaurisce, mentre la realtà non finisce mai ».

« Amnesia è la parola con cui mi oppongo! » ribatté il professore.

« Oppure un'influenza » avanzò il medico del villaggio. « Potrebbe aver preso un virus ».

« Quella è matta da legare » biascicò il vecchio Barcabroncio, poco prima di crollare con la testa sul tavolo.

Fu così che una nuova voce prese a circolare nelle vie del villaggio, e cioè che Olga Papel fosse malata, vittima di un virus che le aveva creato un'amnesia e annebbiato la mente.

« Non ce la faccio più! » esclamò nonna Almida mollando i sacchi del mercato sul tavolo. « Sono esausta, Nora, stremata. Mi senti? Mica per la fatica, sai? No, per le voci che girano su tua figlia, mia nipote. Vuoi sapere cosa dicono adesso? »

Dal piccolo bagno dietro la cucina, Olga ascoltava.

« Te lo dico, Nora: neanche una settimana fa, al circolo, si sono quasi presi a schiaffi per via delle storie che racconta Olga. Ah, ma già, tu queste cose non le sai. L'ultima volta che è venuto qui, Gibòd, cos'era, settimana scorsa? Me lo ha raccontato lui: mi ha detto che fra Debrìs e alcuni altri sono volati paroloni grossi, per colpa di tua figlia. Non che li capisca, eh? Perché bisogna essere ben scemi per arrivare a insultarsi per le storie di una bambina, per arrivare a darsi delle "mele"! »

Olga arricciò il naso.

« Gibòd mi ha detto che Debrìs a un certo punto s'è messo a gridare "Mele! Mele! Mele!" a tutti quanti. Vai a capire anche lui ».

'Che strano insulto' pensò la bambina.

« Sì, sì, ma non è questo l'importante » diceva Almida battendo un dito sul tavolo. « Qui di strano c'è ben altro! E tu lo sai. Comunque, questo succedeva una settimana fa. Ora è diverso, ora dicono che tua figlia è malata. E sai perché? Perché tace. E sai perché tace? Perché gliel'ho ordinato io. Gliel'ho ordinato perché sono stufa che Olga sia sulla bocca di tutti. È piccola, Nora, una *furmira*. Bisogna essere grandi e forti per sopportare il peso delle dicerie. E invece d'essermi grata lei che fa? Si vendica: si lega la lingua e mette tutti al buio e al gelo. Pensi che non lo sappia che c'è lei dietro a questa nebbia? Fosse la prima volta... » Almida si lasciò crollare su una sedia e si versò un bicchiere d'acqua. « Oppure sei tu, Nora, non lo so. Alla fine non ha molta importanza, la gente trova comunque qualcosa da dire. Perciò, tu mi dirai, lasciamo che Olga canti la sua musica, che parli e racconti le sue storie, almeno forse tornerà il sole ».

Olga attese che in cucina non ci fosse più nessuno; poi sgattaiolò fuori dal bagno e si dileguò.

L'ANCORA

« Sono felice che sia tornato il sole » disse Bruco.

« Anch'io » gli fece eco Mimma.

Seduta su un masso, Olga si schiarì le voce. Sapeva che i suoi amici erano impazienti di ascoltare la storia. Il giovane Debrìs, con i piedi penzoloni nell'erba e il vento che gli alzava la maglietta sulla schiena, la fissava dal davanzale di ciò che un tempo era stata una finestra, e che adesso era un buco incorniciato da vecchi mattoni ingrigiti dal muschio. Il vento e le ortiche abitavano i resti della villa da molti anni, e i ragazzi ci andavano perché non ci andava nessuno e loro stavano tranquilli.

« A che punto ero arrivata? » domandò la ragazzina.

« A quando Olga di carta trova il rovo che le impedisce di proseguire » rispose Bruco.

« Ma davvero avevi smesso di raccontare perché stava calando la nebbia? » chiese Mimma. « Mia nonna ha sentito Tomeo dire che secondo lei è successo proprio il contrario, e cioè che la nebbia è scesa perché tu hai smesso di raccontare. Ma perché avevi smesso di raccontare? »

Olga sorrise. E Mimma s'insospettì.

« Non ce lo dirai, vero? Secondo me Tomeo ha ragione: sei un po' magica. Chissà cosa direbbe se fosse qui adesso? Di sicuro qualcosa di molto intelligente. Direbbe... »

« Piantala!, direbbe » Bruco grattò forte la erre, perché così faceva quando era seccato. « Voglio sapere se Olga di carta è riuscita a superare il muro di rovi: puoi stare in silenzio cinque minuti? Se la storia non è di tuo gradimento, vai a cercare le bisce. Ce ne sono tante qui attorno ».

Balzando sulle pietre come una rana sulle foglie di ninfea, Mimma raggiunse il davanzale e ci saltò sopra.

« Ricomincia dal rovo » disse a Olga col fiatone.

Tirò su i piedi e non parlò più. Per un po'.

Poiché era in viaggio da pochi giorni, ed era animata da grande entusiasmo e speranza, la bambina di carta non pensò neanche per un minuto ad arrendersi.

'È troppo presto per tornare a casa' si disse. 'Questo rovo non è che il primo di una serie di ostacoli che certo troverò sul mio cammino, non devo farmi prendere dal panico'. E ancora: 'Se i sogni fossero facili da realizzare, non sarebbero sogni' e altre cose del genere.

Dopo di che si mise a pensare a una soluzione. Ma aveva la pancia vuota e con la pancia vuota non si pensa bene. Perciò, con due sassi e qualche pezzo di legno, creò un sedile comodo, ci si sedette sopra, mangiò alcuni gustosi avanzi che il tasso le aveva lasciato per il viaggio, e subito dopo, invece che dal panico, fu assalita dal bisogno di fare un pisolino.

Dormì per un'ora, o poco meno, e quando si svegliò allora sì che si preoccupò: il sole cominciava a tramontare, il rovo era ancora lì, sempre immenso e impenetrabile, e lei non aveva ancora trovato il modo per oltrepassarlo.

Senza perdere altro tempo, balzò in piedi, si spazzò via le briciole dal vestito e cominciò a camminare avanti e indietro, pensando e ripensando.

Le vennero alcune idee.

La prima: tagliare i rami intricati e creare un passaggio; le forbici le aveva. Aprì la borsa, tirò fuori le sue forbicine da disegno, le guardò e le rimise via, mormorando che sarebbe stato più facile spazzolare un elefante battendo le ciglia.

La seconda: bruciare il rovo; ma la scartò subito perché il fuoco era il suo peggior nemico e lei non portava mai fiammiferi con sé.

La terza: scavalcare il rovo; ma non aveva una scala. Avrebbe potuto provare ad aggirarlo e questa, fra tutte le idee, le sembrò la migliore. C'era però una questione: per aggirare il rovo, avrebbe dovuto lasciare la via battuta e inoltrarsi nel fitto del bosco. Per quanto? Non lo sapeva. E, dopo, avrebbe ritrovato la direzione?

Un uccello col capino nero e il corpo color fuliggine staccò una bacca e con quella stretta nel becco volò via, oltre i rami contorti e le spine appuntite.

« Potessi fare come te » sospirò la bambina. Allargò le braccia e cominciò a batterle forte. Si sollevò di una buona spanna, perché era leggera, ma non volò.

Sospirò di nuovo e riprese a camminare in su e in giù per il sentiero, così tante volte che, se invece d'essere fatta di carta fosse stata di carne e ossa, avrebbe creato un solco nel terreno. Invece piegò appena qualche filo d'erba; e se a un certo punto si fermò fu solo per non inciampare in un nuovo ostacolo: era di ferro, molto pesante, con un gancio a destra e uno a sinistra.

« Un'ancora nel bosco? » esclamò Olga. « E chi mai l'ha calata? »

Annodata all'ancora c'era una fune che saliva verso l'alto e spariva tra le fronde. Olga non poteva vedere cosa ci fosse attaccato all'altro capo, poiché il fogliame era fitto; il sole dardeggiava tra le foglie, ma il cielo rimaneva nascosto.

Incuriosita, la bambina provò a scrollare la fune; questa, però, era così tesa che sembrava fatta di ferro.

Olga provò più e più volte.

« Non ha senso! » sentenziò infine incrociando le braccia. « Le ancore servono ad ancorare le navi e le navi stanno nell'acqua ».

Guardò oltre la corda e rivide il rovo e allora pensò che stava distraendosi dal suo problema e che questo non andava bene. Doveva superare l'ostacolo ed essere di nuovo libera di proseguire il viaggio; allora, se ci fosse stato il tempo, avrebbe ripensato a cosa poteva servire un'ancora in un bosco.

Nei tre giorni e nelle tre notti che seguirono, Olga tentò in tutti i modi di superare la montagna di rovi. Provò a passare sotto, ma le spine le lacerarono l'abito, le braccia, i capelli. Provò ad arrampicarsi, ma si procurò diversi buchi, che non fu affatto facile riparare; avrebbe voluto provare a saltarla, ma non trovò aste abbastanza alte.

Intanto, aveva stabilito l'accampamento vicino all'ancora, così che, se qualcuno avesse provato a salparla, lei se ne sarebbe accorta.

Quando non si dedicava al rovo o all'ancora, cercava bacche e radici da mangiare; il tasso le aveva insegnato a distinguere quelle buone da quelle che l'avrebbero avvelenata. Oppure riparava il vestito, che le spine, i rami e gli accidenti del bosco rompevano di continuo. Era un abitino di carta bianca, che le arrivava sopra le ginocchia. Sua mamma lo aveva ritagliato da una rivista di maglia, o meglio, dal modello di una coperta a maglia rasata, e parte delle istruzioni decoravano il davanti. Ogni tanto Olga si divertiva a leggerle, al contrario e sottosopra.

Per riparare i danni, prendeva un foglio dalla borsa, ritagliava il pezzetto che le serviva e, con colla e pennellino, copriva il buco o aggiustava lo strappo. Era molto brava e, se non fosse stato per il candore delle pezze che erano nuove, mentre il vestito, le gambe e le braccia mostravano già i segni del viaggio, il rammendo non si sarebbe notato.

La sera, finché la luce lo consentiva, la bambina

scriveva il suo diario: per lo più frasi melanconiche, perché sentiva molto la mancanza di casa, ma anche alcune annotazioni interessanti sul viaggio, in particolare proprio sulle bacche e sulle radici.

A volte le veniva anche da piangere, ma tratteneva le lacrime e, per sfogarsi, strattonava la fune.

Un giorno, mentre tornava da un giro di perlustrazione, decise di riguardare la mappa del venditore di tracce. Forse l'aveva osservata male, pensava, e da qualche parte, con matita leggera, l'uomo aveva indicato un'altra via.

Srotolò la pergamena e, continuando a camminare, cominciò a scrutare ogni centimetro del disegno.

A un tratto si fermò, allungò le braccia e osservò il foglio in controluce: c'era un buco nel centro! Una spina doveva aver trapassato la borsa quando lei aveva cercato di arrampicarsi sul rovo e la stessa aveva bucato la mappa. Non era un foro molto grande, ma neanche tanto piccolo: accostando l'occhio si vedeva il mondo dall'altra parte. Olga guardò attraverso il buco e...

« Ah! » esclamò. La fune si muoveva.

Con il cuore che le batteva forte, si avvicinò e pose una mano sulla corda: vibrava davvero!

Qualcosa, all'altro capo, si stava muovendo

« Tra poco piove » disse Olga, interrompendo il racconto. Il cappello del signor Gibòd comparve da dietro un muretto.

« Dove? » chiese l'uomo scrutando il cielo sopra di loro. « Perbacco! Ho lasciato le finestre aperte, devo andare a casa ».

Si sollevò dall'erba, si spazzò i calzoni, scavalcò i poveri mattoni che restavano dell'antica balaustra, salutò Bruco e Mimma, strinse la mano a Olga e stava per dirle qualcosa, quando lei lo prevenne.

« Non si preoccupi, ci vuole ancora tempo prima che Olga di carta riprenda la strada di casa » disse.

Il signor Gibòd ringraziò ancora e s'avviò in fretta per il sentiero che dalla vecchia villa portava al villaggio.

Un istante dopo si levò un vento di tempesta.

« Cosa facciamo noi, scappiamo o restiamo? » chiese Mimma.

« Io direi che scappiamo » suggerì Bruco saltando giù dal davanzale. Mosse qualche passo poi, accorgendosi che Mimma non lo seguiva, tornò indietro, fece salire la ragazzina in groppa e la portò dove non c'erano massi e pietre sotto i quali una biscia potesse nascondersi.

Olga invece restò alla villa.

« Ida? » chiamò sottovoce, mentre i rami degli alberi sferzavano i muri decrepiti, e grossi goccioloni cominciavano a macchiare di scuro la vernice screpolata delle imposte. « Nonna Ida? » chiamò di nuovo. Un lampo lacerò le nubi e si schiantò sui vecchi cavi della luce, sprizzando scintille in tutte le direzioni.

Olga e suoi amici scapparono via.

MELO

Quando i tre amici arrivarono alla palazzina dove viveva la nonna di Mimma, il cielo rischiarava già e i ragazzi ci restarono male.

« Potevamo restare là » disse Mimma contrariata.

« A farci friggere dai fulmini? Tu sei tutta matta! » disse Bruco.

Si sedettero sui gradini di marmo davanti alla casa, con le schiene appoggiate al portone e i visi rivolti al sole di un tardo pomeriggio di settembre.

« Cosa si stava muovendo dall'altra parte della corda, Olga? » chiese Mimma, con le mani sotto il sedere per non sentire il freddo del marmo. « Eravamo arrivati a quel punto della storia ».

« Oh, non lo immaginereste mai » rispose Olga.

La bambina rimase a fissare la fune e la volta del bosco finché il collo cominciò a farle male e il naso a diventarle freddo. Lei, però, era troppo curiosa, perciò restò a guardare in su anche col naso gelato, sempre più impaziente di scoprire cosa sarebbe apparso; se qualcosa fosse effettivamente apparso: la corda continuava a vibrare, ma non succedeva niente.

Olga attese e attese ancora. Finché... dal fitto fogliame color verde bottiglia comparve un puntino rosso. Scendeva lungo la fune come una perlina lungo il filo di una collana e, man mano che si faceva più vicino, la sua forma diventava più chiara. Erano un paio di calzoni rossi.

Poco dopo fu chiaro che quei calzoni erano corti e che da essi spuntavano due gambe: avvinghiate alla fune, appartenevano a un ragazzo. La bambina non le aveva notate prima perché il loro colore si confondeva con l'ombra del bosco.

Il giovane scendeva fluido e leggero. Quando balzò a terra, Olga notò che aveva la pelle scura e dorata, come il miele di castagno che si faceva al suo villaggio, e strabiliò davanti alla più maestosa massa di capelli neri e riccioluti che avesse mai visto. Incorniciavano un viso gioioso e gentile, in cui brillavano occhi vispi e verdissimi. Di un verde più scuro era la giacca di tela che il giovane indossava, dalla quale spuntava il colletto di una camiciola a quadretti bianchi e viola.

« Sono tue quelle cose? » chiese il nuovo venuto, indicando il piccolo accampamento intorno all'ancora. Olga annuì con un po' di timore. « Non è un posto sicuro dove accamparsi: sai quanto pesa un'ancora? A volte, quando c'è molto vento, capita di spostarla e allora sono guai per chi si trova nei paraggi ».

Non era arrabbiato, piuttosto stupito.

Mai quanto Olga, però: la bambina non riusciva a togliere gli occhi dal ragazzo color castagna. Fissava i suoi lineamenti che, pur non essendole affatto familiari, trovava fossero assai gradevoli, e come un gatto curioso seguiva ogni suo movimento. Lo osservò sfilarsi da sotto la giacca una borsa di iuta e con quella inoltrarsi nel bosco. D'istinto lo seguì.

« Tu che vivi qui » disse il giovane con una certa urgenza, « sapresti dirmi dove potrei trovare dell'origano? Fa passare il mal di denti e io sono tre giorni che ne soffro, tre giorni durante i quali non ho potuto fare altro che premermi la guancia con la mano. Oggi sto meglio, ma non vorrei che tornasse: devo ripartire! »

« Ma io non vivo qui » rispose Olga. Era confusa: il ragazzo non aveva fatto nessun commento quando l'aveva vista, e a malapena la guardava adesso. Possibile che non avesse notato niente di strano in lei? Che non si accorgesse di quanto fosse diversa da tutti gli altri? Quel giovane venuto dal cielo era forse molto miope? O molto maleducato? E perché aveva fretta di partire? Per andare dove? E soprattutto con quale mezzo?

« Se non vivi qui allora sei di passaggio come me » continuò lui. « Dove vai? »

« Io vado, cioè, andrei, se solo ci riuscissi... »

« Io sono Melo. E tu? »

« Io sono di carta! » esclamò Olga spazientita.

Melo non fece una piega.

« È il tuo nome o il tuo cognome? »

« Mi chiamo Olga » rispose la bambina rassegnata.

« E dove è che vorresti andare se solo ci riuscissi, Olga Dicarta? »

« Ho da poco intrapreso un lungo viaggio, ma ho trovato un ostacolo e non so come proseguire, poiché come vedi io sono... »

« Il mondo è pieno di ostacoli » bofonchiò Melo, « per questo io sto in aria ».

« La tua casa è in cima agli alberi? »

Il ragazzo corrugò le sopracciglia.

« Somiglio a una scimmia? »

« No. So benissimo che sei un ragazzo. Hai la pelle scura e io non avevo visto mai nessuno come te. D'altra parte, cosa dovresti dire tu di me, che sono così... »

« Così? »

« Be'... »

« Be'? »

« Sono diversa! »

« Siamo tutti diversi in questo mondo » disse Melo. Poi precisò: « Da vicino, perché da lontano, invece, siamo tutti uguali. Per questo io sto in aria ».

Olga proprio non riusciva a capire. Aveva sentito di bambini adottati dai lupi, cresciuti selvatici nei boschi, che avevano imparato a ululare e a cibarsi di carne cruda. Forse Melo era stato adottato da una famiglia di oche e sotto il maglione nascondeva un paio d'ali bianche? Con un dito lo sfiorò proprio in mezzo alla schiena: niente ali. E poi, si disse, cosa se ne fa un'oca di un'ancora?

« È tardi e io devo partire » disse il giovane, tornando sui suoi passi. « Tanto qui origano non se ne trova ».

« L'origano cresce al sole » ricordò Olga in quel momento.

« E noi perché lo cerchiamo nel bosco? »

« Non lo so ».

« Accidenti, ho perso tempo inutilmente! Fai buon viaggio, Olga Dicarta, io riprendo il mio ».

« Oh, sì, grazie, lo sarebbe, cioè, lo farei. Però, come ho detto, un ostacolo m'impedisce di proseguire. Potrei aggirarlo, è vero, ma temo che potrei perdermi e... »

« Un mucchio di cose si perdono a questo mondo » commentò Melo corrucciato, « per questo io sto in aria ».

Olga sospirò.

« Senti » disse al ragazzo, « quest'aria di cui parli sembra un posto bellissimo: non è che potrei venire con te? Non ne posso più di questo bosco ».

« Certo » rispose Melo. « Seguimi. Però spicciati. Voglio sciogliere gli ormeggi prima che faccia notte ».

'Sciogliere gli ormeggi?' si domandò Olga.

« Sei pronta? »

« Uh, no! Aspetta... »

Doveva ancora raccogliere le sue cose, che erano sparpagliate dappertutto, e Melo stava già risalendo la fune. Presto sarebbe sparito tra le foglie.

« Scendi giù! » gli gridò. « Non sono capace di arrampicarmi. Ho paura, il vento mi fa volare! »

Il ragazzo tornò indietro.

Olga riempì la borsa, prese l'ombrellino, piegò la coperta e cancellò ogni traccia dell'accampamento. Tasso sarebbe stato orgoglioso di lei.

« Infilati qui dentro » disse Melo aprendo il sacco di iuta.

« Lì dentro? »

« Sopra la legna che ho raccolto c'è giusto lo spazio per te. Ti accomodi e io ti porto su ».

La bambina entrò nel sacco.

« Stai bene? »

« Sì » rispose. Il suono della sua voce giungeva attutito dal tessuto e al giovane venne da ridere.

« Hai paura? »

« Un po' ».

« Non devi. Vado su e giù per questa corda da quando sono al mondo, e poi non c'è vento; solo una leggera brezza, che soffia nella direzione giusta ».

« A me basta questa per volare via » disse Olga.

Melo rise di nuovo.

Anche così nascosta, la bambina di carta si accorse quando superarono la volta del bosco e percepì il cielo sopra di loro.

« Ci siamo! » annunciò infatti Melo.

Olga allargò una maglia del sacco, sbirciò fuori e... rimase senza fiato

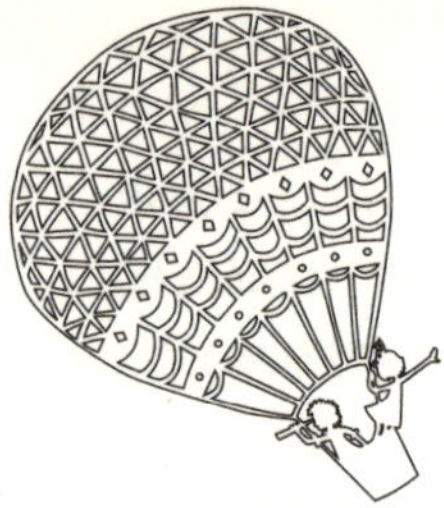

AVANTI E INDIETRO VELOCE

Un gigantesco pallone, gonfio d'aria impetuosa, galleggiava nel cielo sopra le loro teste. La tela vibrava e il primo pensiero di Olga fu che quel coso sembrava impaziente di partire.

« Cos'è? » chiese.

« Si chiama mongolfiera » disse Melo.

Olga non aveva mai visto una mongolfiera e in quell'istante decise che non poteva esserci cosa più bella al mondo.

Tre colori la vestivano, in lunghi spicchi verticali: rosso, verde sacco e viola a quadretti, gli stessi degli abiti di Melo. Una rete, molto simile a una rete da pesca, o forse era una rete da pesca, ricopriva la metà superiore, e da essa dodici funi scendevano lungo il pallone per reggere la cesta dove si trovavano in quel momento.

« Ti piace? »

« È favolosa! » rispose la bambina estasiata. « Ma come fa a restare in aria? »

« Grazie a questo ». Melo prese un ciocco di legno e

alimentò il fuoco che ardeva nel braciere sopra le loro teste. « Il fuoco scalda l'aria, l'aria calda entra nel pallone e il pallone si solleva. Logico, no? »

Olga fece "nì" con la testa e Melo cercò di spiegarglielo meglio.

« L'aria calda è più leggera dell'aria fredda, perciò la mongolfiera, riempita d'aria calda, si solleva e vola. Hai capito ora? »

« Credo di sì. Però adesso non può volare perché è legata alla fune, e la fune è legata all'ancora: ecco a cosa serviva! Prenderò un passaggio su questa meraviglia per superare la montagna di rovi, poi proseguirò a piedi. A meno che... Da che parte vai tu? »

« Verso ovest » rispose Melo.

« Anch'io! »

« Però sopra le Terre di Ghiaccio dovrò girare a nord ».

« Va bene lo stesso » disse la bambina. « Mi accorcerai il viaggio di un bel po', anche se dovrò scendere prima che tu giri, perché io devo andare sempre verso ovest, fino a quando scoprirò che sono arrivata, così mi è stato spiegato. Mi avviserai quando sarà il momento? »

« Sicuro! Mi fa piacere avere un po' di compagnia ».

« Sentila, scalpita come un puledro stufo della cavezza » disse Olga emozionata. Si teneva al bordo della cesta e guardava le nuvole, gli uccelli, il mondo, che era tondo, tondo davvero! Dall'alto si vedeva bene. E si vedeva anche la casetta col tetto rosso del venditore di tracce, il sentiero dei caprioli e l'inizio e la fine del bosco, col suo groppo di rovi intricati: sembrava così piccolo e insignificante visto da lassù.

« Salpiamo l'ancora, comandante! » gridò la bambina in preda all'eccitazione. Con sorpresa vide che Melo, invece, slegava la fune dalla cesta.

« Se salpo l'ancora precipitiamo a terra » le disse il giovane, indaffarato nelle manovre. La fune fu lanciata verso un grosso ramo intorno al quale si avvolse.

Olga non comprese il senso di quel gesto, ma non aveva importanza, perché adesso stavano volando.

La terra scorreva sotto di loro, il bosco si allontanava, nuovi mondi venivano incontro.

« Hai freddo? » le chiese Melo.

« No » rispose lei senza distogliere lo sguardo dal magnifico spettacolo.

« Con questo bel venticello saremo presto a destinazione » disse il ragazzo. Poi tacque e lasciò che la giovane ospite si godesse il panorama.

Volavano in un cielo tinto di giallo, incontro all'ultima luce del giorno. Il sole tramontava davanti a loro. Sotto, la terra imbruniva sfumando in tonalità di vino e tabacco; solo la cima delle colline e le vette delle montagne conservavano ancora i colori, dolcemente indorati dal velo della sera. E tutt'a un tratto fu notte e il cielo stellato.

Olga fissava le stelle. Erano milioni, piccole e lontane, grandi e scintillanti, sole e raggruppate in costellazioni: Auriga, Leone, Andromeda, Lira, Cassiopea ...

« È un sogno » mormorò.

Melo accese una lanterna e Olga si voltò: il giovane era seduto in un angolo della cesta, accanto alla legna per il braciere, e leggeva una lettera.

« Ricevi posta? » chiese la bambina stupita. « Deve portartela un postino volante. Una cicogna? O una rondine ».

« Non è per me » spiegò Melo. « Penso sia volata via dalle mani di un ragazzo e io gliela sto riportando ».

« Ah, che gentile ».

« È il mio mestiere, è ciò che faccio: io porto avanti e indietro veloce ».

« Scusa? »

« Un sacco di cose si perdono a questo mondo, te l'ho detto, e io le riporto indietro, da dove sono venute; oppure avanti, dove intendevano andare. Pensa che una volta ho portato a sud un'oca che proveniva da nord: a metà strada si era distratta e aveva perduto la rotta. Un'altra volta ho esaudito il sogno di un vecchio: voleva raggiungere la fine dell'arcobaleno e io ce l'ho portato. Spesso, invece, cioè quasi sempre, riporto sciarpe, cappelli, camicie e fazzoletti che il vento ha strappato via dal bucato, o dalla testa di qualcuno, o dalle mani di qualcuno. Le mani... » Melo alzò gli occhi al cielo. « Quante cose volano via dalle mani della gente! Ombrelli, giornali, fotografie, lettere d'amore... tantissime lettere d'amore. Perché gli innamorati, quando le leggono, hanno le mani molli ».

Olga posò lo sguardo sulla lettera che Melo teneva in quel momento.

« Sì, anche questa è una lettera d'amore » confermò il giovane. « Però è triste, perché loro sono lontani e forse non si rivedranno mai più ».

« Oh, poverino! Ma le leggi tutte? »

« Per forza! Devo scoprire a chi appartengono per riportarle. Certe volte trovo nomi, cognomi e indirizzi, ma è molto raro. Vedi? Qui dice solo: "Amore mio, mio cuore..." »

« Chi è che scrive, un ragazzo o una ragazza? »

« La scrittura sembra femminile, perciò ho dedotto che sia stata scritta da una ragazza al suo fidanzato ».

« E vuoi portarla a lui? Come farai a trovarlo? »

« Ho il timbro postale » rispose Melo ripiegando la lettera. « Vive al Polo Nord

LA CASOLINA

Il portoncino si aprì e un'immensa figura comparve alle spalle dei ragazzi.

« Permesso? » chiese, anzi, cinguettò, perché la voce era piccola, allegra e musicale come quella di un fringuello.

I tre amici si spostarono per lasciar passare Erisina Casol e il suo cagnolino.

Non appena fu all'aria aperta, la poderosa signora aprì il parasole che le pendeva dal braccio, e riparò il viso roseo dai raggi dannosi. Lo reggeva con grazia squisita, la stessa che mostrava nel parlare, nel sorridere e nell'avanzare sui tacchi sottili, a dispetto della stazza: la Casolina, come veniva chiamata da tutti, superava in altezza e larghezza molti uomini e alcuni buoi della contea.

Grassa e leggiadra, con un leggero accento straniero, salutò con garbo allegro i tre giovani, i quali ricambiarono sinceramente, mentre il cagnolino li annusava uno per uno.

« Sei tu! » disse a un tratto la signora. « Non ti afefo riconosciuta. Come è che stai? »

« Bene, grazie » rispose Olga.

« E cosa fate foi qui, ciocate? »

« No, Olga ci sta raccon... » Mimma ficcò un gomito nel fianco di Bruco e lo fece tacere. « Niente, ci asciughiamo al sole » si corresse il ragazzino. « Prima abbiamo preso la pioggia ».

La Casolina distese la bocca minuta in un dolcissimo sorriso, impugnò meglio il guinzaglio e si avviò leggerissima lungo la via, mettendo un piede avanti all'altro, come camminasse su un filo.

'L'ombrellino le serve per tenersi in equilibrio' pensò Olga ammirata.

Quando non si udì più il ticchettio dei tacchi sul selciato, Mimma rimbrottò Bruco.

« Cosa ti salta in mente? »

« Perché? Che male facevo a dirglielo? Lei mi è simpatica ».

« Allora vai a richiamarla! Voglio proprio vedere dove la farai sedere ».

« Perché dovrei farla sedere? Chi ti dice che vuole sentire la storia? Avrà le sue cose da fare, no? Se è uscita... »

« Ah, sì? Guarda! »

Mimma indicò una finestra del piano terreno, che dava sulla strada vicino al portone. Dai vetri socchiusi spuntava un oggetto di ottone, come una specie di imbuto: era il cornetto acustico del signor Plumes, ottuagenario sordo e paralitico.

Bruco guardò Mimma e alzò le spalle come a dire: "E allora?"

« Tutti vogliono ascoltare le storie di Olga! Non lo sai?! » esclamò lei.

Immediatamente la finestra al terzo piano dell'edificio di fronte si chiuse, il cornetto del signor Plumes rientrò e un paio di mutande, umide di bucato, caddero in testa a Bruco. Forse chi le stava stendendo, sentendosi scoperto, le aveva perse nel tentativo di ritrarsi frettolosamente.

Pochi istanti dopo, da una viuzza secondaria sbucarono quattro ragazzi in bicicletta. All'altezza della casa di Mimma quello in testa al gruppo alzò un braccio e ordinò agli altri di fermarsi.

« Me lo avete chiesto il permesso per stare lì? » chiese ai tre amici seduti sui gradini.

« Grumo Malan, mia nonna vive in questa casa da quando sono nata e io ci sto quanto mi pare! » rispose Mimma alzandosi. Bruco le tirò l'angolo della gonna del vestito.

« Vabbè, tu ci puoi stare, ma loro no! » disse Grumo.

« Loro sono miei amici e non devono chiedere il permesso a te per stare a casa mia. Smammate! »

« Uuuh, che paura » fece Grumo con vocetta scema. « E se non ce ne andiamo cosa fai, ci picchi? O ci fai picchiare dalla nonna? O dal tuo amico quattrocchi mangiamele? O da Olga la sogliola, così sottile che si nasconde sotto la sabbia... Ah! Ah! Ah! »

« Te li faccio mettere io i punti... »

Mimma fece per caricare il nemico, ma Olga riuscì a fermarla prima che mettesse le mani sulla faccia di Grumo, mentre Bruco cercava disperatamente di aprire il portone per fuggire dentro.

« Guardate, il verme fifone sta scappando! » gridò uno dei bulli. Grumo scese dalla bici.

« Dove vai, polenta? » chiese afferrando Bruco per una

ciocca di capelli e trascinandolo via dal portone. « Non ti piace la nostra compagnia? »

« Dagliele, Bruco! » lo incitò Mimma. « Avanti! Tiragli un pugno, adesso! »

« No, Mimma, no » sussurrò Olga, trattenendo l'amica.

« Cosa gli facciamo dire, ragazzi? » chiese il bullo agli amici.

« Fagli dire ramarro, capo ».

« Di' ramarro per il mio amico, polenta! »

Bruco fece di no con la testa.

« Avanti, dillo! »

« No » rispose Bruco.

« Dillo o ti spacco gli occhiali ».

« Cos'è che deve dire? »

Alle spalle dei bulli erano apparsi Ari e la sua banda di fratelli.

« Fatti gli affaracci tuoi, Grampet, che a questo ci penso io! » gli rispose Grumo, tirando più forte i capelli di Bruco.

Ari, che a buttarsi nella mischia non ci pensava due volte, lasciò cadere la bicicletta e si lanciò all'attacco. Afferrò Grumo per il collo e, stringendolo, gli ordinò di lasciare il ragazzo.

Grumo fece finta di ubbidire, ma appena il giovane Debrìs fu sull'orlo del gradino lo spinse e lo fece cadere. Bruco rovinò all'indietro. Per non battere la testa si ferì i gomiti e prese una botta all'osso sacro che lo lasciò senza fiato per il dolore.

Intanto Ari e Grumo si erano aggrovigliati in una lotta che li vedeva prevalere a turno. Ari era riuscito a buttare Grumo a terra, ma il prepotente, che era molto più grosso e più forte, si era liberato e adesso gli stava a cavalcioni sulla pancia e gli teneva le mani bloccate.

« Adesso ti sputo! » disse, preparandosi la saliva nella bocca. Ari cercò di divincolarsi, ma Grumo era pesante.

« Vuoi che ti aiutiamo? » chiese uno dei fratelli più giovani al capobanda immobilizzato.

« N...no! » ringhiò lui, dimenandosi per liberarsi.

Grumo sputò, ma Ari si spostò in tempo e lo sputacchio passò a un centimetro dalla sua faccia.

Capendo che con la forza non ce l'avrebbe fatta, Ari ebbe un'idea: spalancò con stupore gli occhi e finse di guardare incredulo qualcosa oltre Malan. Poi li chiuse di colpo, come se quella cosa stesse cadendo sopra di loro. Grumo d'istinto si girò a guardare, alleggerendo la presa, e Ari ne approfittò: ribaltò l'avversario a terra e si rimise in piedi, con i pugni serrati pronto a colpire.

« Fatti sotto, idiota! » disse con un sorriso ironico.

Fuori di sé dalla rabbia, Grumo si raddrizzò e serrò i pugni a sua volta. Volarono colpi alti e colpi bassi, al viso, allo stomaco, ai fianchi. Ma in quel tipo di scontro, che richiede scatto e agilità, Ari era più abile. Prese un solo pugno in faccia e ne assestò molti di più; uno, l'ultimo, lo diede duro e preciso alla bocca dello stomaco di Malan, che si piegò in due e cadde sulle ginocchia.

I suoi amici, che fino a quel momento si erano tenuti fuori dalla zuffa, si mossero per lanciarsi sul rivale, ma i giovani Grampet si pararono in difesa del maggiore, mentre Mimma, Bruco e Olga lo allontanavano da Grumo.

« Andatevene! » gridò Mimma arrabbiata.

« Me la pagherai! » giurò Grumo salendo in bicicletta.

Ari lo mandò a quel paese e i bulli sparirono oltre la via.

« Grazie » disse Bruco tendendo una mano al capobanda, mentre con l'altra si massaggiava ancora il didietro. Aveva la camicia strappata sui gomiti e i lembi erano macchiati di sangue. Però non si lamentava, e questa era una novità per Bruco; inoltre, quando disse "grazie", non arrotò la erre come ci si sarebbe aspettati, perché così faceva quando era spaventato. Pronunciò la solita erre di quando era calmo.

Ari lo notò.

« Ho idea che te la saresti cavata anche da solo » gli disse ricambiando la stretta.

« Hai lo zigomo gonfio » gli fece notare Mimma, indicando la guancia; e storse la bocca come se il male lo sentisse lei.

Lui alzò le spalle: « *Finco nun erre sangue*... Cosa facevate qui? »

« Ci asciugavamo al sole » gli disse Bruco.

« Mentre Olga ci raccontava la storia » aggiunse Mimma.

« È la stessa dell'ultima volta? »

« Sì ».

« Quella della bimbetta di carta? »

« Sì! »

I tre Grampet più giovani si sedettero per terra in mezzo alla via. Ari, invece, si appoggiò al muro della casa, vicino a Olga.

« Allora? Che succede adesso? » le chiese.

« Si vola » rispose lei.

NORMALE COME?

Intenta ad ammirare il panorama dalla mongolfiera, la bambina di carta pensò che se un giorno avesse dimenticato ciò che stava vedendo in quel momento, quel viaggio sarebbe stato inutile. Perciò tirò fuori le matite dalla borsa, alcuni fogli, e cominciò a disegnare.

Non era particolarmente dotata, inoltre il mondo scorreva sotto di lei mutando forma e colore così rapidamente da rendere quasi impossibile fermare una sola immagine sul foglio.

Olga, però, voleva riuscirci, desiderava avere un ricordo di quell'esperienza fantastica da mostrare alla mamma quando fosse tornata.

S'impegnò moltissimo, però il risultato, secondo lei, non era mai all'altezza: fogli di disegni bocciati, rifiutati, rinnegati si accumulavano sul fondo della cesta.

Melo li raccoglieva, li osservava, poi li piegava e, quando aveva ottenuto un aeroplanino, li lanciava: prati scarabocchiati, colline abbozzate, alberi cancellati, fiumi interrotti si libravano in aria per perdersi nel cielo.

« Questo mi piace! » esclamò raccogliendo un disegno.

Olga si voltò e fece un balzo.

« Dove sono finiti i miei fogli? »

« Pensavo li avessi scartati e li ho lanciati fuori ».

« Cosa? Sono i miei rammendi! Mi servono per aggiustarmi! Non posso credere che li hai gettati via. Come faccio adesso? »

« È rimasto questo... » Il giovane mostrò a Olga il disegno che gli era piaciuto.

« Aaah! » gridò la bambina. « Dove lo hai preso? »

« Era sul fondo della cesta. Sei tu che l'hai buttato ».

« Non è possibile! È il ritratto di mia mamma! » La bambina afferrò il foglio e se lo portò al petto. « Se avessi lanciato fuori anche questo sarei morta! »

« Dovevi dirmelo, che ti servivano. Anche se a dire il vero, forse, avrei dovuto immaginarlo, perché anch'io conservo delle pezze per rattoppare il mio pallone. Sono qui dentro... » Melo aprì una sacca piena di scampoli di stoffa rossa, verde e a quadretti bianchi e viola. « Posso darti questi se vuoi ».

« La stoffa è troppo pesante per me, mi piega le gambe » replicò Olga ancora risentita. « Cercherò di farmi bastare i fogli che mi sono rimasti ».

« Ti manca? » Melo indicò la signora nel ritratto.

« Molto ».

« Allora perché non sei con lei? »

« Ci sarò presto, appena avrò ottenuto la mia magia ».

« Quale magia? »

Olga raccontò le ragioni che l'avevano spinta ad allontanarsi da casa.

« E quando ritornerò sarò una bambina normale » disse.

« Normale come? » domandò il giovane.

« Uguale a tutti gli altri ».

« Con la pelle scura come la mia? »

« Oh... A questo non ho pensato. Mia mamma è chiara, perciò credo che sarò chiara come lei ».

« Quindi sarai diversa da me ».

« Sì, ma solo per il colore della pelle, il resto sarà uguale ».

« Cioè avrai la testa piena di riccioli neri? »

« Neanche a questo ho pensato ».

« Sarai più grassa o più magra di me? Avrai brufoli e nei? E dove? »

« Che domande mi fai? Non lo so ».

« Non ti capisco » disse Melo, « vuoi essere uguale agli altri, ma non sai come vuoi essere ».

« Voglio essere di carne e ossa, come te! » esclamò Olga.

« Perché, cosa c'è di male a essere di carta? »

« Cosa c'è di male? Hai mai provato a stare sotto la pioggia? »

« Succede tutte le volte che piove e m'inzuppo dalla testa ai piedi ».

« Tu ti inzuppi, io mi sciolgo! »

« Anche le lettere d'amore che recupero e riporto, permettendo a molti cuori di continuare a battere, si sciolgono se si bagnano, ma mica pretendo che siano scritte sulla pietra ».

Olga tentennò un istante.

« Il fuoco! » esclamò poi, felice d'aver trovato un nuovo argomento con cui controbattere. « Sai cosa mi succede se una scintilla mi colpisce? Brucio in un istante, puff! »

« Anche la mia mongolfiera » rispose Melo. « Se un lampo o una scintilla colpiscono la tela, lei brucia e io brucio con lei. Spiegami, Olga Dicarta, cosa non va in te? »

Con un gesto brusco, Olga mostrò il pezzo di carta che aveva dovuto aggiungere per impedire a uno dei suoi piedi di staccarsi.

In tutta risposta Melo mostrò alla bambina una ferita che aveva su un ginocchio.

« E non ci posso mettere una pezza, io! » disse secco.

« Lasciamo perdere » brontolò Olga mettendo via fogli e matite. « È ovvio che non capisci! »

Trascorsero la serata in silenzio, accompagnati dal rumore del vento e dal sibilo delle funi che fendevano l'aria.

Il mattino dopo Olga si svegliò di cattivo umore.

Distesa nella cesta, guardava il cielo grigio e pensava che le nuvole che vedeva fossero strane... All'improvviso capì che non erano nuvole.

« Al fuoco! Al fuoco! » strillò balzando in piedi.

« Calma » le disse Melo indicandole di affacciarsi e guardare di sotto. « Non è fuoco, vedi? È il fumo che esce dai comignoli e dalle ciminiere. Stiamo volando sopra una città ».

Olga guardò stupefatta il mondo che sfilava sotto di loro: torri, guglie, croci, antenne, un albero ogni tanto, comignoli e tubi neri che sputavano colonne di fumo... Era la foresta più strana che avesse mai visto.

« Ci vive della gente laggiù? » chiese.

« Milioni! » rispose Melo.

« Milioni? »

« Più o meno ».

« Perciò se fossi nata in una città conoscerei milioni di persone? »

« No, per quanto ne so, solo quattro o cinque. Ti piace? »

Olga ci pensò un po'.

« È diversa » disse. « Proprio molto diversa da tutto ciò che ho conosciuto fino a oggi. Perciò è interessante ».

« Passeremo sopra altre città » la rassicurò il ragazzo. « Se vuoi ti farò scendere in una di quelle ».

« No, ho paura che mi perderei, meglio un luogo più tranquillo. Credi che lo troveremo? »

« Voleremo sopra un sacco di posti e tu mi dirai dove vorrai scendere, va bene? »

Volarono sopra vulcani e vette innevate, su campanili altissimi e borghi incantati, su mari sterminati e deserti di sabbia, raccogliendo cappelli e pagine di libri, giornali, ombrelli, foulard, lettere d'amore rapite dal vento e portate lontano.

Olga non chiese mai di scendere. Melo, però, cominciava a preoccuparsi, perché sapeva che presto avrebbe dovuto cambiare direzione.

« Devo girare verso nord » disse un giorno rammaricato. « Se proseguo ancora verso ovest perderò la rotta e non riporterò più la lettera all'innamorato che vive al Polo Nord ».

« Allora scenderò qui » rispose Olga.

« Qui? Qui non c'è niente! »

« Appunto. Così non mi perderò tra milioni di persone o dentro a boschi intricati. E di certo non verrò fermata da muri di rovi e cose del genere. Non sei d'accordo? Qui va benissimo! »

« E cosa farai quando sarai laggiù? »

« Riprenderò il mio viaggio ».

« Verso dove? »

« Verso ovest e la maga Ausolia ».

« Perché invece non vieni con me? » le propose Melo. « Consegneremo la lettera e poi ti porterò dove vorrai ».

« Grazie, sei molto gentile e io resterei volentieri con te. Mi sono divertita tantissimo! Ma ho fretta di arrivare, capisci? »

« No, cioè sì, anche se... Oh, lascia perdere ». Melo scosse la testa. « O sei tutta matta, Olga Dicarta, o sei la persona più coraggiosa che abbia mai conosciuto ».

Mentre l'ombra della mongolfiera si allargava sulla

terra di ghiaccio, il giovane staccò due pezzi di corteccia dai ciocchi che servivano ad alimentare il fuoco, li sagomò con un coltellino e li passò a Olga.

« Con queste addosso non ti si scioglieranno i piedi » le disse. « Le suole ti proteggeranno ».

Due scarpine di corteccia: Olga non aveva mai posseduto due scarpine di corteccia. Se le legò sotto i piedi e provò a fare due passi sul fondo della cesta.

« Sono molto comode. Grazie! » disse abbracciando Melo e dandogli un bacio sulla guancia.

Lui, quel bacio, quasi non lo sentì. Era asciutto e delicato come il tocco di una farfalla.

« Grazie a te » sussurrò il ragazzo toccandosi lo zigomo.

Poco dopo atterrarono

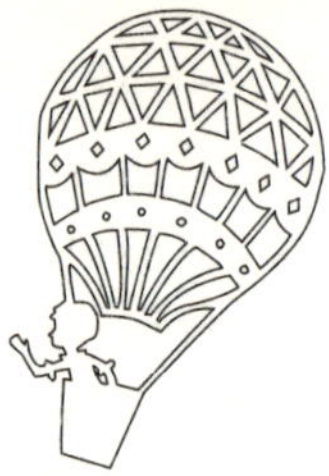

IK ARRIVA DAL MARE

La strada dove si trovava la casa della nonna di Mimma, davanti alla quale la giovane Papel stava raccontando, andava accogliendo nuovi, silenziosi ascoltatori. Dopo Ari e la sua banda, erano giunti, insieme, il signor Gibòd e il professor Debrìs, amici di lunga data. I due signori si erano uniti alla Casolina, che di ritorno dalla passeggiata si era fermata ad ascoltare.

Il sole stava calando e nella via era già scuro.

Seduta su una sedia accanto all'uscio della casa di fronte, la signora Chora, in abito nero, alla luce del lampione, lavorava ai ferri un golfino azzurro per il nipotino.

« Ci fosse qui una maga che esaudisce i desideri » borbottò lanciando sguardi furtivi da una parte e dall'altra, « saprei ben io cosa chiederle ».

Accanto a lei, la nuora, appoggiata al muro con le braccia dietro la schiena, mostrava un bel pancione rotondo sotto il leggero grembiule estivo.

Poco più in là, alla luce di un altro lampione, alcuni scettici parlottavano fra loro; sembravano sempre sul punto di andarsene, ma non se ne andavano mai.

Intanto, il cornetto acustico del signor Plumes era

rispuntato, più visibile di prima; le finestre ai primi piani si erano aperte e nell'oscurità degli appartamenti s'intravedevano volti di uomini e donne intenti ad ascoltare; goccioline d'acqua profumata cadevano dall'alto, segno che il bucato era stato steso e forse, ai piani alti, c'era qualcuno con una molletta in mano che tardava a rientrare.

Bambini di ogni età erano accovacciati per terra, davanti ai gradini dove era seduta Olga...

Melo aiutò la bambina di carta a scendere dalla cesta. Prima di salutarla, il giovane le indicò le loro ombre sul ghiaccio.

« Cosa vedi? » le chiese.

« Due persone » rispose lei.

« Allora ho ragione, tu e io siamo uguali ».

« Che sciocchezza, lo sanno tutti che le ombre ingannano » protestò Olga.

« Ti sbagli » replicò Melo. « Non sai che gli uomini regolano gli orologi con la meridiana? Le ombre non mentono. Quella, per esempio, dice che tu sei una femmina, e quell'altra che io sono un maschio. Dicono anche che sono le tre meno un quarto del pomeriggio, e che la mia testa ha urgente bisogno di rivedere le forbici ». Melo cercò di passarsi una mano tra i ricci, ma non ci riuscì.

« La tua ombra ha ragione » rise Olga.

« È il ritratto che la luce fa di noi quando i suoi raggi ci investono, come può non essere fedele? » replicò il ragazzo.

Olga allora appoggiò l'ombrellino contro la cesta della mongolfiera, aggrovigliò insieme le mani, sollevò due dita, ne piegò altre due, e disse a Melo di guardare di nuovo il ghiaccio.

« Ora cosa vedi? »

« Un pappagallo ».

« E dov'è il pappagallo? » fece la bambina liberando le mani.

« Non c'è più, ma poco fa tu l'hai creato; la luce lo ha visto e me l'ha mostrato sul ghiaccio. Perciò ho di nuovo ragione io: la luce proietta ciò che vede, e la luce vede una bambina ».

« La luce si fa ingannare facilmente » disse Olga riprendendo l'ombrellino.

« Se fosse così » rispose Melo, « sarei perduto nel tempo e nello spazio, perché come vedi non possiedo un orologio. A proposito, è ora che vada. Buona fortuna, Olga Dicarta ».

Il ragazzo dalla pelle scura e lucente mise un ceppo nel braciere e il fuoco si risvegliò. La mongolfiera ebbe un fremito e lentamente prese a muoversi.

« Aspetta » lo richiamò Olga. « Grazie! Grazie delle scarpette, del passaggio, delle lettere, di queste... » la bambina indicò le ombre. « È stata l'esperienza più bella della mia vita! Non dimenticherò mai questo viaggio. Non dimenticherò mai te ».

« Fai buon viaggio! » le gridò lui dall'alto. « E stai attenta alla pioggia, al fuoco e al vento! »

Lei si mise a ridere.

« Anche tu! » gli rispose.

Restò a guardarlo mentre il pallone diventava un palloncino tra le nuvole.

Dal cielo, Melo guardava lei: le parole stampate sull'abitino sbiadivano nel bianco, e il ragazzo si dispiacque di non aver mai letto cosa dicessero, quelle parole.

La carta si confuse col ghiaccio e la terra vasta e abbagliante tornò a sembrare inabitata.

Invece qualcuno c'era: Olga. E non era sola.

Accecata dal candore, la bambina ammirava a occhi stretti il panorama immobile e sconfinato: non un ronzio, un richiamo di campane, una voce. Soltanto lo spirito di un vento vagabondo, che, come un segugio, spazzava la neve sollevando sbuffi vaporosi e cristallini.

'Che strano paese' si disse Olga, mentre il vento, di saltino in saltino, la spingeva avanti. Verso dove, però, la bambina non riusciva a capirlo, poiché orientarsi le era impossibile. A nord, a sud, a est, a ovest: ovunque guardasse, vedeva solo ghiaccio. Il cielo era bianco e senza sole. Non restava che attendere le stelle, ma il giorno sembrava non voler tramontare. Era immobile, ghiacciato anche lui.

« Un posto strano davvero » disse Olga, in balia di quel vento balordo che non smetteva di spingerla. E tuttavia era contenta d'aver chiesto a Melo di scendere, perché un luogo tanto bizzarro e rarefatto non era facile da immaginare. « Devo ricordarmi di scrivere sul taccuino che certe volte la realtà supera la fantasia » disse, abbassandosi il vestito di carta che il venticello le sollevava. « Perfino la mia fantasia! »

Melo aveva avuto una grande idea a regalarle quelle scarpine di corteccia: senza sarebbe stato impossibile per lei camminare sul ghiaccio. Però cominciava a fare molto freddo. L'abito stava diventando rigido e rischiava di spezzarsi. Olga doveva trovare un riparo. Ma a chi poteva bussare? Non c'erano case in quella parte di mondo.

O invece c'erano?

Forse perché era bianca, come tutto il resto, forse perché Olga era convinta d'essere l'unica anima viva in quell'angolo di mondo, fatto sta che la casa non l'aveva proprio vista. Eppure era lì, vicino a lei, con i muri bianchi, il tetto bianco, la porta bianca e i vetri appannati. Non l'avrebbe mai notata se un filo di fumo grigio non fosse improvvisamente uscito dal comignolo.

La porta si aprì e un gruppo di bambini festosi, abbigliati di colori vivaci, le corse incontro.

Saltando e gridando la circondarono e sollevandola la portarono in casa, dove le fecero così tante feste e così tante domande che non era possibile capire se fossero più felici o più sorpresi. Finché una voce riportò il silenzio.

« *Tapuk!* » esclamò.

Era una vecchina alta come Olga, con la faccia brunita dal sole, gli occhi a fessura e un copricapo di pelliccia tanto alto e imponente che Olga pensò che la piccola signora avesse un orso seduto sulla testa. L'abito, invece, era umile e sporco di cenere.

La donnina desiderava che Olga vedesse la casa e invitò la giovane ospite a seguirla mentre le mostrava, orgogliosa, gli oggetti che secondo lei erano degni d'essere ammirati: un tino di zinco rappezzato, una stufa zoppa, una brocca sbeccata, un tavolo d'assi vecchie, tre sedie claudicanti, un tappeto liso, il ritratto sbiadito di un vecchio – forse il marito, pensò Olga – e un trono di legno, quello sì, molto bello e prezioso.

Olga si complimentò con la piccola signora per ciascuno di quei "tesori", che evidentemente rappresentavano una ricchezza per loro e davano gioia alla vecchina.

Circondata dalla numerosa famiglia, che non smetteva di guardarla e di sorriderle, la bambina fu infine invitata a sedersi accanto alla stufa.

« Oh, grazie! Ho proprio bisogno di asciugarmi un po' » disse accomodandosi su una delle tre sedie. Chiese il permesso di sfilarsi le scarpe, cioè le suole di Melo, e scoprì così che il suo piede destro era molto danneggiato.

« *Tapuk!* » esclamò di nuovo la donnina, che doveva essere la nonna, dando uno scappellotto a uno dei nipoti, che si era permesso di toccare il pezzetto di carta bagnata che pendeva dal piede di Olga.

« Oh, non si preoccupi » disse la bambina. « Non mi fa male e posso ancora ripararlo ». Aprì la borsa e tirò fuori i fogli che le restavano: due, due fogli soltanto.

Con un sospiro ne mise via uno e tenne l'altro. Lo tagliò in due, infilò nella borsa la metà che non serviva e con l'altra, e un po' di colla, in un attimo riparò il danno. I bambini strabuzzarono gli occhi e scoppiarono a ridere.

« È normale che siano divertiti » disse Olga alla nonna, che stava per arrabbiarsi di nuovo. « Una persona di carta non si vede tutti i giorni. Io pure ero curiosa di vedere una terra fatta di ghiaccio, perché non l'avevo mai vista ».

La signora fece no con la testa e indicò verso l'alto.

Olga non comprese. Allora la donna cercò di spiegarsi meglio aiutandosi con i gesti, e chiese ai bambini di fare lo stesso. E così tutti cominciarono a gesticolare e a indicare il cielo, ripetendo parole come *caduk*, *sakut*, *vicut*, *babuk*, *ciu-muk*, *saaruk* e *ik*; *ik* lo dissero un'infinità di volte.

Finché, dopo innumerevoli segnali e frasi mimate, tanti *uk*, moltissimi *ik* e alcuni termini più comprensibili, finalmente Olga capì: la numerosa famiglia era felice di vederla (*caduk*) e pure stupita (*sakut*), certamente perché lei era fatta di carta (*vicut*), ma ancora di più perché era arrivata dal cielo (*ciu-muk*), mentre tutte le novità arrivavano dal mare, portate da *Ik*.

Ik, raccontarono i bambini, aveva dieci anni, una

nonna, dodici fratelli e attraversava il mare a remi, a bordo di una piccola barca. E portava molte cose. Una volta aveva portato un elefante, ma l'elefante aveva freddo e non voleva vivere sulla terra di ghiaccio. Inoltre non entrava nella piccola casa. Perciò Ik lo aveva riportato indietro.

Un'altra volta aveva portato un faro, bianco e rosso. Ma il faro non voleva fare luce e Ik aveva riportato indietro anche quello.

Un'altra volta ancora aveva portato il trono per la nonna, dipinto d'oro, di rosso e di turchese: alla nonna era piaciuto molto perché ci stava comoda e poteva guardare il mondo dall'alto.

Adesso Ik era andato a prendere un albero, perché lì alberi non ce n'erano ed era una vergogna (*saaruk*). La famiglia lo aspettava con ansia e così si mise ad aspettarlo anche Olga.

Per fortuna Ik arrivò quel giorno stesso portando un grosso abete che corse a piantare nel ghiaccio.

I bambini fecero una grande festa, intonarono canzoni e danzarono tenendosi per mano intorno al nuovo albero.

« Gli alberi non possono vivere nel ghiaccio » disse la bambina di carta, interrompendo la festa. « Hanno bisogno della terra ».

I bambini smisero di cantare e Ik si voltò a guardare la straniera che aveva parlato.

« Mi dispiace » disse Olga, stringendosi nelle spalle, « lì non può vivere ».

Accigliato, Ik sradicò l'albero e lo riportò sulla barca.

I bambini scoppiarono a piangere.

« Se troverò un albero adatto a questo posto ve lo porterò io stessa! » cercò di consolarli Olga. « Ma gli alberi devono nutrirsi per vivere e nel ghiaccio non c'è niente di ciò che serve a loro. Solo l'acqua, ma acqua ghiacciata, che non possono bere. Perciò, mi dispiace davvero, ma come ho detto, quell'albero non può vivere qui. E neanche io » aggiunse poi sottovoce.

« Allora noi va! » disse Ik che, poiché viaggiava, parlava meglio la lingua di Olga.

« Davvero potrei venire con te? » disse lei. Era così felice di lasciare quella terra troppo insidiosa, che non chiese neanche da che parte fosse l'ovest. « Devo andare dalla maga Ausolia per chiederle un incantesimo » spiegò mostrando i piedi a Ik. « E se anche tu stessi andando verso est verrei con te lo stesso, perché se restassi qui finirei col diventare un foglietto di ghiaccio invece che di carta e non sarebbe un gran progresso ».

Ik avvicinò la barca così che la bambina potesse salire. Lei si tolse le scarpette di corteccia, le infilò nella borsa e andò a sedersi al centro, il più lontano possibile dall'acqua.

Un colpo di remi e lo scafo si allontanò, scivolando sul mare. Olga osservò la terra bianca dileguarsi e confondersi col cielo. Salutò con la mano i bambini e la nonnina.

Poi tirò fuori il suo taccuino e scrisse:

A volte la realtà supera la fantasia.

E sotto:

Una matita bianca, da sola,
può creare un capolavoro.

ONDE

Ik remava con foga e non parlava mai.

La prima notte il mare s'increspò. Il vento sollevava spruzzi altissimi, dai quali, in tutti i modi, la bambina tentava di ripararsi. Ma sul piccolo guscio, esposto alle intemperie, era impossibile non bagnarsi.

« Così io muoio! » gridò a Ik. « Non ho che un foglio di carta per aggiustarmi, e non basterà se mi bagno tutta! »

« Tu fa' come scoiattolo » rispose lui.

Olga credette che il frastuono del vento avesse impedito a Ik di comprendere il senso delle sue parole. Ma poi, per puro caso, il suo sguardo si posò sull'albero e allora capì che il ragazzino le aveva dato un'ottima idea: su, in cima all'abete, a tre metri d'altezza, gli spruzzi arrivavano diradati e scarichi. Inoltre, le fronde l'avrebbero protetta dalle gocce.

Veloce come uno scoiattolo, Olga si arrampicò fino in cima e da là ringraziò Ik per il buon suggerimento.

Ik le rispose di stare immobile per non sbilanciare la barca.

« Questa poi è bella » mormorò la bambina incredula. « Quando mai un foglietto di carta ha fatto pendere qualcosa da una parte o dall'altra? »

La notte passò e sul mare scuro finalmente apparve il giorno. La bambina di carta aprì definitivamente gli occhi: non aveva dormito bene in cima all'albero. Le onde l'avevano sballottata, lei aveva avuto freddo e si era sentita sola. Per tutto quel tempo Ik aveva remato, remato e remato, e non aveva più parlato.

« Non sei stanco? » gli chiese Olga sporgendosi dalla cima dell'abete. Lui non le rispose e continuò a remare di gran lena. A ogni colpo di remi, la bambina doveva tenersi per non cadere.

« Non so proprio come fai » gli disse. « Chiunque sarebbe già morto e sepolto, anche l'uomo più forte del mondo! Tu, invece, non ti fermi mai. Al tuo posto io sarei a striscioline. Va bene che sono di carta... Ma è ben per questo che mi sono messa in viaggio, per non essere più di carta, e diventare come te. Hai mai sentito parlare della maga Ausolia? Magari l'hai portata avanti e indietro su questa barca. So che vive sul mare. Non so esattamente dove, ma lo scoprirò, e allora le chiederò di farmi la magia che mi trasformerà. E non chiedermi di che colore saranno la mia pelle e i miei capelli, o quanto sarò alta o bassa: sarà lei a deciderlo. Ti ho detto da dove vengo? »

Mentre la barchetta saliva e scendeva sulle onde, Olga raccontò la sua vita a Ik, dal giorno in cui era venuta al mondo, sorprendendo il piccolo villaggio sulla montagna innevata, fino all'incontro con il tasso e poi con Melo, il viaggio in mongolfiera, le cose belle che aveva visto e quelle brutte. Ik taceva e remava. Qualche volta annuiva, altre volte scuoteva la testa per dissentire; era un tipo di pochissime parole.

Per tutto il viaggio, che durò sei giorni e sei notti, fu sempre Olga a parlare, di questo e di quello, delle onde e dell'orizzonte, dei sogni che aveva fatto, tra le fronde dell'albero, e di quelli che faceva a occhi aperti; degli innamorati dalle mani di pasta frolla e delle oche che perdono la strada; di fratelli, che lei non aveva e invece avrebbe voluto, e degli amici, di quelli vecchi e di quelli nuovi, incontrati durante il viaggio; parlò di acqua dolce e di acqua salata, di pesci e di uccelli, di doni e di difetti.

« Tu che dote hai? » chiese una sera a Ik. « Non importa, lo so già, è ben nota la tua dote: la tenacia. Tu non molli mai, neanche un momento. Però guarda che morirai se non ti riposi un po'. Io invece non so che dote ho ».

Ik alzò gli occhi al cielo in un'espressione che...

« Parlo troppo, è questo che pensi? » gli disse Olga. « Guarda che non è una dote; se mai un difetto. Però, se parlo tanto è perché tu stai sempre zitto. Se dicessi qualcosa, ogni tanto, io farei silenzio. Per esempio, perché non mi dici quanto manca ad arrivare? Comincio a essere stufa di stare appollaiata in cima a questo albero: non sono mica un merlo! »

« Domani » rispose Ik

IL PORTO E LA CITTÀ

Il mattino del giorno dopo, una densa nebbia grigia impediva di vedere a un centimetro dal naso. A Olga tornò in mente il fumo delle ciminiere che aveva visto dalla mongolfiera; solo che, invece di salire in colonne verso il cielo, questo fumo galleggiava nell'aria e lambiva l'acqua senza toccarla.

«Non si vede niente» mormorò la bambina preoccupata.

Ik aveva rallentato il ritmo della vogatura; ora dava colpi lunghi e regolari e di tanto in tanto, senza staccare le mani dai remi, si fermava ad ascoltare.

Olga si mise ad ascoltare anche lei, senza sapere, tuttavia, che tipo di rumore avrebbe dovuto aspettarsi di sentire.

Poi a un tratto le giunse l'eco ovattata di un suono lugubre, come il verso di un gufo, ma un gufo gigante. Poco dopo di nuovo, uguale; un suono fondo, monotono: *Tuuuuuuh!*

La bambina sussultò. Poi si chinò in avanti e scrutò nella nebbia. Ik riprese a remare.

« Là! » esclamò Olga indicando avanti.

La sagoma scura di un battello a vapore comparve come uno spirito dalla nebbia e subito si dileguò, seguita dal suono lamentoso del suo corno: *Tuuuuuuh!*

« E là! » gridò ancora Olga, più agitata di prima, indicando un altro punto. Un'ombra spaventosa si ergeva dall'acqua, il profilo di un mostro enorme.

Ik, impassibile, continuava a remare lento e costante.

Più la barca avanzava e più grande appariva il mostro: il muso adagiato sull'acqua, teso verso di loro, sembrava dormire.

'Ora si sveglia, apre la bocca e fa di noi un boccone' pensò la bambina tremando di paura.

Eppure c'era qualcosa di strano in quella creatura, un'immobilità innaturale, una pesantezza granitica.

Ik non se ne curava e remava diritto. Avanti, avanti, sempre più vicino.

« Sei sicuro di voler proseguire in questa direzione, Ik? » chiese Olga, accartocciandosi per non vedere.

Ik non rispose e proseguì.

« Povera me, mangiata da un mostro, che triste fine faccio! E povera mamma! Chi l'avviserà della mia morte prematura? Verrà a cercarmi? Oppure manderà qualcuno sulle mie tracce? Solo che io non lascio tracce! E se sarò mangiata non lascerò neppure resti, magari un angolino di carta sulle onde. E se venissi digerita... Ehi! »

D'improvviso il profilo del leviatano apparve

diverso. Adesso non somigliava più a un mostro. Piuttosto ricordava un... molo. Il molo di un porto.

Un'ampia baia, viva e operosa, si svelò davanti alla piccola barca che avanzava: battelli a vapore, piroscafi a vela, pescherecci e lunghi scafi a remi infilavano le loro prue tra i fasci indorati del sole che trafiggevano la foschia del mattino e precipitavano in mare. Uomini e barche venivano e partivano, in un crocevia di suoni e di sirene, di voci e di saluti.

Odori intensi di pesce, di alghe, di carbone, facevano arricciare il naso a Olga, che dalla cima dell'albero non smetteva di guardarsi attorno, ignara del fatto che qualcuno li stava osservando. Dall'edificio di mattoni più alto, in capo al molo, un uomo col binocolo aveva inquadrato la piccola barca e non la perdeva di vista.

« È tornato! » annunciò. « Incredibile! »

Poi con un sospiro aggiunse: « Bisogna che questa storia finisca, o uno di questi giorni si carica la torre con noi dentro ».

Ik tirò i remi in barca e lasciò che lo scafo scivolasse tra le barche ormeggiate, in un bosco di alberi lucidi e altissimi, avvolti da sartie e gomene. Un rumore calmo e pacato, di legni che si toccano e si respingono, li accompagnava.

Ik accostò a un pontile.

« Grazie » disse la bambina di carta scendendo. « Posso aiutarti a scaricare l'albero? In fondo, è stato più utile a me che a te e... Oh, hai già fatto ».

Ik aveva già scaricato l'abete e si preparava a trascinarselo dietro.

« Dove lo porti? » gli chiese Olga.

« A casa sua ».

« Posso accompagnarti? Magari troverò qualcuno che sappia indicarmi dove vive la maga Ausolia. Tu lo sai? »

Ik scosse la testa. Afferrò con due mani il tronco e imboccò la via che usciva dal porto.

Era alta, era vasta, era bella e maestosa, bianca e luminosa, accecava gli occhi, la città. Abituata alle casette di legno del suo villaggio, a uno, massimo due piani, la bambina di carta strabiliò davanti agli alti palazzi che bordavano le ampie strade: bianchi, puliti, elegantemente decorati, ombreggiati da alberi dalla corteccia chiara e le fronde leggere, con grandi portoni laccati.

Ogni svolta presentava nuove sorprese: insegne luminose, caffè, ristoranti, negozi, archi, piazze, monumenti... Olga non sapeva dove posare gli occhi. Non aveva mai visto nessuna di quelle cose, neppure le auto o le biciclette: ma quelle le piacquero di meno. I veicoli veloci la facevano volare per aria, e le biciclette le passavano sui piedi senza neppure accorgersene.

I passanti, impegnati ad andare di fretta, la urtavano, la piegavano, la stropicciavano. Un bambino l'additò strillando che un poster pubblicitario si era staccato dal muro e camminava per la città. Olga neanche sapeva cosa fosse, un poster pubblicitario.

Melo non l'aveva avvertita dei pericoli che popolavano la città.

Dopo aver molto camminato e attraversato vie trafficate e rumorose finalmente i due compagni trovarono il luogo che Ik chiamava "La casa dell'albero".

Il parco cittadino fece tornare il buonumore a Olga: era fresco, armonioso, ordinato, "un luogo da togliere il fiato", così disse la bambina.

Sentieri di ghiaia sottile e scricchiolante si inoltravano tra arbusti e laghetti; bordavano prati soleggiati, superavano ponticelli, indugiavano in radure ombrose, dove comodi sedili invitavano alla sosta e al riposo; si dividevano, si ritrovavano, e ciascuno invitava al passeggio.

« Ik va » disse Ik, dopo aver cacciato l'albero nel buco. E alzò una mano in segno di saluto.

Olga lo guardò, poi guardò l'albero e si stupì perché sembrava che l'abete non si fosse mai mosso da lì.

« Bravo, Ik! » disse. « Ora verresti con me a cercare la maga Ausolia? O almeno qualcuno che la conosca e sappia dirmi dove vive? »

« No, Ik va » rispose Ik. Era fatto così, pratico e spiccio.

Perciò: « Anch'io va » disse la bambina rassegnata, alzando la mano a sua volta. « Buona fortuna e grazie per il passaggio ».

« Tu va' » ripeté Ik, fermo in mezzo al sentiero.

« Sì, sì, vado » fece Olga voltando le spalle e incamminandosi. Forse Ik doveva fare pipì, pensò

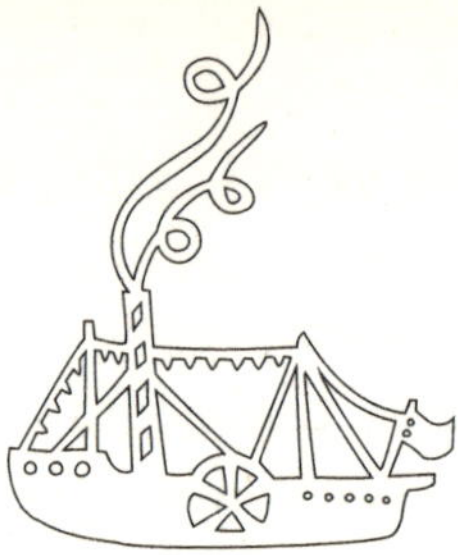

L'INGANNO

Felice di trovarsi finalmente in un posto asciutto e accogliente, Olga decise di riposarsi un momento prima di riprendere il viaggio.

Si fermò su un ponticello intiepidito dal sole e, con i piedi penzoloni sull'acqua, annotò sul taccuino un appunto che le era venuto in mente da poco:

Le città viste dal basso
sono più pericolose che viste dall'alto.

E poi:

Ricordarsi di dirlo a Melo.

Se non che, le assi del ponte cominciarono a vibrarle sotto il sedere.

Non era il terremoto, ma un signore che, a passo spedito, andava verso di lei. Era vestito tutto di nero, con una fila di bottoni d'oro sulla pancia e un elmo color ghisa sulla testa. Olga balzò in piedi.

« Buongiorno! » gli disse. « Per favore, saprebbe

indicarmi la strada per andare alla casa della maga Ausolia? In questo bel parco, con tanti alberi così grandi e alti, ho perso il senso dell'orientamento ».

Il vigile aggrottò le sopracciglia.

« Non hai letto il cartello, ragazzina? » la rimbrottò con tono inquisitorio. « C'è scritto: "Vietato sostare sul ponte!" E tu sostavi, ti ho vista! Dovrei farti una multa, ma sarò indulgente e per questa volta ti lascerò andare. Guai a te, però, se ti rivedrò seduta qui! » Così detto, se ne andò.

Olga si allontanò dalla parte opposta delusa e avvilita.

All'incrocio di due sentieri incontrò uno spazzino che parlava da solo.

« Schifosi sporcaccioni! » diceva a voce alta, ramazzando intorno a una panchina. « Lasciano rifiuti dappertutto e poi tocca a me pulire ».

Olga pensò che quel signore e il suo amico Tasso sarebbero andati d'accordo poiché avevano molto in comune.

Si avvicinò per chiedere indicazioni, ma come la vide lo spazzino cercò di ramazzarla sulla paletta, insieme con gli altri rifiuti.

« Ehi! » gridò Olga. « Non sono carta straccia! Sono una bambina! Non vede che parlo e cammino? »

« Mi manca solo questa » borbottò lo spazzino. « Bisogna proprio che vada in pensione o una di queste volte mi troverò a conversare col mozzicone di un sigaro. Che vita, che tempi ».

L'uomo ripose la scopa sul carretto, accanto al bidone, salì sulla bici e si allontanò portando via i suoi rifiuti.

Olga non sapeva cosa pensare. Era così rammaricata che non riusciva più a decidere da che parte andare, se a destra oppure a sinistra.

Guardò in alto: nubi nere e minacciose andavano addensandosi nel cielo, brontolando e contorcendosi.

« Spero che l'ovest sia da questa parte » disse la bambina imboccando un sentiero qualunque.

Davanti a una fontana fu fermata da un poeta.

« Oh, mirabolante visione! » l'apostrofò il personaggio che avanzava incerto sulle proprie gambe. « Una pagina errante. Di qual poema conduci teco le parole, leggiadra visione, lascia che io legga e m'inebri di ricchezza, pria che il ventipiovolo faccia di te una moscia schifezza ». Olga lo squadrò interdetta.

Intanto l'uomo si era avvicinato e, reggendosi gli occhialini sul naso, leggeva le parole sul vestito con estasiata emozione.

« *Viare quindici maglie a dirit* ». Poi a capo: « *Ntinuare per venti ferri, senz* ». A capo di nuovo: « *Ul diritto del lavoro, chiuder* ».

« Senta un po'! » disse Olga facendo un balzo indietro.

Il poeta, che era chinato in avanti per leggere, si sbilanciò e per poco non cadde.

« Non sono la pagina di un libro! Sono una persona! » protestò la bambina. « Proprio come lei! O meglio, magari fossi come lei, di carne e ossa. Ma forse, a ben pensarci, non credo vorrei somigliare a un poetucolo screanzato, che crede d'essere tanto letterato e non distingue una poesia dalle istruzioni per realizzare una coperta a maglia rasata ». E concluse: « Avevo un'informazione da chiederle, ma se lo facessi temo scoprirei che lei non conosce la differenza tra una maga e una castagna! Perciò la saluto e addio! »

Non aveva finito di parlare che un uccellino le fece la cacca su una spalla. Si dice che porti fortuna, ma sulla carta la cacca macchia, e non si può lavare. D'altra parte, si disse Olga, non era un danno grave abbastanza da far ricorso all'ultimo foglio e mezzo che le rimaneva nella borsa. Decise che sarebbe rimasta macchiata.

« Non troverò mai la maga Ausolia » mormorò sospirando scoraggiata.

« Io so dov'è » disse una voce alle sue spalle.

Olga si voltò e strabuzzò gli occhi. Davanti a lei c'era una bambina in groppa a un bellissimo fenicottero rosa.

La bambina, che Olga stimò avesse più o meno la sua età, vestiva drappi di seta gialli, lilla e turchesi. Ai piedi portava babbucce di seta cremisi, mentre un nastro dello stesso colore le adornava i lucenti capelli neri.

Era elegantissima.

La principessa – perché di questo si trattava, Olga ne era certa – sedeva con molta grazia sulla schiena del fenicottero mantenendo entrambe le gambe da un lato, e tra le mani custodiva un fiore.

« Seguimi » disse a Olga con un cenno della testa.

« Andiamo verso ovest? » domandò la bambina di carta esitando. « Perché io devo andare sempre verso ovest, la casa della maga è in quella direzione ».

« Andremo verso est » disse la principessa, « e arriveremo prima, perché io conosco una scorciatoia. Fidati di me ».

« Davvero conosci un modo per farmi arrivare prima? In effetti mi farebbe molto comodo, sono in viaggio da tanto tempo e comincio a essere stanca. Vorrei giungere alla casa della maga il più presto possibile così da tornare da mia mamma che mi manca tanto ».

Cominciò a piovere.

« Per di qui » disse la principessa avviandosi verso un bosco di bambù.

Olga la seguì.

Tra gli alti fusti verdi e luminosi, si sentì piccola come mai in vita sua. Era un luogo bellissimo e incantato, ma i tronchi erano così vicini gli uni agli altri, così fitti, che perfino lei, che era sottile come la pagina di un libro, faticava a passare e doveva camminare di profilo. Neanche la pioggia riusciva a penetrare.

Invece, la principessa in groppa al fenicottero stranamente avanzava lesta, come non incontrasse ostacoli.

« Aspettami! » la chiamò Olga.

« Sono qui, vieni! »

« Dove? Non ti vedo ».

« Segui la strada più corta, Olga, la più facile, la più diretta » disse la principessa. E rise, rise forte.

La bambina cercò di affrettare il passo, mentre una brutta sensazione cominciava a impossessarsi di lei: c'era qualcosa di sinistro in quella risata: "Stupida ilusa, stupida ilusa, non c'hai speranza..." sembrava cantasse.

Il riso si fece sempre più stridulo e maligno e andò a mescolarsi alle grida delle creature che, furtive, volavano tra le vette degli alberi. Uccelli dalle piume viola e nere, tonalità mutevoli, che scintillavano come squame di pesci. Erano splendidi e, insieme, spaventosi.

L'aria risuonava dei loro richiami funesti, così acuti che la bambina dovette tapparsi le orecchie per non impazzire, e così distanti dai garruli canti dei fringuelli e delle cince da evocare lugubri lamenti.

Olga era terrorizzata.

Si mise a correre tra i fusti di bambù, infilandosi tra uno e l'altro, lasciando che le foglie taglienti le lacerassero il viso e l'abito.

Non riusciva a orientarsi, era sempre più buio e l'aria umida e opprimente le toglieva il respiro.

« Aiuto! Aiuto! » gridò. « Aiutatemi! »

La risata echeggiò nel bosco.

« Stupida ilusa, stupida ilusa, tu c'hai creduto, stupida ilusa, e ora morisci! »

Poi si zittì, e con essa cessò ogni altro rumore.

Nel bosco aleggiava un silenzio irreale.

Olga smise di correre e si accostò a un tronco: il cuore le batteva così forte nel petto che non riusciva a riprendere fiato. Chiuse gli occhi e cercò di calmarsi.

Quando sentì che le gambe la reggevano di nuovo, con cautela, riprese a muoversi, scrutando dietro ogni tronco per timore di un agguato.

Si aspettava di trascorrere una notte di terrore nella foresta. Invece, di punto in bianco, la foresta finì e lei si ritrovò in un vasto... nulla.

Una terra arida e grigia si stendeva davanti alla bambina di carta, una landa vuota e desolata, che neppure il mare, che da un lato la lambiva, riusciva ad animare; un mare denso, immobile e tetro, come l'anima di quel luogo.

Olga era sola. Singhiozzando trascinò i piedi sulla riva, si afflosciò sulla sabbia, si abbracciò le ginocchia e si sentì perduta

« Poverina » mormorò Mimma.

« Sssh, bimba, non interrompere » la rimproverò dolcemente il professore. « È un passaggio interessante. Può capitare a tutti di trovarsi in situazioni simili ».

« Su una spiaggia da soli? » domandò con tono ironico il signor Carabì, che faceva parte del gruppo degli scettici.

« Di sentirsi perduti! » chiarì il professore. « Ora vorrei sapere come ne è uscita una bambina fragile e sola.

Non è mica facile! Non è vero? » domandò Debrìs rivolto a Olga.

Lei sorrise.

« Tenete a mente queste parole » disse, « non tutto né tutti sono per sempre perduti ».

LA GRANDE FAMIGLIA

La bambina di carta pianse per molte ore, fino a inzupparsi il vestito, le gambe e i piedi. Ma non le importava, voleva morire e il più in fretta possibile, così finalmente avrebbe smesso di sentirsi sola e di avere paura.

Con il viso affondato nelle ginocchia, pregò che un mostro uscisse dal mare e la divorasse; o che le nubi sopra di lei si rompessero in tempesta e la pioggia, più ancora del pianto, la sciogliesse del tutto.

Quando non ebbe più lacrime né fiato per i singhiozzi, alzò lo sguardo verso il cielo: non si udivano echi di fortunale, né s'intravedevano bagliori di lampi in lontananza. Non c'era nulla. Tranne il mare e la terra grigia, tutt'attorno, a perdita d'occhio, fino all'orizzonte, che era grigio come tutto il resto. Lei era l'unica creatura vivente in quel mondo immemore di vita.

Per molto tempo rimase immobile e in silenzio. Non sapendo cosa fare, dove andare, i suoi pensieri vagavano confusi. Si chiese se i sassi che aveva intorno fossero stati dei bambini; dei bambini che, come lei, si erano persi e, non avendo più la forza per reagire, erano rimasti seduti sulla sabbia fino a trasformarsi in sassi. Si toccò per sentire se stesse accadendo anche a lei, e si ritrovò delle briciole di carta nella mano: il suo vestito perdeva i pezzi.

A quel punto le venne un altro pensiero assurdo, e cioè che Tasso sarebbe stato scontento di lei se avesse insozzato la spiaggia con i resti del suo vestito.

Vaneggiava.

Quando lontano vide qualcosa brillare, pensò che fosse il campanello della bicicletta dello spazzino che arrivava con scopa e paletta per raccoglierla e buttarla nel bidone dei rifiuti. Quasi gliene fu grata.

La seconda volta che vide lo scintillio pensò che fosse un abbaglio. La disperazione rideva di lei, illudendola con un barlume di speranza dove speranza non c'era.

La terza volta si concentrò. Per alcuni minuti restò a guardare il punto dove aveva visto il luccichio e, proprio quando stava per riabbassare lo sguardo, lo vide di nuovo.

« Questa luce malevola si beffa di me, oppure laggiù qualcosa si muove? » si chiese ad alta voce.

Immobile attese che riaccadesse. E infatti lo rivide. E questa volta fu per più tempo: meno di un riverbero, più di un miraggio; un brillio piccino, che compariva e scompariva e di tanto in tanto scintillava più intensamente.

Olga si alzò con fatica, perché i piedi e le gambe erano bagnati di pianto, e attese: adesso non aveva più dubbi, qualcosa si stava avvicinando. Molto lentamente, a passo d'elefante, ma si stava avvicinando. Sarebbero stati amici o feroci nemici? L'avrebbero aiutata o fatta a striscioline? Questo pensava e anche che andavano troppo lenti: non potevano accelerare? Olga era curiosa di sapere.

Finalmente la sagoma cominciò a essere riconoscibile: era un carro... no, una carrozza... un carrozzone! Trainato da una coppia di buoi, o erano cavalli? Muli... Forse asini.

Sul tetto c'era... un comignolo. O era una scatola? Un comignolo, decise Olga. Due o... forse erano tre, tre persone camminavano a lato, e qualcuno seguiva, dietro, sì, ma non si vedeva bene; poteva essere un altro cavallo o un mulo o un asino o un bue... No, camminava su due gambe ed era il più alto e robusto di tutti: un gigante.

Un uomo era seduto a cassetta, in testa portava un cilindro... Un uomo era seduto a cassetta, in testa portava un cilindro e aveva i baffi. Sulla spalla teneva... una scimmietta. L'uomo col cilindro stringeva le redini di due cavalli e sorrideva.

« Avevi ragione tu, Omino a molla, è una bambina! » disse fermando il carrozzone davanti a Olga e rivolgendosi al comignolo sul tetto. Che però non era un comignolo, ma un omino con un buffo cappello, che sbucava da una scatola colorata. Con tre salti, balzò giù dal carrozzone e, con tutta la sua scatola, andò incontro a Olga

« Mia mama tiete me una scatola come quella per mio compleanno » disse la Casolina commossa. « Ero piccola e quando pupazzo saltò fuori io piansi per la paura. Poi difentammo amici ».

Olga sorrise.

« Invece la bambina di carta non si spaventò quando l'Omino a molla le chiese... »

« È tanto che aspetti? »

Per lo stupore Olga non riuscì a rispondere.

« È tanto che aspetti? » ripeté l'Omino.

« Scusa? » fece lei.

« È tanto, è tanto » disse l'Omino voltandosi verso i compagni con l'aria di chi ne sa una più del diavolo.

« Andiamo » fece poi rivolgendosi di nuovo alla bambina.

« Dove? »

« Via di qui. Non vuoi? »

« Devo venire con te? »

« No, non con me. Con noi... » L'Omino si voltò e indicò le persone che nel frattempo erano scese dal carrozzone e attendevano in piedi dietro di lui. « Noi troviamo chi si è perduto. Tutti siamo stati trovati, anch'io. Come te. Allora, pensi di voler venire? »

Olga rimase incerta per un istante, poi annuì. E si avvicinò al gruppo.

« Lei è Iuva, cuoca incerta e infallibile tiratrice di coltelli » disse l'Omino nella scatola, passando alle presentazioni. « E quella sulla sua spalla è Vaivìa, segretaria e balia della compagnia ».

Olga strinse la mano a una signora più alta di un armadio, più scura di Melo e con un naso così lungo, diritto e preciso che la bambina di carta pensò che le servisse per mirare quando tirava i coltelli.

« Ciao, Vaivìa » disse poi alla scimmietta, che dalla spalla del signore col cilindro era saltata su quella della signora. Si girò per salutare qualcun altro, quando una voce parlò alle sue spalle.

« I cavallerizzi non torneranno e le lenzuola non si asciugheranno » disse perentoria.

Olga si voltò pensando che la matrona nera stesse parlando con lei, ma la signora era silenziosa e non sembrava voler aggiungere altro. Sempre che fosse stata lei a parlare. La bambina non ne era tanto sicura, perché la voce che aveva udito era minuta e petulante, molto diversa da come appariva Iuva.

« Loro sono i fratelli Qualamano » continuò l'Omino a molla introducendo tre ragazzi atletici dai modi baldanzosi. « Un tempo erano una famigerata banda di ladri, ora sono "I Prodigiosi Fratelli Qualamano", giocolieri e contorsionisti ».

Dopo essersi complimentata con i fratelli Qualamano, Olga conobbe l'Emelona, la donna volante.

« Ha fatto due volte il giro intorno alla luna » rivelò con un certo orgoglio l'Omino a molla.

« In un solo lancio! » tenne a precisare lei.

« Accidenti! » esclamò Olga, sinceramente colpita.

Dopo l'Emelona, alla bambina di carta furono presentati un ragazzino che portava al guinzaglio una pecora, un addestratore di tarli e lumache, un pagliaccio commosso, un anziano falegname, due sollevatori di pesi che parevano quattro, il pittore della compagnia e una ballerina, che non era proprio una ballerina, anche se camminava sulle punte, quanto piuttosto un'equilibrista, una funambola. Nel presentarla a Olga, l'Omino a molla arrossì.

« Lei è Imhe » disse. « Significa "sogno" ».

Scendendo per ultimo dal carrozzone, il signore col cilindro annunciò che la carovana si sarebbe accampata lì per quella notte e, per festeggiare il ritrovamento della bambina, la compagnia avrebbe inscenato uno spettacolo.

« Benvenuta nella Grande Famiglia del circo! » disse Giubàt togliendosi il cilindro e facendo un inchino a Olga. « Sono il Direttore della compagnia. Spero tu non abbia aspettato troppo, talvolta siamo un po' lenti ».

Da come il Direttore pronunciò la parola "lenti" la bambina capì che il riferimento non doveva essere casuale. E infatti qualcuno si risentì.

« Se avessimo due cavalli in più andremmo più veloci! » protestò l'Omino a molla.

« Due cavalli in più ci servirebbero qui come due ciabatte a un pesce! » replicò ironico Giubàt. « Di' piuttosto che non riuscite a fare pipì tutti insieme. Sai quante volte ci siamo fermati oggi? Ventitré! Ventitré pipì! E poi, lo so ben io: c'è quello che deve sgranchirsi, quello che vuole andare per quadrifogli, chi soffre di mal di carrozzone... Ne consegue che siamo sempre in ritardo, col rischio, poi, che chi si è perduto si ritrovi da sé! Ora vieni, Olga, ci tengo che tu conosca il nostro gigante ».

« Fuggirà! » sentenziò l'Omino a molla, saltando via con la scatola.

« I cavallerizzi non sono ancora tornati e non ci sono lenzuola asciutte! » ripeté la voce femminile, quella che Olga non sapeva a chi attribuire.

« Lo so, arriveranno » sbuffò il Direttore esasperato. « E per le lenzuola, vedremo. Ora datemi respiro, il momento è delicato e... no, lei non fuggirà!

IL SARTO E LA BAMBINA

Debrìs si sollevò il cappello: « Mi venisse un accidente se quel poveretto non sembra me! » disse dandosi una grattatina alla nuca. « È il Direttore del circo, il capo della compagnia, eppure tutti si sentono in diritto di mettere in discussione quello che dice o decide ».

« Bah, non sei più sindaco di questa contea da secoli, Ben, smetti di darti delle arie » lo rimbrottò il signor Carabì. « E poi nessuno mette in discussione quello che dici, semplicemente non ti si prende sul serio, tutto qui ».

Seguì una risata generale.

« E quella vocetta che parla, quella che non si sa di chi sia, be', quella potrebbe essere mia moglie » borbottò il panettiere. « Sempre dietro a criticare ».

La pasticciera prese le difese della signora.

« Se al mondo non ci fossero certe mogli, voi rozzi babbei vi lavereste i calzini con la birra! » esclamò.

« È vero » disse la camiciaia. « Ci vuole ben qualcuno che tenga i piedi per terra a questo mondo! Dove dormirà quella povera bambina se le lenzuola non si asciugano? Nel bagnato? Una bambina di carta? »

« Se prima non se la mangia il gigante » obiettò Gibòd.

« Ah, già, il gigante… »

Il Direttore fece strada verso il carrozzone. Olga non era sicura di volerlo seguire; aveva udito la parola "fuggire" e lei era pronta a darsela a gambe, se ciò che stava per vedere l'avesse spaventata.

« Stai attenta, cara, perché quello che ti dirò ora potrebbe salvarti la vita » le disse Giubàt prendendola per le spalle. « Mi ascolti? »

Olga accennò un dolente sì con la testa.

« Ebbene, quando te lo troverai davanti, ascolta, ascolta bene, non spalancare gli occhi. Mai! Se ne avrebbe a male. Ti verrà spontaneo farlo, come no, io lo so. Lo stupore potrà sopraffarti. Ah, quante volte l'ho visto capitare! Per questo l'Omino a molla non vorrebbe che te lo presentassi: il previdente teme che i nuovi trovati, dopo averlo visto, se ne scappino come lepri ».

« Pe... perché? » domandò Olga tremando come una pagina al vento.

« Per la paura, s'intende! »

« Paura? Lei ha detto che avrei spalancato gli occhi per lo stupore ».

« Davvero? Oh, be', tutto dipende da come lo s'intende. Permettimi, però, di dirti che aver paura qui ora ti servirebbe come un foulard a una giraffa, cioè non ti servirebbe a niente. Orso è un gentiluomo ».

« O... Orso? Si chiama così il gigante? »

« Ci fu un gran ponzamento al riguardo » spiegò Giubàt, massaggiando le braccia e le spalle alla bambina come se stesse preparandola per un incontro di boxe, « alla fine del quale convenimmo che *Orso* fosse il nome più adatto. Però se non ti piace puoi proporne uno tu. Sebbene non so se oggi risponderebbe a un nome diverso ».

« No, no, Orso va bene. È che non ho mai conosciuto nessuno con questo nome ».

« Che mi dici? Eppure è un nome molto diffuso, soprattutto fra quelli come lui. Aspetta, aspetta... cosa stavo dicendo? Ah, sì, non sgranare gli occhi. Mai! Secondo: non gridare, i toni acuti lo spaventano. E noi non vogliamo che un molosso della sua stazza e con la sua forza perda il controllo, non è vero? No, no, non lo vogliamo. Ci servirebbe qui ora come... Oh, perbacco, eccolo che viene ».

Quando Olga vide Orso, per prima cosa strabuzzò gli occhi, poi con entrambe le mani si tappò la bocca per non gridare.

Orso era... un orso! Con tanto di pelliccia, unghioni e denti affilati. Che però non mostrò: rimase lì, con l'espressione mite. Poi, notando lo sguardo terrorizzato della nuova trovata, voltò le spalle e si sedette a guardare il mare.

Gli orecchi piccoli e rotondi, il testone bruno reclinato da un lato, le spalle basse di chi si sente un po' giù... A Olga ricordò un peluche che stava sul suo letto quando lei era piccola. Smise d'averne paura e fu assalita da una gran voglia di abbracciarlo.

« Scusa, sono stata scortese » gli disse avvicinandosi. « Da noi gli orsi si mangiano gli agnelli e le pecore, e qualche volta anche i pastori. Non pensavo poteste essere gentili, vi credevo affamati e scorbutici. Tu invece sei un gentilorso, si vede. Pensi che potresti perdonarmi? »

L'orso emise uno *sgrunf* che Olga non seppe interpretare.

« Come mai sta da solo dietro al carrozzone? »

« Lo teniamo un po' nascosto quando andiamo in soccorso di un perduto. Sai, per non spaventare chi andiamo cercando ». Giubàt scaricò un grosso sacco dal tetto. « Qua, vediamo se riesco a farti tornare il buonumore » disse porgendo il sacco all'orso.

« Anche lui si esibisce? » domandò Olga.

« Oh, sì, ha un numero tutto suo. Che però ultimamente non riscuote tanto successo ».

« Come mai? »

« Non lo so. Forse il pubblico si aspetterebbe da un orso che mostrasse i canini aguzzi e ruggisse...

« I leoni ruggiscono, gli orsi bramiscono, il Direttore si è confuso » precisò Bruco, interrompendo il racconto. « D'altra parte è un errore piuttosto comune ».

Il professor Debrìs diede di gomito all'amico Gibòd e gli fece l'occhiolino, come a dire: "Che figlio, eh?"

Esisteva una seconda ragione per cui il papà di Bruco

era felice che suo figlio avesse portato all'attenzione l'errore commesso da Giubàt, ed era la seguente: una bambina che conosce il nome scientifico dei tassi, potrebbe sbagliare il verso di un animale tanto comune?, si chiedeva Debrìs. L'unica spiegazione possibile supportava la teoria che il professore andava sostenendo da sempre, e cioè che Olga raccontasse ciò che aveva visto e sentito, non a Balicò, ma nei viaggi che aveva compiuto: il Direttore del circo s'era sbagliato e lei aveva riferito l'errore.

« Se non ruggiva, barriva o bramava o come si dice, e non mostrava i denti, quell'orso, cosa faceva? » domandò Mimma.

« Ritagliava la carta » rispose Olga.

« È un animale molto intelligente e accomodante » disse Giubàt. « Non ruggisce se non v'è ragione ».

« E i denti non li mostra? » chiese Olga.

« Sì, mattino e sera, quando è ora di spazzolarli ».

« Ah, capisco ».

« Non conosco creatura più tranquilla » proseguì il Direttore. « Se gli dai un po' di carta e delle forbici non lo senti più per tutto il giorno. Perbacco! Tu sei di carta. Se lui se ne accorge è capace di fare di te *une chemise de nuit* ».

« Un che? »

« Non importa, allontanati, eh, allontanati un po' ».

« Come mai gli piace ritagliare la carta? »

« Oh, non è tanto per la carta, è che Orso vorrebbe fare il sarto ».

« Il sarto? » fece Olga.

« Sì. La carta gli serve per allenarsi, sai, fare i modelli. Combina pasticci, ma se si considera che al posto delle mani ha quelle zampone, il lavoro risulta ammirevole. Tuttavia, preferirei che tu non gli stessi vicino quando impugna le forbici, mia cara: gli basterebbe un attimo di distrazione per tagliarti a metà. E qui, una bambina tagliata in due, ci servirebbe quanto un'ostrica nel tè delle cinque ».

« Cioè non ci servirebbe a niente » concluse Olga ridendo.

« Ben detto, cara, ben detto. Ora vieni, è quasi ora »

Groam!, fece lo stomaco di Bruco.

Mimma lo guardò sorpresa.

« Sembri l'orso del signor Giubàt » gli disse ridendo.

« Non l'ho fatto apposta, ho fame » replicò lui massaggiandosi la pancia.

I signori nella via guardarono l'orologio: l'ora di cena era arrivata e li aveva sorpresi ancora intenti ad ascoltare.

Dai vari gruppi si sollevò un brusio.

« Le otto? Già le otto? Com'è possibile? »

« La campana non ha suonato! »

Avevano ragione: la campana non aveva suonato perché il campanaro era lì con loro.

« Addio, devo andare » salutò Olga scappando via.

« Aspetta! » la chiamò Ari.

« Ma dove corre? » chiese qualcuno. « Non vuole spiegarci dove ha letto questa piacevole storia? »

« Non l'ha letta! L'ha vissuta! » esclamò il professore.

« Uh, Debrìs, ancora ci credi ».

« Ci crediamo perché le sue storie sono vere » intervenne il signor Gibòd.

« Certo lo sembrano, con tutti quei particolari, così ricchi... » aggiunse qualcun altro.

« Sciocchezze! Avete mai visto quella figliola lasciare Balicò per andare da qualche parte? »

« Be', qualche volta sparisce ».

« Sì, ma mai per dei mesi! »

« Viaggerà nel tempo, con una macchina speciale ».

« E su, siamo seri! »

« Strana è strana ».

« La storia? A me sembrava tanto chiara ».

« Mi riferisco a lei! È così magrina... »

« Una fogliolina! »

« E poi è così sola, da quando... »

« Però la storia è bella ».

« Oh, fossi certa che quella maga esiste, dammi retta, partirei anch'io per andare a trovarla ».

« Ma perché lei dovrebbe dire che esiste se non è vero? »

« Perché è strana, te l'ho detto, no? »

« Lo farà per attirare l'attenzione ».

« Patirà il bisogno d'affetto ».

« Scempiaggini! » protestò Debrìs. « Le sue storie sono vere! Ricordate: *Meles meles*! »

« Ancora con queste mele, Debrìs? »

« Non se ne può più! »

Sbuffando per quei discorsi che riguardavano la sua amica, e dopo essersi messa d'accordo con Bruco per il giorno dopo, Mimma infilò la chiave nel portoncino e sparì dietro l'uscio. Fece le scale fino al terzo piano, superò la nonna che l'attendeva sulla porta, attraversò la sala e uscì sul balcone; afferrò uno degli indumenti stesi ad asciugare e lo strizzò.

« Ehi! Attenti lassù! » gridò Ari guardando verso l'alto col ciuffo bagnato.

DOVE VAI, OLGA?

Quella notte, nascosta sotto le lenzuola, Olga pregò sua mamma di raccontarle qualcosa di quel papà che lei non aveva mai conosciuto. Desiderava sentire di nuovo la storia di come lui e Nora si erano conosciuti.

Sapeva che suo padre era un uomo di poche parole, che aveva sempre lavorato, da quando era bambino; un uomo timido, "con le mani e il cuore grandi", così le aveva raccontato Nora. "Aveva gli occhi assorti e il sorriso raro, ma quando sorrideva s'accendeva la notte".

« Quando hai capito che era interessato a te? » chiese Olga a sua madre. Conosceva la risposta a memoria: "Un giorno, mentre sbucciavo il granoturco".

Nora e la sua famiglia erano alla cascina dei Papel, e non c'erano solo loro: tutte le famiglie della valle si erano radunate per lavorare alla sgranatura, com'era abitudine in quel periodo dell'anno. La giovane Nora era seduta su un carro, in cima a una montagna di pannocchie. Sentendosi fissata, aveva alzato gli occhi e aveva scoperto il più giovane dei ragazzi Papel intento a guardarla.

Imbarazzato, lui aveva subito distolto lo sguardo e si era fatto paonazzo.

« Ti è bastato questo per capire che gli piacevi » ricordò Olga.

"Nossignore!" le aveva confessato un giorno Nora. "Mi è bastato questo per capire che lui piaceva a me".

Ricordando quella frase Olga sorrise.

« Quella stessa sera c'è stata la festa, come succede sempre in tempi di raccolta. Lo zio di papà suonava la fisarmonica e nonna Ida cantava, con la voce da gallina. Alcuni già ballavano nell'aia, quando papà è venuto a invitare te. Vero, mamma, che è andata così? » disse la bambina, con le lenzuola tirate sopra la testa. « Allora sei diventata rossa tu e ti bruciavano le orecchie. Il cuore ti usciva dal petto. Eri felice come una rosa di maggio e per l'emozione ballavi come un'oca, incrociando i piedi e pestando quelli di papà. Per fortuna lui ballava peggio di te, sembrava un orso! Vero che sembrava un orso? Me lo hai detto tu: il tuo orso buono, con le mani e il cuore grandi ».

Olga si girò e si raggomitolò su un fianco.

« Forse sta succedendo anche a me » mormorò prima di addormentarsi.

Di solito, dove finiva il bosco e cominciava la stretta discesa verso il villaggio, Valdo si fermava e tornava indietro, lasciando che Olga proseguisse da sola. Non gli piaceva andare in paese, non gli piaceva non poter alzare la zampa contro i muri, dover evitare scope e improperi, detestava zampettare sull'asfalto caldo, si perdeva nel labirinto dei vicoli e non capiva perché i padroni degli altri cani lo cacciassero a male parole.

Però non mancava mai di accompagnare la sua padrona fino al punto stabilito. E così, anche quella mattina, dopo una colazione veloce, si erano incamminati insieme.

Erano quasi arrivati alla discesa, quando una voce li sorprese fra gli alberi.

« Ehilà, voi due! »

Ari era appoggiato a un tronco, con le mani in tasca.

Olga si stupì di trovarlo lì, con l'aria di chi stava aspettando proprio loro.

Valdo invece andò incontro al giovane scodinzolando festoso. A lui, il capobanda, era simpatico, perché gli tirava i bastoni e gli grattava la schiena. Ad Ari piacevano gli animali. Se qualcuno schiacciava un ragno davanti a lui, gli saltava addosso e lo suonava come un tamburo.

« Vado da Mimma e Bruno » disse Olga senza fermarsi.

« Vuoi dire da Bruco! Dai, scherzo. Però anche voi lo chiamate così. Senti, ma davvero esiste quella maga? Perché io vorrei chiederle di essere più intelligente. Più di quello che sono già, capisci, vorrei essere un genio! Così prenderei dei bei voti a scuola e mio padre sarebbe fiero di me. Davvero quella storia è il ricordo di un viaggio che hai compiuto? Ma quando? Io ti vedo sempre qui. Cioè, magari ti vedessi sempre; tante volte te ne stai per i fatti tuoi... Posso accompagnarti? Arrivo fino a casa Debrìs, poi se Bruco fa la solita faccia me ne vado. Se no, magari, resto. Eh, che dici, ti farebbe piacere? »

Olga arrossì e accelerò il passo.

« Significa sì? Oppure arrossisci perché ti metto in imbarazzo? Non ti capisco, sai? Parli poco. Non so cosa ti passa nella testa, ed è strano perché io sono bravo a indovinare la gente, ho un dono! Mi basta guardare in faccia uno e capisco che carattere c'ha. Con te però è difficile. Sei strana. In senso buono. Dovresti solo parlare un po' di più ».

« Racconto le mie storie ».

« Sì, però dovresti parlare anche di altre cose: tipo cosa ti piace, cosa pensi... Per esempio, a cosa pensi adesso? »

« Penso che non ho salutato Valdo ».

Il giovane si guardò attorno.

« Dov'è finito? »

« È tornato a casa, non gli piace venire in paese ».

« Ha ragione. Invece a te cosa non piace? »

'Le strade senza uscita, il fuoco, la nebbia, parlare senza essere udita; scoprire di non poter volare, il grigio sopra i colori, certi fenicotteri, le porte chiuse, Cherpia!...' Olga non riusciva a scegliere.

« Non lo sai? » chiese Ari. « Allora dimmi una cosa che ti piace, una che ti fa sorridere ».

'Gli incontri speciali', avrebbe voluto rispondere Olga, ma si trattenne. Le vennero in mente, allora, i viaggi avventurosi, i codini dei cerbiatti, le mappe, i bivi, il mondo visto dall'alto, la voce di Valdo, le poesie di Nora, gli abbracci di Nora, il sorriso di Nora, il colore sopra al grigio, esistere, ma senza essere vista, il buio illuminato, l'espressione del signor Gibòd quando il protagonista torna a casa; tornare a casa, facendo il giro lungo, però.

« Sei ancora qui? » le chiese Ari schioccandole le dita davanti agli occhi.

Lei sobbalzò, si strinse nelle spalle e abbozzando un sorrisetto disse: « Sì ».

Il giovane inarcò un sopracciglio e la guardò perplesso.

« Lo dicevo che sei strana » borbottò scuotendo la testa. « In senso buono, eh?! »

Quando Bruco vide il capobanda assunse l'espressione che assumeva di solito quando vedeva Ari, quella di quando si guardano le nubi addensarsi sopra la tovaglia del picnic.

Ari non era il peggiore dei bulli, non era un ragazzo cattivo o pericoloso; faceva un po' il gradasso, ma lo faceva con tutti, anche con quelli più grossi e cattivi di lui. Anzi, soprattutto con loro. Le dava e le buscava. Ari con un occhio nero era un'immagine familiare agli abitanti di Balicò, che si rivolgevano a lui per vari lavoretti, consegne soprattutto, di uova, verdure, latte, legna per le stufe... Lui non si lamentava mai, anche con il naso gonfio manteneva la battuta e il sorriso da simpatica canaglia. Era un ottimista e un sognatore temerario, volava da un'idea balzana all'altra, cambiando spesso direzione, senza mai atterrare da nessuna parte.

Non era un nemico per Bruco, il giorno prima lo aveva perfino difeso. Semplicemente, per Bruco, Ari non c'entrava con il loro trio. Era più vecchio, non conosceva le abitudini che lui, Olga e Mimma avevano preso frequentandosi da quando erano *dresi*, piccini, né tanto meno i segreti che si confidavano. In mezzo a loro sarebbe stato come un sasso fra i granelli di sabbia, un cuculo nel nido delle cince, un coltello tra i cucchiaini, una fibbia tra i bottoni.

Mimma, dal canto suo, tutto si sarebbe aspettata

tranne di vedere Olga e il maggiore dei Grampet arrivare insieme. Senza rendersene conto spalancò gli occhi e la bocca, e assunse l'espressione del pesce bollito.

Il giovane capobanda, vista l'aria, per non sentirsi un sasso fra i granelli di sabbia, un cuculo nel nido delle cince, un coltello tra i cucchiaini, una fibbia tra i bottoni, disse ciao e si allontanò fischiettando.

« Devo portare il portafoglio a mio padre che è andato a farsi fare i capelli » comunicò il giovane Debrìs, sollevato, alle amiche.

Mentre s'incamminavano verso il centro del paese, Olga riprese a raccontare…

I PREPARATIVI

Intorno al carrozzone si era scatenato un gran daffare di braccia e di mani, tese ad afferrare casse, ceste, bauli, che di volta in volta venivano calati da chi stava sul tetto, dopo essere stati liberati dalle cinghie che li avevano tenuti saldi durante il viaggio. I "calanti" avvertivano gli "afferranti" quando il bagaglio era molto pesante oppure fragile; dicevano se apparteneva a questo oppure a quello, e dove andava messo.

« Stoviglie: cambusa, pesante ».

« Fornelli: cambusa, pesante ».

« Costumi trapezisti: signor Bebe, dateli a lui ».

« Costume Orso? »

« Lascialo su, stasera non serve ».

« Perché no? Lui non si esibisce? »

« No, non credo. Aspetta: Giubàt, Orso? »

« Orso cosa? »

« Si esibisce o non si esibisce? »

« Certo, che si esibisce! Che domanda è? »

« Allora tiralo giù ».

« Piatti e bicchieri: pesante, fragile ».

« Io no vedo che faccio ».

« Perché stai dietro, se stessi davanti... »

« No posto davanti, troppa gente! Tutti qui! »

« Ma che lingua parli? Sei con noi da vent'anni! »

« Io vengo da lontano, io parlo come voglio! »

« Grancassa: pesante. Ai musicisti ».

« Piano! Piano! »

« Da quando in qua abbiamo anche un piano? »

« Dov'è la scatola dei coltelli di Iuva? Perché non è ancora scesa? »

« Un momento, eh?! Qui c'è un sacco di roba! Con calma! »

« Lasciali su, quelli. Iuva ha litigato con il falegname e Giubàt ha detto di non darle i coltelli finché non fanno pace ».

« Iuva dice che se no diamo subito coltelli, lei prende noi calci da qui fino a fine di mondo ».

« Perché tutti i pagliacci che ho conosciuto parlano con il tuo accento? »

« Perché gente di mio paese molto spiritosa ».

« Sarà... Giubàt, cosa si fa con i coltelli? »

« Com'è la faccia di Iuva? »

« Nera ».

« Allora lasciali su »

« Sembriamo noi ogni volta che partiamo » disse Bruco sconsolato.

« Già » fece Mimma. « Anche i miei fanno così quando caricano la macchina per portarmi qui ».

Si sarebbe detto che quella fosse la prima volta che scaricavano il carrozzone, invece era la millesima. Eppure l'organizzazione lasciava molto a desiderare.

Di quel passo lo spettacolo sarebbe cominciato a mezzanotte, pensò Olga, a meno che quello fosse già lo spettacolo, o una specie di introduzione. Poteva essere, perché una cooperazione tanto maldestra e litigiosa, fra personaggi tanto diversi e variopinti, quel rimbalzare di accenti e di battute, le ridicole incomprensioni, i buffi battibecchi, erano qualcosa da cui era difficile distogliere l'attenzione; uno spettacolo involontario, molto divertente.

'Mi piacerebbe farne parte' si disse la bambina di carta. E senza pensarci oltre si mescolò agli "afferranti" che circondavano il carrozzone.

Come loro, tese le mani di carta verso l'alto.

« A me, a me » gridò, schiacciata fra le pance di due sollevatori di pesi, che si contendevano una cassa. « Ci sono anch'io, passate pure a me ».

I due uomini abbassarono lo sguardo e la fissarono seri. Poi afferrarono insieme la cassa, la fecero passare sopra la testa di Olga e se ne andarono.

« Eccomi! Sono qui, mi vedete? Datemi pure qualcosa, magari non troppo pesante, un libro, una tovaglia, un tovagliolo... » riprese a gridare Olga.

Uno degli uomini sul tetto avvertì che stava per essere calato il cesto di una certa Vadritta.

« Chi lo prende? »

« Io! Io! Lo prendo io! » disse Olga, tendendosi il più possibile per afferrare il cesto.

L'uomo sorrise, e consegnò il cesto a qualcuno che stava dall'altra parte. Dopo un istante, però, tornò.

« Tieni » disse a Olga. « Questo è uscito fuori: glielo dai tu? » Era un nastro di velluto nero sul quale era cucito un mazzolino di margherite di cotone.

Il gesto scaldò il cuore alla bambina di carta: con quel nastro tra le mani si sentì una di loro, una del circo. Non era più sola, era parte del gruppo.

« A chi lo devo dare? » domandò al tizio sul tetto. Ma questo era già sparito.

Cominciò così per Olga una lunga ricerca.

« Credo di dover consegnare questo nastro alla signora Vadritta » disse fermando un giovane col costume a righe. « Sapresti dirmi dove potrei trovarla? »

« Al suo solito posto » rispose il tipo che andava di fretta.

Olga, che non aveva idea di quale fosse il solito posto della signora Vadritta, fermò un altro ragazzo, che portava a spasso una pecora travestita da leone.

« Scusa, per favore: sapresti dirmi qual è il solito posto di Vadritta? »

Il ragazzino, che doveva avere su per giù nove anni, si mise a ridere e si allontanò con la pecora. Olga non seppe cosa pensare, non le sembrava d'aver detto niente di divertente.

Per non sbagliare di nuovo, decise di cambiare tattica: « Vadrittaaa? » cominciò a chiamare a voce alta, passando fra le tende intorno al carrozzone. « Signora Vadrittaaaa? »

« Vadritta è scappata? » chiese una voce femminile da dentro una tenda.

« No, non credo, non so » rispose Olga.

« Al suo posto hai guardato? »

« Signora » disse la bambina desolata rivolgendosi alla tenda, « io vorrei tanto sapere qual è il suo posto ».

« Ma, anima candida » rispose la voce, « quale vuoi che sia il posto di Vadritta? Spicciati, adesso, lo spettacolo sta per cominciare! »

« Davvero? »

Olga si voltò e... Chi infilato per metà dentro a bizzarri pantaloni zompettava da una parte, chi piroettava dall'altra, chi chiedeva spazio, chi andava cercando scarpe, trucchi, lacci, attrezzi; chi tirava cavi, chi srotolava teli, chi passava chiodi, chi ci dava col martello:

Bang! Bang! Bang! Bang!

Chi inseguiva galline fra le gambe dei musicanti che accordavano gli strumenti:

Zin zan! Frin frin! Coccodè! Vieni qui! Se ti piglio!

Erano il caos e l'anarchia.

Davvero lo spettacolo stava per cominciare?

« Vengano, signori, vengano! Lo show più bello del mondo sta per aprire le sue porte incantateee! » annunciò in quel momento Giubàt con voce tonante.

E tutt'a un tratto fu il silenzio

IL MIOMAGNIFICO SPETTACOLO

Vista dall'alto, la pista nera e rotonda del circo, distesa sulla vasta landa grigia, somigliava a un neo sulla pelle di un rinoceronte.

Per fortuna c'erano le fiaccole e i lumini a soffondere un po' di incantamento a quella notte buia, e a riscaldare gli animi di chi sostava. E c'erano loro, gli artisti.

Agghindati con costumi sgargianti, chi a scacchi, chi a strisce, chi tempestato di perline, chi con pietre e brillanti... Non c'era da essere tristi.

Giubàt, poi, col bel viso rubicondo e il pancione rotondo stretto nel gilet, zampillava ottimismo e buonumore.

« Questa sera straordinaria la dedichiamo, invero, a una amica » spiegò a braccia aperte. « Una nuova sorella, che da oggi è parte della nostra illustrissima, nonché antichissima compagnia. Unitevi dunque a me nel dare il benvenuto all'adorabile, la giovanissima, la sottilissima, la gentilissima... » il Direttore non conosceva il nome della nuova trovata.

Imbarazzato, passò in rassegna i volti dei compagni, sollecitando un'imbeccata. Ma: chi alzava le spalle, chi storceva la bocca, chi sussurrando chiedeva al vicino...

« Mi chiamo Olga » disse la bambina di carta, col nastro di velluto ancora stretto tra le mani, che ora le tremavano.

« Olgaaa! Benissimo! » esclamò il Direttore sorridendo. « Non abbiamo mai avuto una Olga, è vero? Oppure l'abbiamo avuta? »

« Sì, una » rispose qualcuno fra i presenti. « Però non era di carta ».

« Quella Olga era di pasta frolla ».

« Lei partita tre anni fa ».

« Di più, saranno almeno quattro o cinque ».

« Lei andata via tre anni fa con fornaio ».

« Era un pasticciere ».

« Vi sbagliate, era un fabbro maniscalco ».

« Cosa c'entra il ferro battuto con la pasta frolla? »

« Niente, ma si sa che gli opposti si attraggono. E infatti, Olga la frolla e Almo il maniscalco sono fuggiti insieme ».

« Eh, l'amore non conosce confini ».

« Né leggi ».

« Cosa te leggi? »

« Ti pare che stia leggendo? »

« Tu ora detto che... »

« Ebbene, ebbene, non perdiamoci in minuzie » intervenne Giubàt riprendendo il filo del discorso. « Piuttosto, si cominci! »

Alle spalle di Olga, rullarono i tamburi.

« Signore e signori, ladies and gentlemen, mesdames et messieurs, meine Damen und Herren, atam babain te babaném... »

« È la lingua degli Alati » spiegò l'Omino a molla a Olga. Erano seduti in prima fila: lui, Olga e Vaivìa, su una panca riservata a loro.

« Ah » fece la bambina annuendo senza capire.

Poi ci pensò un momento: « Per caso sapresti dirmi dove potrei trovare la signora Vadritta? » domandò sottovoce.

L'Omino prima avvicinò il dito alla bocca, poi le indicò lo spettacolo.

« Sssh, guarda... » le disse.

« ... Parenti e amici trovati! Voi tutti che siete qui! È questa l'ora che attendevate! Spezzate le catene, accendete lo spirito, trasformatevi in stelle e date vita al Miomagnifico Spettacolooo » annunciò Giubàt in uno scrosciare di applausi.

L'addetto alla grancassa, seduto dietro a Olga, diede un colpo di piatti così potente che la bambina volò in mezzo alla pista.

« Oh, che tempismo! Abbiamo qui la nostra ospite d'onore » esclamò il Direttore con entusiasmo. « Vedo che hai il nastro di Vadritta: vorresti forse rubarle la scena? » Il pubblico degli artisti rise.

« No, no » fece Olga imbarazzata, « io piuttosto volevo... »

« Ringraziarci? Lo farai poi, se lo spettacolo ti sarà

piaciuto » rise Giubàt; e rivolto agli altri: « Non l'avevo detto, io, che era gentile? Ora accomodati pure, cara, e osserva ».

Olga tornò al suo posto, ma, poiché non si dava pace per quel nastro che non aveva consegnato, scrutò se fra il pubblico ci fosse qualcuno che mostrasse segni d'insofferenza o, peggio, di disperazione. Una lei, in elegante costume di scena, che andasse chiedendo in giro dove fosse finito il suo nastro di velluto.

Passò in rassegna tutti gli artisti seduti dall'altra parte della pista, davanti a lei. Poi, voltandosi con discrezione, osservò quelli alla sua sinistra; e, infine, quelli alla sua destra: nessuno corrispondeva alla descrizione.

'Dove sarà, questa Vadritta?' si chiese disperata.

« E ora, procediamo senza indugio » disse Giubàt strofinandosi le mani.

« Troppo tardi! Lei non ce la farà! » esclamò la voce femminile che Olga aveva già udito in precedenza.

Questa volta, però, la vide, vide chi aveva parlato, poiché le era seduta accanto: era stata la scimmia. La scimmia parlava! A ben vedere, menava pure gramo: "Le lenzuola non si asciugheranno; i cavallerizzi non torneranno; lei non ce la farà..."

'Lei chi?' si chiese Olga. 'La signora Vadritta?'

« Oh, Vaivìa, smettila un po', certo che ce la farà ». brontolò Giubàt. E introdusse il primo numero.

« Dalle terre selvagge aduste dal sole, attraverso giungle e deserti, domando belve e incantando serpenti, è giunto fino a noi colui a cui il coraggio non fa difetto, come pure l'ardimento. Prego un bell'applauso al grande domatore Genko e al suo leone! »

Rullarono i tamburi, suonarono le trombe e sulla pista arrivò il ragazzino con la pecora vestita da leone.

« Ruggisci! » ordinò il ragazzino alla pecora. La pecora, invero con l'aria un po' annoiata, si schiarì la gola, masticò a vuoto un paio di volte, prese un profondo respiro e...

Olga si sarebbe aspettata che l'animale lanciasse un belato profondo, un *buuu* al posto di un *beee.*

Invece!

Come la pecora aprì la bocca, l'intera baia fu investita dal ruggito più spaventoso che si possa immaginare, uno sbraitio tremendo, che echeggiò fra le montagne e fece tremare la terra.

Paralizzata dalla paura, Olga si tappò le orecchie.

Rimase così fin quando Vaivìa le scrollò la spalla e, indicandole di guardare per terra, le disse qualcosa che la bambina non udì.

« Come? » chiese staccando le mani dalle orecchie.

« Ha detto che ti è caduto questo » disse l'Omino a molla raccogliendo il nastro. E subito dopo si allarmò: « È il nastro di Vadritta! Cosa ci fa qui? » chiese stupito. « Lei non va mai in scena senza! »

« Lo so! » esclamò Olga sottovoce. « La cerco da ore. Ti prego aiutami! »

« Vieni con me ».

L'Omino a molla saltò via con la scatola.

« Dove andate? » sibilò Vaivìa fra i denti. « C'è lo spettacolo! »

« Torniamo subito. Tienici i posti ».

L'Omino andava veloce sugli spalti gremiti; la gente davanti a lui si scansava, perché a nessuno fa piacere ricevere una scatola sui piedi. Olga, invece, faticava a stargli dietro e doveva continuamente chiedere permesso.

« Ups, scusate, permesso... Ahi! Perdonate... »

Finalmente lasciarono il pubblico e si avviarono verso le tende. Nessuna però sembrava essere mai quella giusta. Finché si avvicinarono al carrozzone.

« Vadritta sta qui? » domandò la bambina, dandosi della sciocca per non averci pensato.

« Non c'è posto dove lei ami stare di più » disse l'Omino girando attorno al carrozzone. E tuttavia non entrò.

Olga non riusciva a capire.

Finalmente, davanti ai cavalli che trainavano il carro, l'Omino si fermò.

« Sei pronta? » chiese al cavallo più snello e grazioso.

Olga strabuzzò gli occhi

« Era una cavalla? » esclamò Bruco.

« Eh, sì » rispose Olga.

« Era lei Vadritta? »

« La sola e unica ».

« E cosa faceva? »

« Tirava il carro ».

« No, intendo sulla pista? »

« È la stessa domanda che la bambina di carta pose all'Omino a molla... »

« Oh, lo vedrai » le rispose lui. « Qua, mettile il nastro, altrimenti non ci seguirà: Vadritta non appare in pubblico senza un nastro o un cappellino. Diglielo, Vadritta ».

La cavallina nitrì.

Olga le fece passare il nastro dietro le morbide orecchie e glielo annodò sotto il muso.

« Scusa se ti ho fatto aspettare » le disse. « I fiorellini li vuoi al centro, a destra o a sinistra? »

Lei scrollò il muso e per un attimo sembrò annuire. Olga non comprese.

« Al centro » le disse l'Omino a molla. « Ha detto che li vuole al centro ».

Quando Olga ebbe finito, convenne che le margherite fra le orecchie erano molto eleganti, e aiutò l'Omino a liberare Vadritta dalle stanghe.

Giubàt annunciò il numero e Olga condusse in pista la cavalla, pensando che l'Omino fosse con loro, invece era saltato via di nuovo.

« Eccolaaa, la nostra narratrice di viaggiii » annunciò il Direttore sollecitando un applauso. Olga fece un inchino. « E con lei c'è anche la nostra Olgaaa ».

La bambina di carta vacillò: credeva d'essere lei la narratrice di viaggi, invece era la cavalla.

« Vadritta sembra apprezzare il sapore del tuo bel

vestitino. Meglio se ti sposti o farà di te la sua cena » scherzò Giubàt, ammiccando al pubblico come se volesse far intendere che quel siparietto fosse parte del numero. « Allora, vuoi farle tu le domande, carissima Olga? »

Olga sorrise senza capire.

« Eh, già, tu non sai ancora cos'è capace di fare la nostra Vadritta, non è vero? Be', prova a chiederle quanti chilometri abbiamo percorso per arrivare fino a qui ».

Mentre Olga ripeteva la domanda alla cavalla, Giubàt apriva un grosso libro, che teneva fra le mani; prese una penna d'oca e con quella sollevata attese la risposta.

La cavallina nitrì cinque volte, diede trenta colpi con lo zoccolo destro e sei con lo zoccolo sinistro.

« Cinquecentotrentasei chilometri! Un bel viaggetto davvero! Brava, Vadritta! » Il Direttore annotò il numero sul diario di viaggio. Olga era esterrefatta.

« Posso farle delle altre domande? » chiese.

« Devi! Chiedile... » Giubàt sussurrò le domande all'orecchio della bambina.

« Quanti perduti abbiamo trovato? » ripeté Olga ad alta voce. Vadritta batté un colpo secco con lo zoccolo: uno, uno solo: lei. Olga ringraziò e sorrise.

« Quante volte ci siamo fermati? »

La cavalla fece un giro su se stessa.

« Esatto! » esultò Giubàt. « Ci siamo fermati un'infinità di volteee ».

Partì un grande applauso e Olga accompagnò Vadritta fuori dalla pista.

« Ringraziamo la nostra nuova amica, che sembra far parte di questa compagnia da una vita, e passiamo al prossimo numerooo » disse Giubàt, mentre i Prodigiosi Fratelli Qualamano entravano piroettando.

Per dare prova di cosa sapessero fare, uno dei fratelli lanciò subito in aria... non una palla, non una clavetta, e neppure un cerchio, bensì la propria mano, subito seguita dall'altra. Le due mani in aria si strinsero, si salutarono e contarono fino a cinque, sulla punta delle dita; e tornarono ai loro... polsi.

Non contento, il giovane le rilanciò in aria. Questa volta, però, le mandò verso il fratello alla sua destra, il quale a sua volta lanciò le proprie mani al terzo fratello, che nel frattempo aveva già lanciato le sue al fratello che per primo aveva cominciato; che le afferrò e le lanciò al secondo; e così via di seguito, finché le mani fecero il giro dei tre fratelli una, due, tre, quattro volte...

« *Op, op, op, op, op, op...* » gridavano i giocolieri per darsi il ritmo. « Qua la man! Da' la man! Qua la man! Da' la man! *Op, op, op, op...* »

Per aggiungere divertimento al numero, di tanto in tanto una mano si fermava e dava un pizzicotto sulla guancia a uno dei fratelli, o gli grattava il naso, o gli tirava i capelli biondissimi.

I tre artisti fecero girare le mani in senso orario e antiorario; le incrociarono, se le strinsero, se le scambiarono perfino. Tanto che uno si ritrovò con due mani sinistre, l'altro con due mani destre e il terzo con due mani non sue, la sinistra al posto della destra e la destra al posto della sinistra.

Olga era strabiliata. A metà dell'esibizione aveva cominciato a ridere così tanto che le era venuto il singhiozzo.

Ma quando vide che, assieme alle mani, i tre fratelli si staccavano pure le teste...

« Aaah! » gridò

« Aaah! » gridarono Mimma e Bruco.

« Si staccavano le teste? »

« E come facevano? »

« Così… »

Le mani del primo afferrarono la testa del secondo, quelle del secondo la testa del terzo e quelle del terzo si portarono in aria la testa del primo. Mani e teste presero a roteare scambiandosi grattatine, sorrisi, boccacce, linguacce, gesti e battute...

« Ehilà, ti gira la testa? »

« Somigli a qualcuno che ho già visto ».

« Ti hanno mai detto che hai la testa fra le nuvole? »

« Tu, piuttosto, tieni la testa sulle spalle! »

E giù a ridere fino alle lacrime, che una mano, provvista di fazzoletto, volava ad asciugare.

Ridevano tutti, a crepapelle.

Dopo i fratelli Qualamano, entrò in pista Iuva, a cui Giubàt aveva consegnato i coltelli, dopo averle fatto giurare che non li avrebbe scaraventati addosso al falegname: "Tanto lo mancheresti, ferendo magari qualcun altro, e un ferito ci serve qui adesso come un alligatore nel letto" le aveva detto il Direttore.

La scimmietta Vaivìa, dalla spalla della padrona intenta ad affilare le lame, spiegò con voce perentoria agli assistenti dove andava sistemato il paglione.

« Più a destra... Troppo! Indietro! Più in là... Ora di qua... Momento... » Chiuse un occhio e col pollice alzato misurò le distanze. « Spostatelo un orecchio più a sinistra e fermatevi lì! » disse. Evidentemente aveva imparato a parlare, ma non conosceva le unità di misura, pensò Olga. Comunque, gli assistenti spostarono il bersaglio più a sinistra di tre centimetri e lì lo lasciarono.

« Bon! A posto così! » disse la scimmia.

Iuva alzò gli occhi e solo in quel momento Olga si accorse che erano velati. Guardandoli di profilo, come adesso li vedeva, s'intuiva una patina opaca e sottile, di un lieve color blu, che ricopriva l'iride rendendo cieco e vago lo sguardo.

« Alza sei » disse la scimmia. Iuva alzò il braccio teso, e la mano con cui impugnava il coltello per la lama, di sei centimetri. « Destra tre... Ferma! Giù uno... Ferma! Lancia così! »

Piegando il braccio senza spostare il gomito, Iuva lanciò.

« Centro pieno! » gridò Giubàt battendo le mani. Anche il pubblico applaudì.

Il rito si ripeté molte volte, finché nel cerchietto nero, al centro del bersaglio, si compose una rosa perfetta di lame argentate.

Con dispiacere di Olga, amici e colleghi si complimentarono con la cuoca-tiratrice di coltelli, ma nessuno strinse la zampa a Vaivìa. Dopo tutto il merito era anche suo, sua la mira.

Dopo Iuva venne un pagliaccio che fece piangere tutti e tutti gliene furono grati, perché "la commozione è un gran bel sentimento", così disse Giubàt riponendo il fazzoletto umido nel taschino del gilet.

Poi toccò al ragazzo col costume a righe, che fece molte acrobazie e piroette, mentre le righe del suo costume rimanevano sempre verticali. Fu uno dei trucchi che stupì maggiormente Olga.

Giubàt annunciò che, per la particolare conformazione della zona, oltremodo ostile e ruvida a causa delle rocce e delle pietre sparse a perdita d'occhio, e del mare profondo che occupava la baia, il numero della donna volante, quella sera, non poteva essere eseguito, poiché l'Emelona rischiava di ferirsi o peggio di annegare.

Toccava dunque a Orso.

Goffo e un po' impacciato, il plantigrado raggiunse il centro della pista trascinandosi dietro un pezzo di stoffa rossa; con la zampa destra impugnava un paio di forbici.

Si sedette, distese la stoffa sulle zampe e, con la punta della lingua fra le labbra, cominciò a tagliare.

Quando ebbe finito, mostrò il risultato.

« Oooh! » esclamarono i compagni estasiati. E tutti batterono le mani.

Anche Olga applaudì, ma le sue mani di carta non producevano rumore, perciò gridò: « Bravo! Bravo! »

In realtà non si capiva cosa Orso avesse ritagliato. Il risultato somigliava a una maglia, ma mancavano le spalle; una manica, tre volte più lunga del normale, penzolava da un fianco, e c'era solo il davanti, come in quegli abitini che si appendono con le alette alle spalle delle bambole di cartone; come i primi abiti di Olga, quelli che ritagliava sua mamma, prima di scoprire che anche le bambine di carta si vergognano di mostrare le mutande.

Adesso gli abiti di Olga avevano un davanti e un dietro, ed erano incollati sui lati.

Anche se non aveva ottenuto un capolavoro, il pubblico di artisti, pittori e falegnami, applaudì a lungo Orso; per incoraggiarlo, pensò Olga.

Stavano ancora applaudendo quando l'aria fu rotta da un grido di battaglia e dalle montagne giunse un rombo di zoccoli al galoppo.

La terra tremò, e nella baia echeggiò il suono di un corno di guerra

IL GRAN FINALE

Presto l'accampamento fu circondato da cavallerizzi in groppa a destrieri scalpitanti.

« Visto che sono tornati? » fece Giubàt con tono bonario alla scimmia.

Olga li osservò strabiliata. E li contò.

« Ventisette! »

Ventisette bambini, fra gli otto e i quindici anni, così simili tra loro che avrebbero potuto essere fratelli. Maschi e femmine avevano i capelli neri, tagliati corti intorno al viso rotondo; avevano gli occhi a mandorla, color malva, le labbra rosee e alucce da libellula.

Olga si chiese se le ali fossero attaccate al giacchino rosso che tutti indossavano, o se spuntassero dalla schiena; e a cosa servissero gli archi che i giovani cavallerizzi portavano a tracolla, insieme con le faretre.

« Belli, vero? » disse l'Omino a molla alle sue spalle.

« Oh, sì » rispose lei estasiata.

« Sapessi la fatica che abbiamo fatto ad addomesticarli ».

Olga spostò lo sguardo sui cavalli: anche loro erano belli: piccoli come caprette, eppure slanciati, ben proporzionati e leggeri.

« Di che razza sono? » chiese.

L'Omino ondeggiò sulla sua molla con l'espressione accigliata.

« Non sapevo ne esistessero di razze diverse ».

« Oh, sì! Dalle nostre parti sono grossi e tozzi; e dalla mongolfiera ne ho visti anche di altissimi e slanciati e di piccoli e grassottelli. Se adesso mi concentro riuscirò anche a ricordare il loro nome... Pony! Ecco come si chiamano ».

« Tu guarda cosa s'impara » borbottò l'Omino nella scatola. « Noi i nostri li chiamiamo semplicemente "Alati" ».

Olga lo squadrò stupita.

« Io parlo dei cavalli! »

« Io dei cavalieri! » replicò l'Omino.

« Ma mi hai appena detto che avete fatto fatica ad addomesticarli! »

« Dieci anni di vita abbiamo perso dietro a quei selvatici. Sembrano angioletti con le ali, invece sono diavoli cornuti. Ma Giubàt li voleva, ci teneva tanto. Diceva che ci sarebbero serviti, e di qui e di là... Perciò, appena s'è presentata l'occasione, ne abbiamo acciuffato uno ».

« Lo avete acciuffato? »

« Sei di noi ci sono voluti per bloccarlo. Sei per uno solo, lo avresti detto? »

« Non capisco: non li avete cercati, e trovati, come me, come tutti gli altri? »

« Ragazzina, i guai nessuno se li cerca, ti trovano loro. Gli Alati volevano il nostro cacao e si sono avvicinati. Ci hanno puntato le frecce addosso. Uno è sceso da cavallo e con l'aria strafottente ha fatto per afferrare un sacco. "Vi darò tutto il cacao che vorrete se andrete a cercare i perduti per noi" gli ha detto Giubàt. Macché, quello voleva il cacao senza offrire niente in cambio. Ha afferrato il sacco e noi gli siamo saltati addosso. Ci ha morso tutti, anche Orso ».

« E poi? »

« Poi col tempo e molta, molta pazienza – c'è voluta tutta quella di Giubàt, perché la mia era bella e finita il secondo giorno – abbiamo conquistato la loro fiducia. Comunque la pazienza non è bastata, ah, no! Litri di cioccolata calda ha dovuto preparare Iuva. E poi: leggi le favole, aggiusta l'archetto, procura nuove frecce, non troppo lunghe non troppo corte, taglia i capelli, cura le ferite, da' da mangiare ai cavallini, cura i cavallini, consola i bambini tristi, rammenda i vestitini, realizzane di nuovi – giacchetta rossa e braghe azzurre, mi raccomando, o mordono e piangono – rimbocca le coperte ai piccoli, canta la ninnananna, accetta ogni capriccio... Eeeh, santi siamo diventati! Ad ogni modo, Giubàt non ha mai perso la fiducia e un bel giorno questi sono partiti in cerca di un perduto, come voleva lui ».

« E l'hanno trovato? »

« Ne hanno trovati tre ».

« Nooo! I fratelli Qualamano? E quando è successo? »

« Dieci anni fa ».

« Dieci anni fa? E i cavallerizzi non sono cresciuti nel frattempo? »

« I cavallerizzi sono bambini, non adulti, mai vecchi. Loro non crescono. E, comunque, non fidarti: adesso sono quasi del tutto addomesticati, li conosciamo e tutto il resto; ma la loro natura è, e resta, selvaggia. Sono guerrieri e cacciatori, capaci di infilzare una cimice con una freccia a decine di metri di distanza e a occhi chiusi. Oppure il tuo naso, se gli va. Sono creature balzane, umorali, insopportabili: contraddicili e ti perseguiteranno coi loro strilli, se non addirittura con le loro frecce. Accarezzali e dopo un secondo tenteranno di morderti. Credimi, la tua vita sarà molto migliore se ti terrai a distanza ».

'Peccato' pensò Olga. Le sarebbe piaciuto fare amicizia con quei bambini, sfiorare le loro ali e magari chiedere d'averne un paio in prestito, solo per un voletto. Volare era il sogno di Olga.

S'accorse che gli Alati la stavano guardando e s'intimorì. Qualcuno di loro sbuffava, altri, chinata la testa, la studiavano con sguardo perplesso, cercando di leggere le parole stampate sul suo abitino; altri ancora la fissavano e basta; un paio, fra i più grandi, scuotevano il capo delusi.

« Cercavano te » sussurrò Giubàt passandole accanto, « e ora sono offesi perché ti abbiamo trovata prima noi. Eh! Eh! » rideva sotto i baffi, il Direttore. Tornò in pista e richiamò l'attenzione del pubblico.

« È un bene che ci siamo tutti » disse, « poiché si appresta il Gran Finale. Il momento è fatidico! Che le bocche tacciano e gli animi palpitino: entra Imhe! »

Lei arrivò in punta di scarpette, leggera ed elegante come il seme di un soffione spiccato via dal capolino. Reggeva un ombrellino aperto, di carta di riso, azzurro, con disegnati delicati fiori di peonia rosa e gialli.

Senza mai scendere dalle punte, accennò un inchino, sorrise al pubblico e si avviò verso un capo della baia; attraversò gli scogli e raggiunse l'acqua.

« Imhe cammina sul filo » spiegò, sottovoce, l'Omino a molla a Olga.

« Che bello! » fece lei. « E dov'è il filo? »

L'Omino accostò il viso a quello della bambina e guardò nella sua stessa direzione, dove guardavano tutti.

« È proprio davanti a te » disse.

Olga, che era seduta sulla sabbia a gambe incrociate, si sporse in avanti.

« Io non lo vedo » disse accigliata, tornando diritta.

« Ma è proprio lì, lì davanti » esclamò l'Omino incredulo. « Segui il mio dito ».

La bambina fece scorrere lo sguardo sul dito teso verso il mare e, prestando molta attenzione, seguì la traiettoria che esso indicava. Finché...

« Oooh! » esclamò estasiata.

Imhe camminava sul filo dell'orizzonte.

Una sottile linea d'oro univa i due speroni della baia, dividendo in due il sipario grigio sullo sfondo: il cielo dal mare.

Su quella linea, sotto l'immensa volta plumbea, la bella Imhe avanzava muovendo l'ombrellino. Morbida e spigliata, sembrava sempre sul punto di librarsi in volo; come una capinera dal ramo di un nocciolo.

Avanzava danzando sulle note di una musica silenziosa; eppure Olga era sicura di udirla: era una melodia densa e appassionata, trascinante, come le onde del mare.

Che sensazione meravigliosa doveva essere, pensava la bambina di carta. Come avrebbe voluto essere lì anche lei.

Una balena uscì dall'acqua mostrando la schiena argentea. Poi s'immerse di nuovo, creando un ampio cerchio scuro e lucido sotto la ballerina.

'La pista del circo!' pensò Olga.

Quando l'incantevole funambola giunse all'altro capo della baia, la notte cancellava già la sua corda.

La linea d'oro scomparve e il sipario si tinse di nero.

Imhe risalì la battigia, raggiunse la pista, chiuse l'ombrellino e con un bell'inchino salutò

TOMEO

La bottega del barbiere, Parnisél Dipì l'aveva ereditata dal marito, il signor Tomeo Dipì, che l'aveva lasciata vedova in giovane età. Donna colta, fine e bellissima, aveva voce da soprano e amava le arti. Rimasta sola, per sopravvivere, aveva imparato a fare le barbe e a tagliare i capelli. Con grazia e poesia.

Il suo negozio si trovava vicino alla piazza centrale, in un vicolo corto e soleggiato: due portoni rossi e la vetrina del barbiere. La storica insegna recitava:

DA TOMEO TAGLI CLASSICI E ARTISTICI

Barba e baffi vengono col taglio

Parnisél non se l'era sentita di cambiare la scritta, e così insieme alla bottega, dal marito barbiere, aveva ereditato anche il nome: "Vado da Tomeo a farmi dare una ripulita", erano soliti dire gli uomini a Balicò, quando andavano dal barbiere. E così lei era diventata Tomeo.

Finché era stato in vita, il signor Dipì s'era sempre vantato d'aver imparato tre cose da suo padre e da suo nonno: a impugnare le forbici con il pollice e l'anulare, a tenere aperto la domenica e a non fare domande. Il motto di famiglia era: "Un cliente in poltrona, uno che aspetta, uno che va".

Sulla poltrona di Parnisél in quel momento c'era seduto il papà di Bruco, e sull'unica sedia del negozio, davanti alla vetrina, attendeva il proprio turno il signor Gibòd, che nell'attesa sfogliava una rivista. Il signor Tod, falegname in pensione, era appena uscito.

« Fatto! » disse Tomeo, dando una bella spazzolata al colletto della camicia del professore.

Debrìs si specchiò e annuì.

« Dorna dirà che sono troppo corti sui lati, ma a me piacciono così; mi sento più ordinato » commentò l'uomo passandosi il dito sulle basette rasate.

Gibòd abbassò la rivista e diede un'occhiata all'immagine nello specchio.

« Sì, sono d'accordo » disse.

« Con chi? Con me o con Dorna? » domandò il professore tastandosi per trovare il portafoglio.

« Con te » rispose Gibòd.

« Meno male. Almeno tu, amico mio. Stamane Dorna e io abbiamo avuto un'altra discussione sulle storie della giovane Papel: non solo quella donna si ostina a non darmi ragione, ma vorrebbe che smettessi di parlarne. Non trovo il portafoglio... "Fai la figura del tonto!" mi dice. "Mi fai vergognare". Vergognare! Capisci? Ma dove l'ho messo? »

« Avrai capito male ».

« Ma no. So che si vergogna di me perché credo a quelle storie. E io darei la mano sinistra perché ci credesse lei. "Mai!" mi ha detto oggi. "Piuttosto mangio ragni!" »

Gibòd storse la bocca dallo schifo, e Debrìs continuò.

« "Perché?" le ho chiesto. Sai lei cosa mi ha risposto? »

« No, mi dispiace ».

« "Perché io vivo con i piedi per terra, Ben, e so distinguere la realtà dalla fantasia." Come se io vivessi con i piedi per aria. E glielo dico, le dico: "Dorna, stai dicendo che sono un idiota credulone?" E lei: "Sto dicendo che non mi metterò mai a gridare 'Mele mele' al circolo degli amici, come hai fatto tu, Ben!" Allora la correggo: "È *Meles meles*, cara, le mele non c'entrano". E lei mi sbatte la porta in faccia. Ho perso il portafoglio… »

« Che peccato ».

« Puoi ben dirlo, c'erano due pezzi da dieci dentro ».

« No, intendevo che mi dispiace che Dorna non creda alle storie di Olga » precisò Gibòd alzandosi e lasciando la rivista per andare a prendere posto nella poltrona del barbiere. « Sono storie così belle… »

Il professore fece gli occhiacci all'amico.

« No, no, lo penso davvero. Quando le ascolto io sento di essere in quei posti e… Che c'è? Perché mi guardi a quel modo? Non sei d'accordo? Eppure… Oh, salve! Che bella sorpresa! »

Bruco, Mimma e Olga erano appena entrati nel negozio.

« Mamma ti manda questo » disse il ragazzino consegnando il portafoglio al padre.

« Oh, grazie, figliolo, temevo d'averlo perso. Ora posso pagarti, Tomeo ».

Il professore posò i soldi sul tavolino vicino alla cassa. Tomeo gli diede il resto e fece un bel sorriso a Olga.

« Sei passata dal bosco? » le chiese.

« Le foglie risplendono delle piogge di fine estate e gli uccellini si affrettano a far crescere gli ultimi nati » rispose tutto d'un fiato la ragazzina, lieta che la signora glielo avesse chiesto.

« Peccato che debbano abbatterlo » commentò la barbiera scuotendo la testa.

« Non lo abbatteranno tutto, salveranno alcuni esemplari per la semina del prossimo bosco » precisò Debrìs.

« Sì, ma poverini gli alberi che restano, si sentiranno soli e isolati » disse Mimma. « Secondo voi le piante possono soffrire di malinconia? »

« Di quella e di altro » rispose Tomeo. « Se traggono beneficio da una conversazione amichevole e prosperano se le si vezzeggia come fossero belle signore, perché un carpino maltrattato, isolato o dimenticato, non dovrebbe patire lo sgarro e deperire? »

Olga abbassò lo sguardo e si fece cupa.

« D'altro canto » continuò la barbiera, « è un fatto che una pianta senza spazio sfila verso l'alto rachitica e spelacchiata, mentre un albero isolato gonfia la sua chioma dal piede alla cima, nutrendo ogni sua foglia di linfa benefica ». Il telo in una mano, la spazzola nell'altra, Tomeo allargò le braccia e gonfiò il petto ispirata: « Uhm, mi sembra di vederlo, imbevuto di luce che lancia le sue fronde in ogni direzione » sospirò. « Buffo, non è vero? Verrebbe da pensare che anche gli alberi, col tempo, trovino conforto nell'antico detto: "Non tutto il male viene per nuocere" ».

« Oppure anche: "Si chiude una porta e si apre un portone" » aggiunse il professore.

Olga sembrò confortata.

« In un certo senso » disse, « è ciò che accadde alla bambina di carta… »

E senza accorgersene si mise a raccontare la sua storia, lì, nel salone di Tomeo, davanti agli occhi stupiti di Mimma e di Bruco e con gran gioia di tutti.

Quella sera, terminato lo spettacolo, Olga fu assalita da una profonda stanchezza. Era reduce da una lunga giornata, così strana che a stento riusciva a convincersi di non averla immaginata. Gli occhi le si chiudevano, le gambe di carta le si afflosciavano... Giubàt, che tutto vedeva, fece un segno a Iuva, e la matrona raccolse la bambina con un braccio.

« Seguimi » disse Vaivìa, facendo strada alla donna verso il carrozzone. Olga non si accorse di niente.

Alcune ore dopo, aprendo un occhio, si ritrovò sopra a un letto. Tre materassi di colore allegro, impilati l'uno sull'altro e di forma ovale, occupavano per intero l'angolo in cui era stata ricavata una cuccetta, probabilmente in testa al carrozzone. Una tenda di seta arancio, ricamata con perline, chiudeva il guscio e lo rendeva intimo e confortevole.

La giovane ospite si tirò su e d'istinto accarezzò la tenda, facendo tintinnare le perline trasparenti. Poi si guardò attorno: non aveva lenzuola; probabilmente non si erano asciugate, pensò ricordando le parole della scimmia.

In compenso aveva diversi cuscini vivaci. Alla

parete, fotografie puntate con chiodi storti e puntine arrugginite ritraevano abitudini quotidiane, pose ricordo e scatti di momenti memorabili degli spettacoli. Olga riconobbe alcuni volti: l'Omino a molla, il bambino con la pecora, Orso...

Un piccolo oblò, sulla parete di destra, avrebbe permesso ai raggi della luna di illuminare la minuscola stanzina, se solo ci fosse stata una luna nel cielo. Filtrava, invece, il bagliore danzante dei falò, accesi sulla spiaggia, intorno ai quali si attardavano, bevendo e chiacchierando, alcuni artisti con Giubàt, Iuva e Vaivìa.

C'era uno specchio, appeso tra le fotografie, vecchio e col vetro rovinato. Olga intercettò il proprio volto riflesso, e un groppo le salì in gola: cosa faceva lei lì? Come era arrivata così lontano, in quel mondo straniero?

La risposta era in quello specchio: un volto di carta. Per questo si era messa in viaggio, per non essere più di carta: valeva la pena di rischiare la vita e soffrire di malinconia per questo? Olga non ne era più tanto sicura.

Tirò fuori dalla borsa il ritratto di sua madre e lo macchiò di lacrime: non si sentiva un grammo più felice di quando era partita; sua mamma le mancava da morire e così pure la sua casa; la speranza vacillava, per non dire del coraggio e della fiducia in se stessa. Com'era stata sciocca a fidarsi della principessa in groppa al fenicottero; a ripensarci ebbe un brivido.

Per fortuna il circo l'aveva salvata: ma era davvero un bene? Poteva fidarsi di quelle persone?, si chiedeva. Sembravano gentili, ma anche la principessa, all'inizio, le aveva fatto la stessa impressione. E se le avessero rubato i suoi soldi? Se un Alato fosse entrato mentre lei dormiva e le avesse tirato una freccia nel naso?

"Devo restare sveglia! E vegliare su me stessa e i miei pochi averi" si disse la bambina. Tirò fuori il taccuino e cominciò a scrivere. Annotò la seguente frase:

Mai fidarsi di una bambina
in groppa a un fenicottero.

Poi, però la cancellò e al suo posto scrisse:

Diffidare di una scorciatoia.

Avrebbe scritto anche altro, ma il mormorio di chi si attardava sulla spiaggia confuso al rumore del mare e al canto dei grilli, la indussero a posare la testa sui cuscini e, un attimo dopo il suo proponimento, Olga chiuse gli occhi e scivolò nel sonno.

Nel cuore della notte, qualcuno venne a occupare la cuccetta. Per fortuna la bambina si svegliò in tempo per non venir schiacciata: con uno scatto si appiattì contro la parete, mentre la gigantesca figura calava faticosamente sul letto.

Olga restò così fino al mattino, premuta contro

la parete dal culone enorme di una creatura che, immediatamente dopo essersi coricata, cominciò a russare

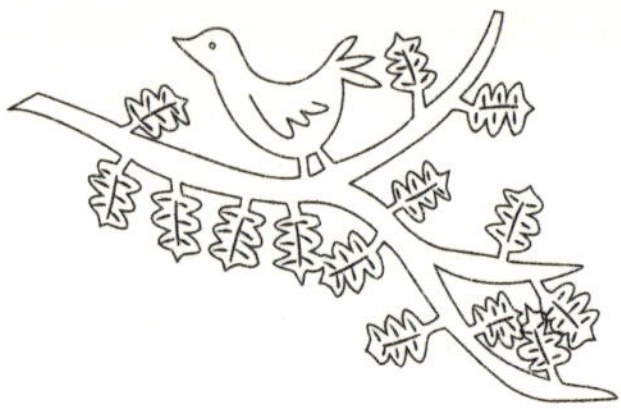

LA BELLA SORPRESA

Una bolla di sapone volò via dal naso del signor Gibòd.

« Dorme » sussurrò Tomeo.

« Figurati se no! » borbottò Debrìs. « E russa pure, il faloppòne! A che mi serve un amico che di giorno dorme sempre? »

« Di notte cerca le stelle » gli ricordò la barbiera gentile; e delicatamente affondò la lama del rasoio nella schiuma che ricopriva la faccia del brav'uomo addormentato.

Olga avrebbe voluto spiegare a Tomeo che non erano le stelle ciò che il signor Gibòd andava cercando nel cielo di notte. Invece disse: « Dev'essere molto comoda quella poltrona ».

« Non è una buona scusa! » protestò Debrìs. « Quel fannullone è capace di addormentarsi in bilico su un ramo. Voglio dire… così mi è stato riferito. Io non c'ero, non l'ho visto. Però so che è vero! Ora, ditemi, cosa dobbiamo farne di questo salame? »

« Lasciatelo pure dormire » pregò Olga. « Io so quando verrà il momento di svegliarlo, perché me lo ha detto lui. Adesso può riposare, se vuole, io non mi offendo ».

« Mi chiedo cosa capisca delle tue storie » brontolò il professore. « Eppure dice di apprezzarle ».

« Io gli credo » disse Tomeo; e sussurrando il ritornello di una vecchia canzone aggiunse: « Non inganna gli occhi ciò che va dritto al cuore... »

I presenti ringraziarono che la barbiera non avesse cantato poiché, al pari della sua abilità di taglia-barbe-e-capelli, e della delicatezza di pensiero che la connotava, era altresì conosciuta la potenza della sua voce e delle sue note spacca cristalli.

« Sarà così... » commentò Debrìs dubbioso. E rivolgendosi a Olga le chiese: « Te la sentiresti di andare avanti ancora un pezzettino? Vorrei sedermi a tavola sapendo chi era il molosso inopportuno che quasi ha schiacciato la bambina di carta nel suo letto ».

« Io l'ho capito » gongolò Bruco. « Era Iuva, la cuoca ».

« Sì, quello era il suo letto » confermò Olga.

La mattina dopo, ci pensò Vaivìa a liberare la povera bambina dalla sua posizione infelice; e per riuscirci dovette ricorrere alle maniere forti: puntò la schiena contro la parete, i piedi contro il sederone di Iuva e spinse con tutta la forza che aveva.

« Muoviti! » sbuffò poi alla bambina, digrignando i denti per lo sforzo sovrumano. Olga riuscì a girarsi; scavalcò la matrona nera e saltò a terra, tirando un sospiro di sollievo.

« Grazie infinite » disse. « Sono sottile, ma non sono una fotografia. Non mi piace dormire appiccicata a un muro e infatti non ho dormito un secondo! »

« Hai fame? » le chiese la scimmia tirando fuori una scatola da uno sportello. « Se non mangi subito non mangerai più fino a stasera. Tra un minuto partiremo ».

« Per dove? Io devo trovare la maga Ausolia! È per lei che ho intrapreso questo viaggio avventuroso » fece presente Olga. « So che vive... »

« È là che andiamo » disse Vaivìa porgendo una galletta alla bambina.

« Là? »

« Ma sì, là ».

« Là... dove? »

« A Rapusino, dove vive la maga ».

Olga credette di svenire. Vibrando per l'emozione, si affacciò alla porta del carro: le tende da campo erano sparite e gli artisti si affrettavano a raccogliere le ultime cose sparse a terra. Il resto era già sul tetto, issato, legato e pronto per essere trasportato. A Rapusino

« Ci sono stato » farfugliò il signor Gibòd sulla poltrona del barbiere, risvegliandosi dal suo pisolino.

« Ah, sì? » gli fece il professore.

« Mi pare ».

« E quando? Quando saresti stato a Rapusino? »

« Mah! Era un posto terribile, ai bordi del deserto... Un caldo! »

Debrìs lanciò un'occhiata a Olga e lei, stringendosi nelle spalle, con un sorriso imbarazzato fece intendere che la descrizione non corrispondeva.

« Olga non racconta così le sue storie! » irruppe Bruco, sfregando le erre quel tanto da far capire quanto fosse irritato. « Bisogna procedere un passo alla volta. Prima di sapere dov'è, e com'è il paese della maga Ausolia, bisogna che lei ci arrivi. E il carrozzone non si è ancora messo in marcia. Perciò portate un po' di pazienza, per favore ».

LA GUARDIANA DEGLI ANIMALI

Il Direttore del circo invitò la bambina a sedersi accanto a lui, a cassetta, mentre Vadritta e il cavallo Arrivabene avanzavano a passo tranquillo lungo il sentiero che attraversava le montagne.

« Impiegheremo qualche giorno per arrivare. Non ti preoccupa, vero? » chiese Giubàt.

Olga rispose di no con la testa.

« Sarà un viaggio piuttosto comodo, io mi auguro, e ci sarà il tempo per raccontarci quello che ci piacerà delle nostre vite. Tu da dove vieni, Olga cara? »

Olga raccontò al signor Giubàt, e all'Omino nella scatola, accomodato sul tetto dietro di loro, la ragione della sua partenza e le molte vicissitudini che l'avevano vista protagonista: prima nella casa del venditore di tracce, poi nel bosco di notte, sul ghiaccio gelato, in mezzo al mare...

« Che storia triste! » esclamò il Direttore costernato. « Povera bambina, ti capisco benissimo! Ora che mi ci fai pensare, a chi mai piacerebbe essere fatto di carta? »

« Di certo non t'invidio » aggiunse l'Omino a molla.

Olga avrebbe dovuto sentirsi sopraffatta da tanta inattesa compassione, non ne aveva mai ricevuta tanta in vita sua. Tuttavia pensò che fosse un tantino esagerata. La sua vita non era facile e nessuno meglio di lei ne era consapevole, ma a ben vedere neanche l'Omino a molla se la passava molto bene, incollato al fondo di una scatola con quattro pezzi di scotch!

Decise, perciò, di raccontare anche dei fortunati incontri che aveva fatto durante il tragitto, e precisò che nessuno, fino a quel momento, s'era stupito o rammaricato che lei fosse fatta di carta.

« Cercavano di essere gentili » le fece notare l'Omino a molla, « non volevano offenderti ».

Bonariamente, il Direttore annuì per confermare.

« Non si punta il dito contro un difetto o una malattia, non lo sai? È da insensibili! » continuò l'Omino senza pietà. « Sei stata fortunata a incontrare degli amici. Che poi, amici... a ben pensarci, non dovevano esserlo tanto se non ti hanno detto la verità ». E concluse con un sospiro, che sottintendeva: "D'altra parte, non si può pretendere tutto".

Olga non sapeva cosa dire. Era esterrefatta.

« Non devi prendertela, cara, succede » cercò di consolarla Giubàt, assestandole due colpetti amichevoli sulla mano. Poiché nessun suono uscì da quel contatto, nessun *pac pac*, o *ciac ciac*, il Direttore ripeté il gesto.

Olga gli sorrise timidamente.

“Per questo grido quando gli altri applaudono” avrebbe voluto spiegargli. “Perché le mie mani non fanno rumore. E perciò vado dalla maga Ausolia”.

« Ora, quando incontrerai la maga » esordì Giubàt in tono paterno, « dovrai spiegarle bene ciò che desideri. Altrimenti potrebbe sbagliare incantesimo e trasformarti in qualcosa di peggio ».

‘Peggio???’ si disse la bambina.

« Una zebra d’alabastro o un cucchiaino di sabbia ».

« Un fazzoletto di panna cotta o una piuma di formaggio » aggiunse l’Omino a molla.

« Il buon cielo ce ne scampi! » esclamò il Direttore. « Una bambina di sì fatta forma ci servirebbe qui ora come una molla in un calzino ».

« E cosa se ne farebbe, mia mamma, di una molla in un calzino, di una piuma di formaggio, di un fazzoletto di panna cotta, di un cucchiaino di sabbia o di una zebra d’alabastro? » mormorò Olga.

« La poverina se ne dispererebbe » confermò il Direttore. « Una zebra d’alabastro al posto della sua bambina di carta le spezzerebbe il cuore. Sii precisa, dunque, e quando ti troverai davanti alla maga. Assicurati di sapere bene cosa vuoi. Tu sai cosa vuoi, vero? Intendo, esattamente! »

« Sì » rispose Olga. « Voglio essere normale ».

« Ceeerto! Domanda sciocca, la mia. Chi non desiderebbe essere normale?! »

« Normale come? » chiese l’Omino a molla.

« Come tutti gli altri! » spiegò la bambina.

« Normale come me? »

« Oh, be', ecco... »

« Normale come chi? »

« Io... non so... »

« Non hai le idee chiare? »

« Sì, ma... »

« Ma? »

« Ho le mie idee! » tagliò corto Olga.

« È giusto! » fece il Direttore scrollando le briglie per ravvivare l'andatura dei cavalli. « Le idee servono sempre. Ora, dimmi, Olga cara, cosa ti piacerebbe fare? C'è qualcosa che ti viene particolarmente bene? »

Di nuovo quella domanda.

Olga ripensò a Tasso: "Tu che dote hai?"

« Sai cantare? » le chiese il Direttore.

« No » rispose lei mesta.

« Sai ballare? »

Olga fece "così così" con la mano.

« Sai volare? No, no, non hai le ali, come potresti?... »

« E non posso neppure staccarmi la testa come fanno i fratelli Qualamano » fece presente la bambina. Il Direttore concordava assolutamente, e per un po' ci fu silenzio.

« Forse potrei imparare a camminare sul filo dell'orizzonte » propose poi Olga. « Però bisognerebbe che fosse teso su qualcosa di asciutto, perché se cado... »

« Eh già, eh già... »

Di nuovo silenzio.

« Bisognerà metterti alla prova » disse infine Giubàt.

« Cioè? »

« Proverai tutte le arti, e così in fine scopriremo quale di esse ti è più congeniale. Non trovi sia una buona idea? »

« Sì! E nel frattempo potrei rendermi utile occupandomi di Vadritta, di Arrivabene e di Orso ».

« Fai attenzione a lui quando ha le forbici in mano, bambina » si raccomandò Giubàt. « E comunque, un'assistente agli animali ci servirebbe come... »

« Come una proboscide a un pipistrello? » suggerì Olga, credendo d'aver detto una sciocchezza.

« No, no, cosa c'entra? Dico che ci servirebbe sul serio » precisò il Direttore. « Non abbiamo mai avuto un'assistente agli animali. Ci toglierebbe un discreto ammontare di lavoro e di pensieri ».

« Sissignori! Signorsì! » convenne l'Omino a molla entusiasta. « Molti di noi ne sarebbero felici » 'Io per primo' pensò.

L'allegra compagnia del Miomagnifico Spettacolo compì dieci tappe prima di arrivare a Rapusino, dieci giorni che servirono a Olga per scoprire che non sarebbe mai stata una brava trapezista, giacché impiegava secoli a planare verso le mani dell'afferratore; né sarebbe diventata una famosa contorsionista, poiché la carta di cui era fatta si spiegazzava, e una bambina stropicciata non piaceva a nessuno.

Nonostante gli insegnamenti dei Prodigiosi Fratelli Qualamano, scoprì di non avere buon gioco di mani e, al momento opportuno, rifiutò di staccarsi la testa.

Siccome c'era già Imhe che camminava sul filo dell'orizzonte, fu scartata l'ipotesi di far provare Olga: due ballerine funambole sarebbero servite "come due alluci a un piede", così disse Giubàt. Inoltre Imhe se l'avrebbe avuta a male.

In nessun momento, né a Olga né a Giubàt, venne in mente di chiedere a Iuva come si tirassero i coltelli.

Il decimo giorno, Giubàt sentenziò che la bambina di carta era educata, dolce e simpatica, ma non sapeva fare niente. Non sapeva ballare, cantare, recitare e neppure cavalcare.

"Se vogliamo che resti in groppa dovremo incollarla alla sella", aveva sospirato una mattina vedendo Olga volar via da Arrivabene.

Eppure in qualcosa la bambina era riuscita: era diventata un'irreprensibile guardiana degli animali. Da quando si occupava di loro, Orso, Vadritta e Arrivabene mangiavano a orari precisi e bevevano acqua fresca. Al cibo venivano puntualmente aggiunte parole gentili che Olga rivolgeva ai tre animali mostrando sincero interesse verso il loro stato di salute e il loro grado di felicità. Se uno di loro mostrava di non essere lieto, oppure faceva intendere di avere una particolare necessità, Olga si adoperava affinché ogni malinconia fosse consolata e desiderio esaudito. Questo succedeva soprattutto con Orso, che dei tre era il più incline ai momenti tristi, e colui che si spiegava peggio. Olga si era particolarmente affezionata a lui e per questo trascorrevano molto tempo assieme.

Spesso sedevano vicini, in silenzio, guardando un panorama: un tramonto dalla cima di una collina, le vigne arrossate dall'autunno dal muretto di un paese, le stelle nel cielo dal predellino del carrozzone...

Stavano anche attenti a tenersi lontani dagli Alati: se uno di quelli passava vicino, loro abbassavano gli occhi per non intercettarne lo sguardo, e fingevano di essere indaffarati.

Solo quando erano certi di non essere visti, spiavano i cavallerizzi con la speranza di coglierli in volo. Purtroppo accadeva di rado, perché gli Alati erano quasi sempre via a svolgere i compiti che Giubàt assegnava loro: trovare i perduti, affiggere le locandine nelle località dove avrebbero fatto tappa, individuare i luoghi più adatti dove accamparsi, procurare pesce fresco per la compagnia, oppure funghi o fragole... Olga si era fatta l'idea che certi lavoretti fossero una scusa per tenerli lontani.

Quando tornavano, tutti gli Alati trangugiavano una tazza di latte e cacao e ripartivano subito, con grande sollievo di Orso che non li amava per niente.

Olga e Orso avevano preso l'abitudine di scegliere insieme la stoffa per lo spettacolo, quella che il plantigrado avrebbe ritagliato durante il suo numero. E insieme decidevano anche il modello: Olga disegnava gli abiti che sua madre creava di solito per lei e Orso puntava un unghione su quello che preferiva. Poi lo ritagliava nella stoffa. Impresa non facile per chi non ha i pollici opponibili e pesa trecento chili, verrebbe da pensare, e infatti il risultato era quasi sempre un pasticcio: un abito tagliato in due, una maglia senza un fianco, una gonna con un buco nel centro... Il problema era nella natura stessa della stoffa che, a differenza della carta, si muove e Orso non era capace di tenerla tesa. Con il tessuto sollevato nel pugno, interrogava Olga disorientato: "Perché non mi aiuti?" sembrava chiederle. "Non vedi che da solo non ci riesco?" Olga però non poteva aiutarlo, perché Orso sarebbe stato solo in pista: "Signori e signore, ecco a voi l'orso sarto che ritaglia le stoffeee" annunciava ogni sera Giubàt.

Inoltre lo aveva promesso: "Lontana da lui quando impugna le forbici!"

« Un bravo sarto è raro quanto un buco quadrato » diceva allora Olga a Orso per rincuorarlo. « Mia mamma me lo ripete sempre quando mi fa provare un abito nuovo. Così anticipa le mie proteste. E per lei è più facile, perché mamma ritaglia la carta ».

Orso abbozzava, facendo dondolare il testone.

« Ci riuscirai, vedrai. Devi solo avere pazienza e continuare a provare, ci vuole costanza per imparare a fare le cose difficili »

« Un orso per amico... mi piacerebbe? » si chiese Bruco pensieroso. « Probabilmente no ».

« A me sì! » disse Mimma. « Me lo abbraccerei stretto stretto e affonderei la faccia nel suo pelone morbido ».

« Potrebbe avere le pulci ».

« Nooo ».

« Quanta gente! » esclamò il bel maestro entrando nel negozio. « Tutti qui per i capelli? »

« Non certo per le barbe » mormorò Mimma.

« I ragazzi oggi ci tengono compagnia » spiegò Tomeo girando la poltrona, appena liberata dal signor Gibòd, affinché il signor Gibral si accomodasse. Era calvo e tutti lo sapevano. Lui però si ostinava a indossare il parrucchino, uno scalpo color castoro che non gli stava bene e, soprattutto, non era mai al posto giusto: o calava sulla fronte, o scivolava sulla nuca, o pendeva a destra, o virava a sinistra. "Senza non mi riconosco" aveva confessato il bel maestro a Tomeo. "Senza sei ancora più bello" gli aveva risposto lei.

Il signor Gibral era, a tutti gli effetti, un bell'uomo: aveva il viso regolare, gli occhi azzurri, il naso proporzionato e un sorriso perfetto. Fosse stato un po' meno attento al proprio aspetto e un po' più all'educazione dei suoi studenti sarebbe stato anche un bravo maestro. Invece era considerato da tutti un vanitoso.

"È insicurezza" sosteneva Tomeo. E come su molte altre cose aveva ragione. Jil Gibral temeva i nomignoli irriverenti, gli sguardi beffardi, i *pat! pat!* sulla testa liscia come una palla da biliardo.

"D'inverno questo mi tiene caldo" aveva detto sempre a Tomeo indicando il parrucchino. "E d'estate mi tiene al fresco".

"Come un cappello" aveva obiettato lei. "Allora perché non porti un cappello?"

"Non è la stessa cosa!" aveva risposto lui. E perciò portava il parrucchino.

« Olga Papel, mi sembrava fossi tu! » esclamò il

maestro sedendosi in poltrona. « Sono indietro di qualche puntata: la bambina di carta ha trovato la maga che cercava? Perché se è così andrei a trovarla anch'io una maga di quel genere ».

« Sì » gli rispose lei. « L'ha trovata ».

E tutti si voltarono a guardarla con la bocca aperta.

A RAPUSINO

La mattina dell'undicesimo giorno Olga camminava dietro al carrozzone con Orso. Entrambi apparivano concentrati e silenziosi, poco inclini alla conversazione: Orso perché lui era fatto così, un tipo di poche parole, e Olga perché era emozionata. Dopo tanti giorni e tanta strada, finalmente stava arrivando nel paese della maga Ausolia. Non le sembrava vero.

Già le prime case comparivano ai bordi della strada. Case quadrate, piccole, bianche, isolate, avamposti di una cittadella remota, aggrappata a un pendio che digradava verso un'ampia baia placida e protetta come un lago: Rapusino!

L'unica strada in piano del paese seguiva l'arco di un porticciolo naturale, mentre a sinistra, vicoli stretti e acciottolati s'arrampicavano tra le case in salita.

A destra, moli di assi secche e screpolate e pali arrugginiti si allungavano sul mare, porgendo funi umide e salate alle barche all'ormeggio.

La carovana si fermò all'entrata del paese, in uno

spiazzo di terra battuta, a ridosso di un gruppo di scogli. Da quell'angolo si vedeva il borgo fino alla casa più alta e le isole, tre monti verdi e rigogliosi che occupavano il centro della baia. Gli alberi li ricoprivano dalla cima al mare, e nel cielo sovrastante volavano uccellini marini e aironi bianchi.

Olga si avvicinò agli scogli e s'incantò ad ammirare il panorama.

« Si dice che la maga viva là » disse una voce alle sue spalle.

« Davvero? Su quale isola? »

« Questo non lo so » precisò l'Omino a molla. « Ti direi su quella più grande, così, a naso; ma potrei anche sbagliare. Non è un'informazione sicura, te l'ho detto, sono voci, e le voci... Vai a fidarti. Magari la maga vive nell'angolo più buio e schifoso del paese, in un tugurio lurido e tetro. Adatto a una strega. Chi lo sa? »

Olga pregò in cuor suo che non fosse così.

« Ti penserò il giorno che andrai a bussare a quella porta » disse l'Omino saltando via. « Non preoccuparti ora, vieni a scaricare le tue cose ».

Olga fece un sospiro profondo e si avviò verso il carrozzone.

Quella sera, mentre la compagnia riunita in cerchio consumava la cena col piatto sulle ginocchia, Giubàt illustrò il programma dei giorni futuri. Attribuì compiti, dispose turni, invitò gli Alati a cercare nuovi perduti e, come al solito, dovette ripetere le stesse cose molte volte, per vincere i dubbiosi, rassicurare i pignoli, appassionare i più pigri e farsi ascoltare dai distratti.

« Se ci sono domande, questo è il momento » concluse togliendosi il tovagliolo dal colletto per pulirsi la bocca.

Olga alzò la mano. Un Alato accanto a lei lasciò andare il piatto e le puntò contro l'arco teso.

« Ah! » gridò la bambina.

« Fermo lì! Che fai? Ha solo chiesto il permesso di parlare, non vuole picchiarti » intervenne Giubàt, facendo segno al bambino di abbassare l'arma. « È un segno convenzionale. Non sai cosa vuol dire, vero? Te lo spiego: quando vogliamo parlare, e siamo in tanti, invece di urlare per farci sentire, alziamo una mano per informare gli altri che abbiamo qualcosa da dire. E aspettiamo il nostro turno per dirla. Hai capito adesso? Tu non c'entri. Su, continua a mangiare, da bravo ».

Mantenendo lo sguardo truce su Olga, l'Alato abbassò l'arco.

« Di' pure, cara » proseguì il Direttore con un sorriso, mentre col tovagliolo si asciugava una goccia di sudore dalla tempia.

Senza perdere di vista il suscettibile vicino, Olga ritirò lentissimamente il braccio e, pregando che non le succedesse niente, si fece coraggio e parlò.

« Io... io dovrò assentarmi per andare a cercare la maga » disse. « È per questo che sono qui. Però gli animali non verranno trascurati, lo prometto! »

« Bene, allora. Non vedo obiezioni » concluse Giubàt. « Vai pure, cara ».

« Vai dove? » fece la scimmia. « Questa mica lo sa dove si trova la maga. Si perderà e non la troveremo mai più! »

« Arieccola » sbuffò qualcuno.

« Non si perderà » disse Giubàt, trattenendo l'istinto di alzare gli occhi al cielo. « Però, se ti fa stare più tranquilla, mia prudente Vaivìa, chiederò a due Alati di seguirla nella sua ricerca ».

« Oh, no! » esclamò Olga saltando su. « Voglio dire, posso andare benissimo da sola ».

Il Direttore la guardò stupito.

Vaivìa sobbalzò incredula.

L'Omino a molla invece aveva inarcato le sopracciglia in un'espressione che diceva: "Ti credo! Chi le vorrebbe due pesti come quelle alle spalle?!"

« È più utile se loro, gli Alati, vanno a cercare chi si è perduto, piuttosto che aiutare me » cercò di spiegare Olga. « Io non posso perdermi: il carrozzone si vede da lontano ed è sul mare, mi basta seguire la strada lungo la costa per trovarvi ».

« Cadrà nell'acqua! » annunciò Vaivìa.

« Farò attenzione ».

« La spazzerà via il vento! »

« Conosco il vento, fin da piccola ho imparato a difendermi da lui ».

« Prenderà fuoco! »

« E come? »

« Le pioverà sulla testa! »

« Ho l'ombrello! »

« La rapiranno! »

« Chi? »

« Orso andrà con lei » sentenziò infine la scimmia.

« Oh, perbacco, mancherebbe solo questa! » esclamò Giubàt alzandosi e strofinandosi le mani, poiché la notte rinfrescava. E risolse la questione stabilendo che fosse l'ora di andare a dormire.

« Amici miei, compagni fraterni » disse, « il nostro viaggio è stato lungo e siamo stanchi. Andiamo a riposare. Domani si va in scena. Sarà una giornata intensa e dobbiamo essere freschi e riposati ».

Si alzarono e, dopo aver abbandonato il piatto nella tinozza, sbadigliando, entrarono nelle tende illuminate dalle lanterne.

Orso si accomodò su un letto di paglia di fianco al carrozzone. Vaivìa salì a bordo e Olga la seguì.

In fondo, nella cuccetta riparata dalla tenda, l'Omino a molla aveva creato per la bambina un nuovo ripiano, proprio sopra al giaciglio di Iuva, che era diventato il suo letto. Per andare a dormire, Olga doveva scivolare tra il soffitto e un'asse di legno come un foglio in un cassetto.

Le piaceva quel posticino stretto dove solo lei poteva entrare, e da lassù ascoltare i gorgoglii di Iuva, il suo russare profondo, i grugniti saltuari. Era un suono costante, il sottofondo delle notti al quale, di tappa in tappa, si era aggiunto il fracasso di un treno sferragliante, il raglio di un asino, il gocciolio di un rubinetto pubblico, lo sciabordio di un fossatello, il canto di un gallo, la pioggia, la campana di una chiesa che suonava le ore, le mezze e pure i quarti, il ronzio di una zanzara, la melodia di un violino, il lamento di un gatto innamorato.

Quella notte, però, Olga era così felice di trovarsi nel paese della maga Ausolia che non riusciva a prendere sonno. Da dove avrebbe cominciato le sue ricerche, si domandava, e che cosa avrebbe detto alla maga quando l'avesse trovata? Era pronta? Poteva incontrarla con un abito tutto macchiato e rotto?

DUE NUOVE STELLE

«Ho bisogno di un vestito nuovo» disse Olga il mattino dopo a Orso, indicando un disegno che aveva fatto nella notte. Orso inclinò il capo da un lato e poi dall'altro, tuffò la zampa nella cesta dei tessuti e tirò fuori una stoffa verde a fiorellini.

« No, non di stoffa, di carta! » gli spiegò la bambina. « Sarà più facile. Solo che io di carta non ne ho più, cioè, ho solo mezzo foglio e il mio taccuino, che però ha i foglietti molto piccoli e leggeri, non vanno bene per fare un vestito ».

Poiché neanche Orso aveva della carta, i due amici si guardarono attorno. Avrebbero potuto chiedere a Giubàt o a Vaivìa, ma Giubàt era impegnato e a Vaivìa era meglio non chiedere niente.

Perciò fecero un giro dell'accampamento sperando di trovare un po' di carta che non servisse a nessuno: delle locandine vecchie, per esempio, di quelle che gli Alati volavano ad appendere sui muri dei villaggi dove la compagnia si apprestava a fare tappa.

Una la trovarono. Di base era verde acqua, con una

cornice rossa a pois gialli; nel centro campeggiava l'immagine del Miomagnifico Spettacolo: Imhe sul filo dell'orizzonte, i fratelli Qualamano con le mani per aria, Iuva che tira i coltelli... Erano rappresentati in un'esplosione di rossi, gialli, arancio, turchesi, e davano l'idea di uno spettacolo sensazionale. "Cose mai viste!" gridava l'annuncio. "Stasera alle otto in piazza della Pesa".

« Va bene » disse Olga. « I colori mi piacciono e c'è carta a sufficienza. Però non devi sbagliare. Quindi faremo a modo mio, anzi, al modo della mia mamma ».

Olga pose la locandina a faccia in giù sul terreno, la distese bene e ci si sdraiò sopra a braccia aperte.

« Adesso prendi una matita e traccia il mio contorno sulla carta » disse. « Sei capace? »

Orso non comprese.

Olga allora invitò l'animale a sdraiarsi a sua volta, prese un bastone e girando attorno all'amico incise la sua sagoma nel terreno.

Quando Orso si rialzò e vide l'opera di Olga sgranò gli occhi. C'era un orso disegnato per terra! Grande come lui.

« Capisci adesso? Se farai la stessa cosa con me, il vestito verrà della misura giusta, e tu non dovrai fare altro che tagliare seguendo la linea della matita. Facile, no? »

Non è dato sapere se Orso pensasse che fosse facile, però accettò di farlo e si mise d'impegno.

Accovacciato accanto a Olga, con la lingua fra i

denti, disegnò il profilo della bambina sul retro della locandina.

Proprio in quel momento Giubàt li vide.

« Che visione struggicorìfera! » esclamò, che voleva dire che quello che stava vedendo gli faceva dimenticare pene e grattacapi. E, infatti, aveva appena avuto la migliore idea da quando aveva visto Iuva e Vaivìa passarsi al volo le stoviglie da asciugare.

« Come mi sta? » chiese Olga voltandosi per mostrare al Direttore l'opera finita.

« Una favola! » esclamò lui applaudendo entusiasta. « Sono stato il primo, fortunato spettatore di un numero eccezionale: un orso veste una bambina invece di mangiarsela. Una bambina di carta! Aaah, il pubblico andrà in visibilio, non crederà ai propri occhi! »

Olga e Orso lo fissarono incerti.

« Voi due sarete l'attrazione dello spettacolo, il numero finale, il più atteso, il più acclamato! » Giubàt già immaginava la scritta: « "L'orso sarto e la bambina di carta!" Meraviglioso! Dov'è l'Omino a molla? Perché non è mai qui a questionare quando serve? Trovate l'Omino a molla, dobbiamo modificare i manifesti! Presto, presto! »

E così, prima che potessero dire "a", Olga e Orso erano diventati le stelle del Miomagnifico Spettacolo.

Olga, però, aveva sempre una cosa da fare...

LA FANCIULLA DI PIETRA

Quel pomeriggio, incoraggiata dal vestitino che le aveva fatto Orso, la bambina di carta si allontanò dal circo per andare a cercare la maga Ausolia. L'Omino a molla le aveva detto che secondo lui la signora viveva sull'Isola Grande, nel centro della baia. Ma arrivare laggiù non era facile senza una barca. E Olga di sicuro non poteva nuotare.

Decise perciò di cominciare le ricerche dal paese, guardando furtivamente negli angusti cortili, oltre i vetri delle finestre, negli spiragli delle porte socchiuse, sperando di scorgere una signora elegantemente vestita e dall'aspetto cortese seduta in un patio accogliente, davanti a un giardino fiorito.

Le case di Rapusino, però, non erano fatte così, erano strette e lunghe, costruite una addosso all'altra, blocchi di calce bianca orlati da tetti rossi, costretti tra vicoli irti e ventosi, il vento del Nord.

Non c'erano giardini fioriti, solo alcuni rampicanti tenaci e vasi di piante ai lati delle porte colorate. Davanti a una di queste, in una piazzetta umida e angusta, c'era la statua di una fanciulla dai capelli fluenti e l'espressione triste. Lunghe sciarpe di lana lavorate ai ferri l'avvolgevano dal collo alle scarpe.

Olga, che camminava a testa bassa per contrastare i refoli di vento ed era concentrata nella sua ricerca, le passò accanto senza badarle.

« Scusa » fece la statua in tono irritato, « ti pare il modo di fare? Degnami almeno di uno sguardo! »

Olga alzò la testa di colpo certa d'aver capito male.

« Stai parlando con me? » chiese alla statua.

« Vedi qualcun altro? » rispose quella.

« No, ma... Sei una statua o fai finta? »

« Finta? Chi sarebbe così stupido da voler essere una statua finta? » domandò la fanciulla.

« Qualcuno che voglia divertirsi alle spalle dei passanti » suggerì Olga.

« Posso assicurarti che io non mi diverto neanche un po' a stare qui, e sono qui da moltissimi anni! »

« Mi dispiace » disse la bambina di carta.

« Sei qui per la maga? » chiese la statua.

« Sì, come lo sai? »

« Sarai arrivata con gli altri... »

« Gli altri? »

« Il gruppo che è arrivato stamattina. Persone come te ».

« Come me? Di carta??? »

« Nooo, con un sogno nel cassetto ».

« Come sai che ho un sogno nel cassetto? » domandò Olga alla statua.

« Si vede ».

« Da cosa? »

« Da come ti guardi attorno. Vi riconosco da lontano, voialtri, perché fate tutti così quando arrivate a Rapusino: cercate, cercate, e vi si legge in faccia la solita domanda, sempre la stessa, urgente e vitale... »

« Dove si trova la maga? »

« Esatto, quella! Visto come sono brava? »

« E tu sai dove si trova? » chiese Olga.

« Vive sull'Isola Grande. Però adesso non c'è ».

« E dov'è? »

« Non lo so ».

« Ma torna? »

« Finora è sempre tornata ».

« E starà via per molto? »

« Non so dirtelo ».

« Ti avvisa quando torna? »

« Me? No ».

« Allora come sai che lei non c'è? »

« Vedi un gabbiano nero sopra l'isola? »

« No » disse Olga.

« Allora lei non c'è. Se ci fosse, un grande gabbiano nero volteggerebbe sopra la sua casa. Se il gabbiano non c'è, significa che la maga è assente ».

Lentamente la bambina cominciò ad accartocciarsi.

« Non fare così » le disse la statua. « Sei appena arrivata, avrai ancora un po' di pazienza. Trovati un posto dove stare e aspettala. Ce l'hai un posto dove stare? »

Olga fece di sì con la testa.

« Bene. Allora non preoccuparti, tra qualche giorno lei tornerà ed esaudirà i tuoi desideri. Ora vai a casa e non ti abbattere ».

Olga accennò un dolente sì con la testa e fece per andarsene. Poi ci ripensò.

« Posso fare qualcosa per te? » chiese alla statua. « Mi dispiace un po' lasciarti qui sola, ora che so che ti annoi ».

« Allora resta e raccontami com'è essere fatti di carta. Quando sarai una bambina di carne e ossa non avrai più voglia di parlarne ».

« Conosci il mio desiderio? »

« Te l'ho detto che sono brava, no? Mi chiamo Cristaldina, e tu? »

« Io sono Olga e tu hai indovinato giusto: sono qui perché non voglio più essere fatta di carta ».

« Lo immaginavo. Una volta ho conosciuto un tizio che voleva smettere di parlare con la erre moscia

« Mi domando perché, la erre moscia ha una sua grazia » commentò Bruco indispettito.

« Lo penso anch'io. E ti dirò che lo pensava anche la fanciulla di pietra, infatti, neppure lei riusciva a spiegarsi la ragione di quel desiderio » disse Olga.

« Se mi trovassi davanti alla maga Ausolia, sarebbe l'ultima magia che le chiederei. Mi piace la mia erre ».

« Anche a noi » disse Mimma. « È carina ».

Il professor Debrìs sorrise confortato.

« Sapevo d'avere un figliolo intelligente » disse gongolando con i pollici appesi ai taschini del gilet.

La statua fece una lista dei desideri più inspiegabili che le era capitato di sentire per le vie di Rapusino.

« Una giovane che voleva essere più alta...

Mimma arricciò il naso e corrugò la fronte.

« Un'altra che voleva essere più bella...

Le rughe sulla fronte di Mimma si fecero più numerose.

« Un tizio che voleva essere più rispettato...

Il papà di Bruco s'incupì.

« Un altro che voleva smettere di essere calvo...

Il signor Gibòd si passò una mano sulla testa pelata, mentre il bel maestro faceva un balzo sulla poltrona del barbiere.

« Cosa ci sarà mai di inspiegabile nel desiderare d'avere i capelli? » chiese. « Mi pare del tutto legittimo non voler essere calvi. Lo so bene io che possiedo una capigliatura folta e lucente. Guai se non l'avessi! »

Mimma per poco non scoppiò a ridere.

« Dovrebbe porre questa domanda alla ragazza » disse

Olga. « Tuttavia, so per certo che se Melo fosse qui, oppure l'Omino a molla, le direbbero che non è una questione tanto semplice. Ci sono vari tipi di capelli e non sempre basta averli per essere felici… »

« Uh, se è vero! » esclamò Tomeo, alzando gli occhi al cielo. « Chi li ha ricci li vorrebbe lisci, chi li ha lisci li sogna ricci, chi li ha lunghi li vuole corti, chi li ha corti vorrebbe averli lunghi domani, chi è bruno vorrebbe essere biondo, chi è biondo vorrebbe essere rosso… alla fine non siamo mai felici ».

« Forse a questo la statua si riferiva: perché sognare d'avere i capelli se chi li ha non è contento lo stesso? » suggerì Olga.

« E non incontrò mai qualcuno che sognasse di non essere più solo? » domandò la barbiera, passando con delicatezza un panno tiepido sul viso del signor Gibòd.

« Oh, per quello ho un'altra storia. Un giorno gliela racconterò se vorrà ».

La signora annuì e sorrise.

« L'apprezzerei molto. Ora, invece, dimmi cosa fecero la bambina di carta e la fanciulla di pietra ».

« Diventarono amiche… »

Olga raccontò a Cristaldina i motivi che l'avevano portata a Rapusino e il lungo viaggio che aveva dovuto affrontare per arrivare fin lì. La fanciulla spiegò alla bambina come attraversare il mare per giungere all'isola.

« Dai moli di destra salpano le barche che portano all'isola a destra, quella laggiù; dai moli di sinistra quelle dirette all'isola a sinistra, più vicina, ma a te non interessano né l'una né l'altra. Tu devi andare ai moli centrali, capito? »

« Capito » disse Olga.

« Dai moli centrali partono le barche dirette all'Isola Grande. Guarda, però, che i barcaioli non vorranno portartici. Storceranno il naso: ti diranno che il mare non lo permette, che ci sono le correnti, che oggi non è giorno, che la loro barca ha una falla... »

« Perché? Hanno paura della maga? »

« Eccome! Se la fanno addosso! »

« Perché è molto cattiva? »

« Di gente incenerita da un incantesimo non si è mai saputo. Però è un fatto noto che qualcuno sia ripartito più infelice di quando era arrivato, e qualcun altro... » la statua fece un sospiro, « non è ripartito affatto ».

« Come mai? »

« Perché la maga Ausolia non ammette errori. Ficcatelo nella testa, Olga: se ti esprimi male, se ti comporti male, se le tue idee sono confuse, se non fai quello che ti dice lei, l'esito potrebbe essere un disastro! »

Olga non ebbe il coraggio di chiedere dettagli.

« Terrò presente i tuoi consigli » disse. « Sei stata molto preziosa, Cristaldina. Ora però bisogna che torni al circo, mi staranno aspettando ».

« Ti hanno trovata loro? »

« Sì, ma... come fai a sapere queste cose? Tu sei una statua, sei ferma qui, non puoi andare in giro, viaggiare, eppure sai tutto. Sì, mi hanno trovata loro e adesso ho anche un numero mio, cioè nostro, mio e di Orso. Orso è un orso vero, che vuole fare il sarto. Questo l'ha fatto lui » . Olga mostrò il vestitino. « Per il mio incontro con la maga ».

« È bello » sospirò Cristaldina.

« Ora vado ».

« Devi provare il numero? »

« Ehi, ma tu indovini proprio tutto! Sì, devo allenarmi con Orso, ma tornerò a trovarti e quel giorno faremo una lunga chiacchierata » promise la bambina. Prima di andarsene, rivolse alla statua una domanda che le frullava nella testa da quando aveva alzato lo sguardo su di lei: « Perché hai addosso tutte quelle sciarpe di lana? Hai freddo per caso? »

La fanciulla non rispose

LA LINEA TRATTEGGIATA

Il campanello sulla porta del barbiere tintinnò e Ari Grampet entrò nel negozio seguito dai suoi fratelli.

« Devo tagliarmi i capelli » disse. « Mia madre protesta che qui dentro non c'entra più neanche un ago » e mostrò la folta chioma bionda e riccioluta.

« Non ti taglierò un solo capello, Almaris Grampet! Né oggi né mai! » gli rispose la barbiera. « Piuttosto che tagliare capelli così belli chiudo bottega. E comunque, non hai preso appuntamento ».

Ari si guardò attorno e con un certo imbarazzo salutò i presenti.

« Non sapevo che c'era gente » disse fingendosi sorpreso. In realtà aveva visto Olga dalla strada ed era entrato per lei. « Quindi niente taglio? » domandò.

Tomeo scosse la testa e gli afferrò una ciocca di ricci arruffati.

« Mai! » esclamò con un sorriso. « Però se vuoi ti faccio la barba ».

Ari arrossì.

Mentre pensava a cosa rispondere, spiava di sottecchi gli altri: Olga sembrava sopra pensiero, Mimma fissava lui, i tre fratelli sfogliavano le riviste sul tavolo e gli adulti sogghignavano.

Bruco era perplesso: 'Quale barba?' si chiedeva. E aveva ragione: nonostante i suoi freschi quindici anni, Ari non aveva un pelo sul viso. La sua pelle, liscia, compatta e dolcemente abbronzata, rifletteva tonalità calde e luminose come miele al sole.

« Un'altra volta » disse infilando l'uscita. I suoi fratelli lo seguirono e la porta si richiuse con un nuovo tintinnio.

« Peccato » disse Tomeo melanconica. « Avevo voglia di coccolarlo. Mi piace quel ragazzo ».

« Oh, quello è una teppa » volle ricordarle Debrìs.

« Una teppa con l'animo di un cavaliere » precisò lei.

« Sarà anche un cavaliere, però non studia niente. E da qualche tempo, quel nubìvago, è più distratto del solito: stamattina, invece di portare le uova al parroco, ha lasciato il pacchetto sulla panchina della piazza. E don Sero ci si è seduto sopra ».

« Qualcosa di più interessante lo avrà distratto » suggerì Tomeo, posando lo sguardo su Olga. « Ora, tornando a noi: eravamo a Rapusino… »

Olga e Orso rimasero tutta la notte a guardare l'isola, seduti sugli scogli. Il cielo limpido era rischiarato da uno spicchio di luna lucente che si rifletteva nelle acque calme del mare. Se un gabbiano nero avesse volato in quel cielo, loro lo avrebbero visto.

Attesero fino al mattino. Orso di tanto in tanto si

appisolava. Poi attesero fino al mezzogiorno; e non si mossero di lì fino a quando, alle tre del pomeriggio, l'Omino a molla arrivò a chiamarli.

« Giubàt dice che dovete provare il numero: sarete l'attrazione della serata, niente deve andare storto ».

Olga sospirò. Lanciò un ultimo sguardo all'isola e insieme a Orso seguì l'Omino dentro il tendone a righe rosse.

Vaivìa aveva raggruppato in un cesto diverse locandine a tinte vivaci. Olga si avvicinò e ne srotolò qualcuna.

Scelta quella che le piaceva di più, fece per tornare dal gruppo, ma poi ci ripensò e prese anche un secondo foglio.

« Faremo un vestito intero » annunciò.

« E come? » domandò Giubàt.

« Con un davanti e un dietro ».

« Sì, ma come lo farete? »

« Ora vi faccio vedere... »

La bambina chiese in prestito all'Omino a molla un po' di scotch. Appaiò due locandine in modo che i lati colorati restassero all'esterno, e le unì assieme mettendo una strisciolina di nastro adesivo sugli angoli in alto a destra e una sugli angoli in alto a sinistra. I due fogli così uniti vennero stesi per terra. Olga ci si sdraiò sopra e invitò Orso a tracciare il suo contorno sul primo foglio.

« Questo, che ha i colori più belli, sarà il davanti » decise. « Ora devi disegnare la mia sagoma sull'altro foglio... » La bambina di carta girò le locandine sottosopra e si ripeté l'operazione.

Giubàt, Vaivìa e l'Omino a molla assistevano concentrati. Altri, avendo saputo cosa stava accadendo nel tendone, giunsero incuriositi.

« Adesso non devo fare altro che infilare la testa qui in mezzo ». Olga indossò le locandine a mo' di poncho. « Visto? Fin qui è facile. Ora salirò su uno sgabello, così sarà più comodo per Orso tagliare lungo la linea ».

« Mi raccomando, ragazzo, fai molta attenzione » disse il Direttore all'orso consegnandogli le forbici.

Orso cominciò a tagliare. I presenti trattenevano il fiato.

Zac... zac... zac...

Il silenzio era solenne.

Zac... zac... zac...

Orso era concentrato.

Zac... zac... zac...

Olga stava immobile.

Zac... zac... zac...

Qualcuno deglutì.

Zac... zac... zac...

« Oooh » esclamarono gli improvvisati spettatori quando il primo avanzo di carta scivolò per terra e la locandina cominciò ad assumere l'aspetto di un vestito.

Giubàt tirò un sospiro di sollievo, e nel contempo capì che il programma dello spettacolo andava rivisto, poiché Orso era lento e non sarebbe stato prudente chiedergli di accelerare. Alcune esibizioni avrebbero dovuto essere accorciate.

Giubàt sentiva già nelle orecchie le lamentele degli artisti: "Perché proprio a me? Perché proprio il mio numero?..." Non era felice di farlo, ma doveva: l'esibizione di Olga e Orso portava una dose eccezionale di suspense allo spettacolo, e la suspense piaceva al pubblico.

Dopo alcuni minuti il davanti del vestito era finito, perfettamente ritagliato. Olga allora si voltò affinché Orso potesse tagliare il dietro. Ma la locandina che doveva formare il dietro aveva disegni diversi dalla prima, mostrava lo spettacolare numero dei trapezisti, con le lunghe corde che scendevano dal soffitto del tendone, e queste andavano a incrociarsi con la linea del vestito, creando, nella testa del povero plantigrado, una grande confusione. Non capendo più dove tagliare, Orso seguì le linee a casaccio e fu solo per un miracolo se non tagliò un braccio alla bambina di carta.

« L'avevo detto io! » gridò Vaivìa. « È una follia! »

« Questa volta ha ragione lei » disse Giubàt, come risvegliandosi da un sogno. « Non possiamo farlo, è oltremodo pericoloso. Troveremo qualcos'altro da farti fare ».

« No, no, aspettate! » esclamò Olga. « Conoscere il problema è metà della soluzione, mia mamma lo dice sempre. Si può rimediare: bisogna solo disegnare la linea in modo che Orso riesca a riconoscerla tra mille.

Faremo una riga tratteggiata. Proprio come quelle che fanno i sarti. Sei contento, Orso? »

Orso si stava appisolando di nuovo

« Una linea tratteggiata… È vero, i sarti fanno proprio così » commentò il professore. E mimando graziosamente il gesto aggiunse: « Lo vedo fare alla nostra sartina quando porto le mie giacche da sistemare: *Tac, tac, tac*… tratteggia dove dovrà tagliare. È una bella sicurezza, sapete? Magari comparisse una linea tratteggiata quando si deve scegliere la via giusta da seguire. E non parlo di sentieri, voi m'avete inteso… »

« Io no » mormorò Mimma.

« Scelte, decisioni, comportamenti da seguire… papà si riferisce a questo » tentò di spiegare Bruco. « È una metafora ».

« Ah » fece Mimma, fingendo d'aver capito. « Io, però, vorrei sapere se il gabbiano, poi, è arrivato oppure no… »

UNA NOTTE INCANTEVOLE

L'idea della linea tratteggiata si rivelò un successo: Orso ritagliò quattro vestitini addosso a Olga senza mai sbagliare. Il numero poteva andare in scena. E ci andò, quella sera stessa, con grande emozione di tutti.

« Signore e signori, ladies and gentlemen, mesdames et messieurs, meine Damen und Herren, atam babain te babaném, questa sera vi sfido a non trattenere il fiato, a non chiudere gli occhi e a non pregare per la vita di questa creatura! » Giubàt indicò Olga in piedi sullo sgabello.

Mise tanta energia e tanto dramma in quella presentazione che quando Orso comparve sulla pista, qualcuno fra il pubblico svenne.

« Nessuno parli! L'orso potrebbe distrarsi o, peggio, infuriarsi e mangiare la bambina! E magari anche qualcuno di voi! Nulla di simile è mai stato tentato, né mai lo sarà, dopo oggi. Silenzio, dunque! Silenzio... ora! Sssh... »

Olga era immobile.

Orso tagliava attento e concentrato.

Il pubblico tratteneva il fiato.

Il tempo non passava.

« Vai benissimo » sussurrò la bambina.

Dopo cinque minuti interminabili, il primo avanzo di carta cadde.

« Oooh! » esclamarono i presenti.

« Sssh! » fece Giubàt.

Il davanti era terminato. Olga si voltò per fare il dietro.

« Tranquillo, va tutto bene » mormorò all'orso. « Abbiamo quasi finito e tu sei molto bravo ».

Zac... zac... zac...

E...

« Voilà! » esclamò Giubàt indicando i due artisti al pubblico. « L'orso sarto e la bambina di cartaaaa, signori e signoreee! Su, un bell'applausooo! Non abbiate pauraaa! »

Uomini, donne e bambini di Rapusino si spellarono le mani a forza di applaudire. L'Omino a molla contò dieci minuti di applausi: un record. E nessuno andò a chiedere indietro i soldi del biglietto.

Finito di cenare, Giubàt uscì a fare i conti: seduto sullo sgabello azzurro, scriveva e gongolava. Vaivìa gli stava su una spalla e di tanto in tanto gli indicava un errore, qualcosa da aggiungere, poco da togliere; Iuva affilava i coltelli, gli artisti riposavano nelle tende e Orso dormiva sul suo giaciglio di paglia.

In punta di piedi, con ancora indosso il vestito dello

spettacolo, la nuova stella del circo si avviò verso gli scogli. Sul mare calmo, tra le piccole luci riflesse del villaggio, scintillavano le lampare dei pescatori e lievi mormorii giungevano dalle barche. Nel buio, radente all'acqua, vibrava il volo dei pipistrelli che, con manovre spericolate, cacciavano moscerini e zanzare mandando richiami striduli e familiari.

« Non hai sonno? » chiese una voce alle spalle di Olga. « Neanche io ».

L'Omino a molla si avvicinò con due salti. « Che bella notte ».

La bambina annuì.

« Respirare un po' d'aria fa bene ai pensieri e calma le emozioni: ne abbiamo avute abbastanza per oggi. Stai bene? »

« Sì, grazie ».

« Hai avuto paura? »

« No, davvero ».

« Meglio così. Giubàt è molto soddisfatto. E tu, sei felice? »

« Sì » rispose Olga.

« Però manca qualcosa... Hai scoperto dove abita? »

« Sull'Isola Grande ».

« E sai come arrivarci? »

« Prenderò un passaggio da uno dei moli centrali ».

« E come mai non l'hai già fatto? »

« Adesso lei non c'è ».

« Oh, vedo che sei molto informata ».

« Me lo ha detto Cristaldina ».

A udir quel nome l'Omino a molla ebbe un fremito.

« L'ho conosciuta oggi per caso. Lei è... ecco, è una statua che parla. E sa un sacco di cose! » spiegò Olga.

L'Omino a molla o non sentì o fece finta di non sentire. Fatto sta che cambiò discorso.

« Hai formulato, nella tua mente, la frase con cui chiederai la tua magia, come ti ha suggerito di fare Giubàt? » E come aveva suggerito di fare anche Cristaldina, e prima ancora, a modo suo, lo stesso Melo. Da allora, da quel giorno sulla mongolfiera, tutte le notti, la bambina di carta aveva cercato dentro di sé le parole giuste: "Gentile signora, io vorrei essere...

IL SERMONE DI DON SERO

Il mattino dopo, un grido secco chiamò la zattera alla riva dei Papel.

« Presto, Cod, vogliamo arrivare puntuali in chiesa ». ordinò Almida al barcaiolo.

Teneva Olga per mano, per timore che scappasse o si sporcasse il vestito chiaro ed elegante che le aveva fatto indossare, insieme con i calzettoni bianchi e le scarpe di cuoio.

Olga non voleva scappare, era tranquilla. Se non ci fosse stata sua nonna si sarebbe seduta a poppa e avrebbe guardato le scie dei suoi piedi nell'acqua, come faceva sempre. Ma per un giorno poteva anche farne a meno.

La zattera accostò al pontile e Almida e Olga scesero senza salutare. Solo dopo alcuni metri la donna si voltò.

« Saremo di ritorno tra un paio d'ore al massimo, vedi di esserci » disse secca.

Il signor Cod rispose con un grugnito.

Nonna e nipote attraversarono il bosco a passo spedito, badando solo a dove mettevano i piedi, che a Olga facevano male perché le scarpe erano rigide e strette.

Avrebbe voluto togliersele, ma nonna non sarebbe stata d'accordo.

Per fortuna, giunte in paese, Almida rallentò. Salutava civilmente chi incontrava senza tuttavia mostrare l'intenzione di fermarsi; talvolta limitandosi a un cenno del capo o a un telegrafico "Buongiorno".

Ci teneva che la presenza di Olga fosse notata e, al contempo, voleva evitare domande sciocche e commenti petulanti, quand'anche...

« Almida, buongiorno. E c'è anche Olga con te. Che bella novità! »

...Certi incontri erano inevitabili.

« No davvero, Reda cara, Olga viene con me tutte le domeniche » replicò Almida alla pettegola.

« Sei sicura? Io l'avrò vista sì e no due o tre... »

« Il tuo figliolo sta bene? »

« Lontano. Sai com'è, lavora ».

« Ora vorrai scusarci, andiamo a messa ».

« Così presto? Manca più di mezz'ora! »

« Desideriamo un buon posto ».

« È giusto, è giusto. E tu, bambina bella, tu sei tutta una sorpresa, eh? A che punto è la tua storia? L'ha trovata la maga? »

Olga si lasciò trascinare via da sua nonna.

Si lasciò trascinare lungo tutti i carruggi di Balicò cercando di non zoppicare per non far innervosire Almida, rincuorata dal fatto che in chiesa avrebbe trovato Bruco e Mimma. Ma prima ancora di loro, qualcos'altro mise di buonumore la bambina e la fece sorridere: in piazza, San Prodo mostrava la lingua.

A Olga sfuggì una risatina.

« Olga! » la sgridò sua nonna, strizzandole la mano. E non aggiunse altro, perché proprio in quel momento un vento improvviso le sollevò le sottane e le strappò via il cappello.

« Aaah! » gridò Almida cercando di riafferrare la cuffietta di paglia.

Il cappellino vorticò e piroettò in aria, intorno al campanile, intorno alle chiome degli alberi e, dopo più di mille piroette, andò a posarsi sul naso del santo, coprendogli la bocca.

'Ida!' rise dentro di sé Olga.

In chiesa nonna e nipote presero posto in prima fila, proprio davanti all'altare. Faceva fresco, eppure Almida aveva tirato fuori il ventaglio dalla borsa: sapeva che presto sarebbe mancata l'aria e il caldo sarebbe stato insopportabile, perché i sermoni di don Sero erano famosi fra la gente di Balicò, che infatti affollava le messe.

La ragione di tanto interesse stava in una certa abitudine del parroco di puntare il dito contro questo o quello durante l'omelia, evocando disdicevoli episodi che forse a qualcuno erano sfuggiti, ma di certo non a lui.

Rimbrottava un marito per dar ragione a una moglie, e viceversa; rivelava, per appianarle, controversie fra amici e nemici, parenti e sconosciuti; sapeva parlare "a nuora perché suocera intendesse", ma intanto faceva in modo che intendessero tutti.

Spettegolava, don Sero! Le sue prediche erano infarcite di curiosità e rivelazioni aggiornate all'ultimo minuto, utilizzate allo scopo di catturare l'attenzione dei suoi parrocchiani e far intendere loro che, come padre spirituale di quella comunità, tutto vedeva, sentiva e sapeva; proprio come un padre sa tutto dei propri figli.

Che stessero attenti, dunque, uomini, donne e bambini di Balicò, poiché Dio li vedeva attraverso i suoi occhi e con le sue orecchie li ascoltava. E la domenica, attraverso di lui, Dio avrebbe parlato, mostrando approvazione o indignazione. Così raccontava don Sero facendo arrossire i suoi parrocchiani: li induceva a pensare, a vergognarsi, a comprendere, perfino a perdonare. Usava la quotidianità per farsi ascoltare. Un trucco messo a punto con gli anni, che sempre aveva funzionato. Non con Olga, però: a metà sermone si distrasse. Un colombo era entrato in chiesa e batteva avanti e indietro in volo la navata alla disperata ricerca di un'uscita.

« L'ho visto! » esclamò il parroco puntando il dito verso l'alto. I fedeli fecero un balzo e con occhi vitrei seguirono il dito: non puntava al colombo. Come la canna di un obice che prenda la mira, il braccio ondeggiava a destra e a sinistra, mentre lentamente scendeva.

Dove si sarebbe fermato? Contro chi avrebbe sparato?, si chiedevano i presenti trattenendo il fiato.

« L'ho visto! » ripeté don Sero, facendo sobbalzare di nuovo i suoi parrocchiani. « E dunque so, poiché l'ho visto, che non è stato un Grampet a rubare le tue pannocchie, Fasto Gradisc ».

« Oooh! » si udì esclamare in chiesa.

« I tuoi occhi ti hanno ingannato, e ora tu li accusi ingiustamente ».

« Non è vero! » protestò il contadino rosso in viso per quel dito puntato verso di lui.

« L'ho visto, ti dico! »

« Ma, padre, come ha fatto a vedere che non è stato lui, mi perdoni? »

« Con questi! » replicò don Sero indicando i propri occhi. Poiché Dio, attraverso quegli occhi vedeva, e di certo non sbagliava, il contadino fece silenzio.

« Non è colpa tua » continuò il sacerdote. « Talvolta non vediamo ciò che abbiamo davanti e crediamo di vedere cose che in realtà non esistono. Confondiamo il reale con l'irreale. Ingannati dal desiderio, dalla mancanza o magari per distrazione, incappiamo nell'errore di prendere per vero ciò che non lo è: un sogno, un miraggio... Non saltiamo forse di paura quando sogniamo di cadere? E quell'incubo terribile, in cui una persona cara muore, lo avrete avuto! Non ci svegliamo forse attoniti e afflitti pur sapendo che ella è viva, è accanto a noi e ci parla?

« Al contrario, quando qualcuno che amiamo viene a mancare, il dolore ci fa credere di vederlo in ogni viso che incontriamo, e pensiamo di udirne la voce.

« E allora, vedete bene, fratelli e sorelle cari, che a tutti può capitare di sbagliare. L'importante è riconoscere l'errore e correggersi... »

Almida annuiva soddisfatta e col gomito accennava alla nipote, come a dirle: "Senti, senti, cosa dice. Parla a te, sai, cosa credi? Ascolta, ascolta".

Olga non ascoltava. Guardava il soffitto e pensava a come far uscire il colombo.

Dai loro posti, Mimma e Bruco la osservavano: avevano visto la bestiola e sapevano cosa passava per la testa della loro amica.

Fino a quando Olga si alzò.

Trattenendo il fiato, per rendersi ancora più sottile, scivolò fra le ginocchia dei vicini e lo schienale della panca davanti, e sbucò nel corridoio centrale.

'Vieni, seguimi!' disse al colombo attraverso ampi gesti.

L'intera platea alzò lo sguardo verso l'alto e un brusio rumoroso si diffuse tra i banchi.

« Ma cosa fa? »

« E chi lo sa? »

« Torna subito quiiii! » sibilava Almida alla nipote con gli occhi fuori dalla testa.

Poi a un tratto qualcuno applaudì e in chiesa calò il silenzio. Don Sero aveva battuto le mani. Ancora le teneva giunte e sembrava sul punto di rifarlo. E, infatti...

Clap! Clap! Clap!

Applaudì di nuovo. Prima piano, poi sempre più forte e più veloce.

Almida si coprì gli occhi per non guardare. E non vide il gesto che don Sero fece a Olga: "Va'!" le diceva. "Va'!"

La bambina corse verso l'uscita.

Il parroco applaudì ancora e invitò i fedeli nelle prime file a fare altrettanto.

L'uccello, spaventato dal rumore, volò verso il portone che Olga aveva aperto e uscì.

« Meglio? » domandò il parroco alla bambina.

« Sì, grazie » rispose Olga in un mormorio.

« Ora ritieni di poterti sedere e fare attenzione? »

In silenzio, Olga tornò a sedersi accanto a sua nonna e ascoltò il discorso di don Sero, tranquilla del fatto che nessuna di quelle parole potesse essere diretta a lei.

Di questo era certa.

IL GABBIANO NERO

«E la maga, l'ha trofata poi? »

Olga alzò lo sguardo e sorrise alla Casolina. Fuori dalla chiesa, dove tutti si ritrovavano alla fine della messa per discutere del sermone e di molto altro, c'era anche lei, la signora grassa e gentile dall'accento straniero.

« Tra poco » le rispose accertandosi che Almida fosse distante.

« Quanto tu pensi che raconterai ancora? Qui, macari, occi? »

« Oggi no, mi dispiace, non posso. Devo tornare a casa con mia nonna ».

« Ah, certo, a nonna no si defe disubidire, no? Domani macari? »

« Cosa succede domani? » Mimma sbucò da dietro la Casolina seguita da Bruco. « Che forte, don Sero, eh? » disse entusiasta. « Per un momento ho temuto che stesse applaudendo a te. Sai, tipo: "Brava, bello spettacolo stai dando. Continua così!" Invece era dalla tua parte e voleva aiutarti. Fortissimo! »

« Ha aiutato il colombo » disse Olga.

Bruco era d'accordo.

« Allora, cosa succede domani? » insistette Mimma. « C'è una festa? Oh, arriva Ari... »

Olga rimase immobile mentre i suoi zigomi arrossivano.

« Signorina Casol » salutò il capobanda facendo una carezza al cagnolino. « Che fate? »

« Oh, io chietefo un po' tella storia che forei sapere come che finisce » spiegò la Casolina. « Ma ora fi lascio tra foi ragazzi. Fato ragiungere gli altri... »

Gli altri erano il professor Debrìs, il signor Gibòd e la vedova Tomeo, che sedevano insieme a un tavolino del Caffè Centrale, sempre molto frequentato a quell'ora della domenica.

« Vi fermate qui? » chiese Ari ai tre amici. I suoi fratelli lo avevano raggiunto e ora ciondolavano nella piazza senza sapere cosa fare.

« Boh » rispose Mimma alzando le spalle. « Non lo so cosa facciamo ».

« Io devo aspettare mia nonna » disse Olga.

« Dov'è andata? » chiese Bruco.

« Si è allontanata un momento con don Sero. Mi ha detto di non muovermi ».

« Dobbiamo stare proprio qui al sole? » domandò Ari. « Non potremmo spostarci dove c'è l'ombra? Mi sto cuocendo la testa. Da lì lo vedi se tua nonna torna ».

Andarono a sedersi sotto i tigli secolari davanti alle vecchie mura, che in quei giorni erano tappezzate con le locandine delle fiere imminenti: la sagra della pannocchia, la festa dei funghi... A Bruco venne fame.

« Io non ho mai visto un gabbiano nero » disse Mimma ripensando al racconto del giorno prima. « Quelli che ci sono al mare, dove vive l'altra mia nonna, sono bianchi e grigi. Ma neri… Voi ne avete mai visto uno? »

« Mai visti neanche quelli bianchi e grigi » commentò Ari svogliato.

« Eccone uno là! » esclamò Pod, il medio dei Grampet.

« È un corvo, scemo » gli disse suo fratello.

« No, è un gabbiano nero ».

« È un corvo ».

« Tu lo hai mai visto, Olga, un grande gabbiano nero? » chiese Mimma.

« Sì » rispose Olga.

« E dove, qui? »

« No. Sopra l'Isola Grande… »

Il mattino dopo lo show, che ebbe invero molto successo, la bambina di carta fu svegliata da un grido stridulo:

Yaaark! Yaaark! Yaaark!

Scivolò fuori dal suo stipetto, saltò sulla pancia di Iuva, che dormiva, e si affacciò all'oblò: vide il bucato steso fuori dal balcone della casa di fronte, al di là della strada, le orecchie di Vadritta che scacciavano le mosche, alcune tende ancora silenziose... 'Finestra sbagliata' si disse, e con un altro balzo lasciò la cuccetta e uscì dal carrozzone.

« Aaah! » gridò. Sull'Isola Grande volava un maestoso gabbiano nero. « È tornata! È qui! È arrivata! » strillò la bambina saltando dappertutto.

D'istinto si guardò il vestito: era quello dello spettacolo, rosso davanti, azzurro dietro, con tanti disegni di cavalli e contorsionisti, orsi e coltelli, ballerine e pecore travestite da leone, stelline e fuochi d'artificio. Andava benissimo! Doveva prendere solo la borsa: dove aveva messo la borsa? Non la trovava. Provò a cercare sotto Iuva, ma non riuscì a sollevarla; cercò nei cesti, dietro ai cesti, accanto ai cesti, sotto ai cuscini, negli armadi, mandò tutto per aria.

Intanto mezza compagnia era stata svegliata dalle grida.

« Che succede? » domandò Giubàt sgusciando fuori dalla propria cuccetta mezzo stralunato e con i calzoni ancora slacciati. « Chi va a fuoco? »

« Lei » rispose laconica Vaivìa, indicando la bambina.

« Tu vai a fuoco? »

« No, signore ».

« Infatti, non mi sembra. Allora cos'è tutto questo trambusto? »

« È arrivata la maga! »

« Perbacco! »

« Vorrei correre da lei, se non le dispiace ».

« No, no, non mi dispiace, anzi, sono felice per te. Hai tutto quello che ti serve? Vuoi che ti accompagniamo? »

« No, signore, grazie, ho tutto quello che mi serve, anche la mia borsa, era nel mio stipetto, e so cosa devo fare ».

Olga si allontanò salutando.

« Tu... ecco, tu pensi che ti rivedremo? » le domandò il Direttore in calzoni e canottiera in mezzo al piazzale.

« Certo! Passerò a salutarvi e... » la bambina si fermò di colpo. « Lo spettacolo! » mormorò. « Non sarà più lo stesso se diventerò una bambina normale. E poi dovrò ripartire, tornare da mia mamma... »

« So a cosa stai pensando » la rassicurò Giubàt, con le mani sui fianchi e un sorriso ottimista, « ma non devi preoccuparti, non sei venuta qui per noi. Di sicuro non per un orso ».

Olga lo cercò con lo sguardo: Orso era seduto all'ombra del carrozzone, accanto a una cesta dalla quale, con gli unghioni, tirava fuori stoffe e locandine.

Alla bambina si strinse il cuore...

La giovane Papel s'interruppe. Le era sembrato di sentir pronunciare il suo nome. Lo udì di nuovo: sua nonna parlava di lei con don Sero, dietro alle vecchie mura.

« Bisogna che ti parli di Olga… » diceva.

Anche Mimma e Bruco avevano sentito, ma erano più interessati a capire come mai i tavolini del caffè di punto in bianco sembravano più vicini. Non era un'allucinazione: i clienti chiacchieravano come al solito, ma i loro discorsi adesso giungevano forti e chiari. Sebbene non si dicessero granché: « Eh, sì, eh, sì… Eh, già, eh, già… Mah, mah… »

« Secondo me si sono avvicinati per ascoltare la storia » mormorò Mimma all'orecchio di Bruco.

Si misero a ridere.

Dall'altra parte del muro, intanto, Almida insisteva nel suo sfogo.

« Sono vecchia, Sero, non ho più le forze per starle dietro » si lamentava.

« A scuola va bene? » chiese il parroco.

« Sì ».

« A casa studia? »

« Ma sì, sì. Sono le cose che fa ad agitarmi. Ieri è stata tutta la mattina nella bottega di Tomeo. E mica si è tagliata i capelli, sai? E oggi, l'hai vista in chiesa? Non va mai a tempo con gli altri. Non è normale, ti dico! »

Queste ultime parole fecero voltare bruscamente Mimma e Bruco.

Olga sorrise.

« Bisogna andare avanti » disse.

« Come? » fece Mimma.

« Con la storia, la bambina di carta ».

« Resta con Orso? » domandò Bruco.

« No, non può ».

UN TAGLIO NETTO

Olga tentennò per lunghi istanti... Infine, col cuore gonfio, girò le spalle a Orso e si avviò verso i moli.

« Dovrei andare all'Isola Grande » disse a un barcaiolo che sedeva dentro a un grosso barcone dallo scafo robusto e i bordi alti.

« Buon viaggio » le rispose lui.

Col secondo barcaiolo fu più precisa.

« Cerco un passaggio per andare all'Isola Grande » disse a un tipo che sedeva dentro una barca un po' più piccola della precedente, ma dall'aspetto abbastanza solido.

« Quando lo trovi non venirmelo a dire! » rispose quello con un gestaccio.

Al terzo barcaiolo Olga pose una domanda precisa: « Mi scusi, sarebbe così gentile da portarmi all'Isola Grande con la sua barca? » Era una barca piccola e incerta, ma d'altra parte non rimaneva che quella.

« Mi dispiace, ma io là non ci vado! » mise subito in chiaro il padrone della bagnarola. « Chiedi al coniglio;

lui è svitato abbastanza per portarti in quel luogo stregato ».

« Ah. E dove posso trovarlo? » domandò Olga.

« Sotto. La sua zattera è ormeggiata alla riva ».

« Sotto dove? »

« Sotto il pontile, qui sotto! »

Olga si sporse e non vide nulla.

« Devi tornare sulla terraferma e scendere al mare » le spiegò il barcaiolo, « allora lo vedi ».

L'idea di salire su una zattera non rendeva certo Olga molto felice, tuttavia sembravano non esserci alternative.

Perciò lasciò il pontile e, aggrappandosi ai fiori della sabbia e ai rami di un rosmarino selvatico, riuscì a scendere la ripida sponda naturale e a raggiungere il mare.

Finalmente, all'ombra del pontile centrale, seduto vicino a una zattera lunga appena un metro e larga mezzo, vide un coniglio. O meglio, pensò, un signor coniglio: il tizio vestiva una camicia di lino azzurra e sul capo, fra le lunghe orecchie, portava un cappello con visiera. Era piuttosto alto, per un coniglio, e fumava il sigaro.

« Buongiorno » lo salutò Olga. « Avrei bisogno di un passaggio all'Isola Grande. Sarebbe così gentile da portarmi là? Posso pagare ».

« I soldi non mi servono » borbottò quello senza alzare lo sguardo dal giornale che stava leggendo. « Quando li ho, me li gioco alle corse ».

« Alle corse di chi? » domandò per curiosità la bambina.

« Alle corse dei sassi. Ma adesso non scommetto più, perché tanto perdo sempre ».

« Mi dispiace. E all'isola mi ci potrebbe portare? »

« Domani. Ora è tardi ».

« Non è tanto tardi, sono appena le otto del mattino ».

« Auguri a te! Saranno almeno le otto di sera. Non vedi che è quasi buio? »

« Le sembra buio perché qui sotto c'è molta ombra » gli spiegò Olga. « Se si sporgesse un po' da sotto il pontile, vedrebbe che un bel sole mattutino splende nel cielo ».

« Adesso mi fai ridere ».

Il coniglio, incuriosito, finalmente sollevò il muso e stringendo gli occhi, come non fosse abituato alla luce, diede uno sguardo attorno. « Bah, che scocciatura! » protestò. « Credevo d'aver finito e invece devo ancora cominciare. Maledizione a me! Va bene, mettiti in fila e, se ci sarà tempo, ti porterò ».

« Veramente sarei sola » fece presente Olga.

« Tu devi essere più miope di me » protestò il coniglio con voce assai sgradevole. « Quella fila sarà più lunga di un chilometro, come fai a non vederla? Ogni giorno venite in centinaia per incontrare quella matta. Siete una vera scocciatura! »

« Me l'immagino » rispose la bambina. « Per questo dovrebbe farsi pagare e... »

« Ti ho detto che i soldi non li voglio! Mettiti in fila e fammi respirare ».

« Senta, mi scusi, ma qui non c'è nessuna fila » replicò Olga un po' confusa. « Evidentemente oggi sono la prima, gli altri dovranno ancora arrivare. Sia gentile, mi porti all'isola, per favore, è importante! »

« E quando mai non lo è? Dite sempre così, "Prima io! Prima io! Sono io il più urgente! Ho fretta, porti me per primo, signor coniglio..." Bah! Comunque, se oggi è martedì, sono chiuso ». Così detto, il coniglio si rimise a leggere.

« Non credo sia martedì, sa? A me non sembra. Mi dia un momento per pensare. Dunque, ieri c'è stato lo spettacolo, ed era venerdì, perciò oggi è... Sabato! »

« Sabato costa doppio » comunicò il coniglio.

Se invece di essere di carta, Olga fosse stata di carne e ossa e avesse potuto reggere un forcone, avrebbe inseguito il coniglio per tutta la spiaggia per inforcarlo come una balla di paglia.

Ma Olga era di carta. E quello scorbutico barcaiolo le serviva per avere la sua magia e non esserlo più. Perciò...

« Va bene, quanto? » sospirò.

« Quanto cosa? »

« Quanto mi costerà? »

« Ma ci senti, straccetto? Ho detto che i tuoi soldi non mi servono ».

« Allora cosa vuole, santo cielo? Ha appena detto che sabato costa doppio ».

« Carote ».

« Carote? »

« Sono un coniglio, mangio carote, ne vado ghiotto, ucciderei per una carota, mi tufferei e farei a nuoto il giro della Terra per una carota. Sabato doppie carote ».

« Non ne ho » disse Olga delusa.

« Peccato » replicò il coniglio.

« Posso tornare al circo e chiedere alla cuoca, o alla cavallina Vadritta, se me ne danno una delle loro ».

« Due, oggi è sabato ».

« Va bene, due. Però ci metterò un po' e... »

« Io non mi muovo di qui ».

Olga impiegò più di un'ora per andare, procurarsi le carote e tornare, e quando giunse di nuovo al pontile la fila per salire sulla zattera si stendeva lungo tutta la baia, fino alla punta del promontorio più lontano. Più di un chilometro. Il coniglio aveva detto il vero, venivano da ogni angolo del mondo per incontrare la maga Ausolia. Per alcuni era intuibile la ragione della loro presenza, per altri risultava inspiegabile, pensò Olga.

Quando arrivò il suo turno, la notte incombeva sulla baia.

« Ora è tardi » le disse il coniglio saltando a terra con tre sacchi di carote sulle spalle. « Torna domani ».

Olga tornò il giorno dopo e quello dopo ancora e quello dopo dopo ancora, e ogni volta il coniglio trovava una scusa per non portarla all'isola: la carota non era abbastanza arancione, il mare era troppo salato, la zattera aveva i tarli, poi era martedì...

L'umore della bambina si sgretolava al pari delle sue gambe e dei suoi piedi: la strada per andare ai pontili e tornare tutti i giorni, le ore di attesa sulla sabbia, il sole, la salsedine, mettevano a dura prova la carta di cui era fatta, che già era logora per il lungo viaggio.

Il mezzo foglio bianco conservato nella borsa per riparare i danni era terminato da un pezzo e i foglietti del suo taccuino erano inadatti, troppo sottili, troppo leggeri. Così gli amici del circo aiutavano la bambina a ripararsi con quello che trovavano: avanzi dei ritagli dello spettacolo, carte di caramelle e di gelati, biglietti avanzati o raccattati da terra, cerotti gentilmente prestati dalla donna volante... Dopo una settimana di avanti e indietro, di coda, di attesa sotto il sole o la pioggia, Olga non sembrava più una bambina, ma il collage di un artista ubriaco.

Il sesto giorno, mentre rientrava al circo dopo aver incassato l'ennesimo rifiuto – "Giovedì è la festa del coniglio!" le aveva detto il barcaiolo dalle lunghe orecchie, bello disteso al sole con le braccia incrociate dietro la testa – Olga ricevette il colpo di grazia: voltandosi a guardare l'isola prima di risalire sul carrozzone, le sembrò di non vedere più il gabbiano nero. Corse agli scogli, si sporse e... il gabbiano non c'era più. La maga se n'era andata di nuovo.

« Presto, lo spettacolo sta per cominciare! » chiamò in quel momento l'Omino a molla, saltando da un luogo all'altro per radunare i ritardatari. « Muovetevi, sono quasi le nove! »

Olga non era dell'umore per esibirsi. Si sentiva esausta, delusa, ingannata e furente. In più, poiché i piedi la reggevano a fatica, oscillava come una cartolina, con moto ondulatorio verticale, e pendeva leggermente in avanti, come un giunco senz'acqua.

Orso la guardava preoccupato e Giubàt, lui stava anche peggio: osservava i due compagni prepararsi dietro le quinte e si grattava il capo sotto il cilindro.

« Chi ti ha attaccato le pulci? » lo assalì Vaivìa.

« Oh, non tormentarmi » rispose lui. « Sono in pensiero, non si vede? Ho un brutto presentimento. Quei due non sono in forma, c'è qualcosa che non va... »

« Quei due quali? »

« Olga e Orso! »

« Ah. Vuoi sospendere il numero? »

« E come faccio? Sono tutti qui per loro. » Il Direttore indicò il pubblico numeroso. « Guardali: uno trema, l'altra oscilla, ti pare che possano esibirsi? E... senti? Li senti questi boati? È in arrivo un temporale, come se non bastasse ».

« Allora sospendi il numero ».

« Sì, forse dovrei ».

« Certo che dovresti! Ma se non sai prendere una decisione, allora chiedi a loro: se se la sentono di esibirsi andiamo avanti, se no... »

« Rimborsiamo centinaia di biglietti. Oh, povero me. Va bene, vado a parlare con loro ».

Giubàt non ottenne molto da quella conversazione: Olga parlava a monosillabi e Orso era troppo preso a simulare i movimenti che avrebbe dovuto fare per tagliare l'abito addosso a Olga per dare retta a chicchessia. Quando Giubàt vide come tremavano le forbici in aria prese la decisione finale: il numero della bambina di carta e dell'orso sarto, quella sera, non avrebbe avuto luogo.

« Rischiamo che la riduca in coriandolini » brontolò passando accanto a Vaivìa.

Stava per dare l'annuncio dentro al megafono, quando Olga e Orso apparvero in pista: il pubblico esplose in un applauso fragoroso.

La bambina salì sullo sgabello, indossò le locandine e con un breve cenno del capo invitò l'orso a cominciare.

L'animale prese un respiro profondo, afferrò il foglio e in un silenzio glaciale cominciò a tagliare. Da come muoveva nervosamente le orecchie, Giubàt capì che aveva udito i tuoni. Si tolse il cilindro e se lo sventolò davanti agli occhi per non guardare: Orso aveva il terrore dei temporali

« Parla a voce bassa, donna! » ordinò don Sero ad Almida. « Non vuoi che ci senta, vero? »

Almida aveva un timbro di voce che, per quanto sussurrasse, risultava sempre udibile, e di conseguenza lo erano anche i suoi discorsi, che andavano mescolandosi al racconto di Olga.

Lei fingeva di non sentire.

« Presto, presto! » esclamò.

« Come? » fece Mimma.

« È ciò che Giubàt pregava dentro di sé… »

« Presto! Presto! » pregava Giubàt, sperando che Orso finisse prima che il temporale scatenasse la sua furia sopra al circo. Orso andava lentissimo.

Altre volte Olga l'aveva aiutato, parlandogli dolcemente, sussurrandogli parole rassicuranti. Ma quella sera Olga appariva assente

« Quando è in casa è come se non ci fosse e non capisco mai cosa le passa per la mente » diceva intanto Almida al parroco.

Dall'altra parte delle mura, seduta sulla panchina, Olga le faceva eco con il suo racconto…

Alla bambina di carta sembrava non importare di ciò che le accadeva intorno, e non per modo di dire: intorno veramente! Mentre le forbici ritagliavano il vestito seguendo la linea tratteggiata del suo profilo, la bambina di carta guardava lontano, oltre il tendone, oltre la notte, verso casa, verso sua mamma...

« Con Nora era diversa, sai? Non si comportava così! »

Povera bambina di carta, era così afflitta. Intanto, però, un lato della gonna era fatto. Orso era stanco, la sua zampa tremava, spesso sbagliava e dal pubblico si sollevavano gridolini di terrore.

« Sssh! » ordinava Giubàt con sguardo feroce

« Aveva solo sei anni quando è successo ».

« Sssh! » insisteva Giubàt. « State zitti! Zitti!

« Un incidente orribile! »

Un tuono investì la baia...

« L'autobus sbandò e uscì di strada... »

La zampa di Orso ebbe uno scarto...

« Nora gridò e spinse via la bambina... »

La gente gridò!

« Olga si salvò, ma... »

Le luci nel tendone si spensero!

« La povera Nora fu investita e morì sul colpo! »

Aaaaaaaaaaah!

Il grido riempì la piazza e gelò i presenti.

Olga, a testa china, tratteneva a stento il pianto, mentre il torace le andava su e giù come un mantice.

Una lacrima traboccò. Disegnando un solco lucido sulla guancia impolverata, raggiunse le labbra. Lei la raccolse con la lingua.

La gente taceva e la fissava.

« Così, alla fine, l'orso ammaestrato del signor Giubàt mi ha tagliata in due » annunciò la giovane narratrice di storie, alzando gli occhi lucidi.

Ai suoi amici spuntarono le lacrime.

LA MAGA AUSOLIA

«E così, alla fine, l'orso ammaestrato del signor Giubàt mi ha tagliata in due» raccontò la bambina di carta alla maga Ausolia, un normalissimo giovedì, quando finalmente il coniglio, senza fare domande o attorcigliare le orecchie in segno di irritazione, aveva acconsentito a portarla sull'isola.

La casa l'aveva trovata quasi subito, anche se non era proprio come l'aveva immaginata: era una casetta solitaria di mattoni rossi, col tetto spiovente e un patio, quello sì, minuscolo e ombreggiato. Nel prato di margherite, circondato da siepi di rovi e bacche screziate, il bucato sventolava al sole e una fontanella dava acqua fresca e cristallina.

Un cartello, posto all'entrata, avvisava di accomodarsi e di attendere.

E così aveva fatto Olga, s'era accomodata e col cuore in gola aveva atteso guardandosi intorno. Due oche bevevano alla vasca della fontana. Un geco dormiva contro il muro. Da una carriola lasciata al sole era scivolata fuori una lucertola. Dal ramo di un melo era caduto un frutto acerbo. Un cespuglio di rovi s'era scosso tutto, mosso da un animale che zampettava nei pressi. 'Forse una capretta' aveva pensato la bambina.

Si era voltata e si era guardata alle spalle. Nella veranda, a ridosso del patio, aveva visto un tavolo che presentava il tipico disordine di una scrivania a cui qualcuno si siede tutti i giorni: vari tipi di penne, occhiali da lettura, una lampada, due quaderni, un bicchiere d'acqua, una candela, una mappa, un compendio di zoologia, un fazzoletto a quadretti bianchi e viola, una brocca sbeccata, un coltello dal manico pregiato, o forse era un tagliacarte.

Alcuni di quegli oggetti avevano subito dato una sensazione di familiarità alla giovane ospite, che si era chiesta come mai fossero lì. Mentre ci pensava, sforzandosi di capire, la maga era apparsa nel patio.

Olga aveva fatto un salto sulla sedia ed era rimasta a bocca aperta.

« Finalmente! Credevo non venissi più » le aveva detto Ausolia.

« Il... il... il coni... » aveva tentato di spiegare la bambina, ma le parole le morivano in gola.

« Il coniglio? Sì, fa sempre un po' di storie per venire qui. Tu stai bene? »

« S... sì, grazie ».

« Vorresti un po' d'acqua? »

« N... no, grazie ».

« Un tè? Una buona tisana? Ho dell'ottimo cacao, ti andrebbe una tazza di cioccolata? »

Olga aveva prodotto un mezzo sorriso e scosso la testa.

Ausolia si era accomodata vicino a lei.

Lei sì, lei era proprio come la bambina aveva sperato che fosse: bella, elegante, gentile. Indossava un lungo caftano di seta nei colori del tramonto e aveva la testa avvolta in un sontuoso turbante blu notte.

Con un sorriso invitò la bambina a raccontarle la sua storia.

Rassicurata dalla buona accoglienza e dalla calma che la figura della maga infondeva, lentamente Olga aveva ritrovato la parola.

« È stato l'Omino a molla a riattaccarmi con lo scotch » spiegò, al termine del suo racconto. « Lui ha sempre con sé un rotolino di scotch, perché ogni tanto gli capita di staccarsi dal fondo della scatola e cadere fuori. La donna volante voleva prestarmi uno dei suoi cerotti, ma io dico che quando ti tagliano in due ci vuole qualcosa di forte per tenerti insieme ».

« Sono d'accordo » disse la maga. « Talvolta non è facile capire di chi fidarsi ».

« Oh, ma Orso non l'ha fatto apposta! »

« Non importa: ha messo in pericolo la tua vita ».

« Senza volerlo, però. Sono stata io a proporre il numero, ben sapendo che lui è un orso e non un sarto. Perciò è mia la colpa. C'è rimasto così male, poverino. Se mi avesse uccisa non se lo sarebbe mai perdonato. Non posso avercela con lui ».

« E con la bambina sul fenicottero allora? »

« Oh, lei l'ho odiata con tutte le mie forze, signora. Mi ha ingannata volontariamente, e mi ha spaventata a morte. Io però avrei dovuto essere più attenta. Mi sono fidata ciecamente di un'estranea e le sono andata dietro abbandonando la mia rotta, come direbbe Melo. Perciò, a ben vedere, è di nuovo mia, la colpa, se mi sono persa nel bosco di bambù. Comunque ho imparato la lezione, l'avevo anche scritto nel mio diario: "Mai fidarsi di una bambina in groppa a un..." la parola le morì in gola. Un fenicottero rosa avanzava sul prato brucando l'erba davanti a loro.

« Non abbiamo ancora affrontato il tema della tua magia » proseguì Ausolia ignorando l'animale, come fosse sempre stato lì. « Ricevo molte richieste, sai, anche per posta ».

« Non sapevo che si potesse scriverle » disse Olga imbambolata davanti a quella improvvisa presenza che proprio non riusciva a spiegarsi.

« La mia cassetta delle lettere è sempre piena » la maga indicò la pila di buste sul tavolo. « Scrivono per avere una magia. Chiedono di non essere più derisi per ciò in cui credono, di non essere più soli, di diventare più intelligenti e colti, o ricchi; domandano d'essere più snelli, o di essere più belli, più alti, più mori, più biondi, o almeno non immondi; implorano per un ciuffo di capelli, per corpi muscolosi, per non essere più pelosi; sognano d'aver denti perfetti, una voce da usignolo, di poter camminare senza cadere al suolo; pensano di meritare un parente normale, che somigli a loro: non nei tratti, ma che nei modi gli sia più congeniale. Secondo te, dovrei accontentare queste richieste, Olga di carta? »

Olga non seppe cosa rispondere. Continuava a fissare il fenicottero frastornata.

« Vorrei sapere se a tuo parere occorre una magia per esaudire questi desideri. Per tutti, o soltanto per alcuni? E per quali a tuo vedere?

Ai tavolini del caffè qualcuno tossì, il professor Debrìs per esempio, e il signor Gibòd; la bella Casolina sorrise, così, senza una ragione; il maestro, un po' in disparte, guardò in alto, il cielo, altrove; don Sero e nonna Almida, che avevano aggirato il muro e ora sedevano in piazza, dapprima si scambiarono un'occhiata, poi uno si voltò di qui, l'altra di là; nei negozi, lì vicino, una o due persone abbassarono lo sguardo; dietro le finestre, sopra la piazza, chi si grattò il naso, chi la testa, chi disse: « Mah... mah... » e non aggiunse altro. Anche la barbiera Tomeo sorrideva, ma lei sembrava sapere perché.

« Una di quelle lettere avrei potuto scriverla io » ammise Bruco ammorbidendo le ruvide erre, poiché così faceva quando parlava col cuore.

Mimma invece voleva sapere cosa faceva il fenicottero rosa nel prato della maga Ausolia.

« La bambina di carta non ebbe il coraggio di chiederlo né la maga lo spiegò » rispose Olga. « Però rassicurò la giovane ospite riguardo alla domanda che le aveva posto... »

« Neppure io so la risposta » disse. « Ora sentiamo: perché sei qui? Lo sai? »

« Sì » rispose Olga, tornando a guardare la maga. « Vorrei smettere di essere una bambina di carta e diventare una bambina come tutte le altre, di carne, ossa, muscoli, tendini, vene e sangue e con un cuore pulsante ».

Era certa che più chiari di così non si poteva essere. La maga avrebbe capito senza fraintendere.

E infatti...

« Una magia facile » disse. « Come le due prove che dovrai affrontare ».

« Due prove? » ripeté Olga attonita.

« Sì, lo so, di solito sono molte di più, ma la tua richiesta è semplice, quasi banale. Sappi, comunque, che se fallirai anche solo una di esse dovrò sottoporti alla terza prova, per alcuni insuperabile, se non a carissimo prezzo. Ritieni ne valga la pena? »

La bambina annuì spaventata: nessuno le aveva parlato delle prove, né Giubàt, né l'Omino a molla, neppure Cristaldina o il coniglio barcaiolo.

« Sei pronta? »

« S... sì, signora ».

« Bene, allora vediamo: tu che dote hai? Rispondi a questa domanda e avrai superato la prima prova ».

Olga aprì la bocca e... rimase muta.

« Non sai scegliere? » la incalzò la maga.

« Il fatto è che temo di non possederne nessuna, signora » rispose la bambina afflitta.

« Come nessuna? Devi pur avere una dote! Tutti ne hanno una, qualcuno perfino due o tre! »

A quel punto Olga fu certa di stare sognando. Non poteva esserci altra spiegazione per spiegare tante strane coincidenze. Per cominciare gli oggetti sul tavolo: la mappa uguale a quelle nella cesta del venditore di tracce; il fazzoletto della stessa tela della mongolfiera e della camicia di Melo; il compendio di zoologia: *Mustelidi – classificazione e descrizione*, diceva il titolo sulla costa. Il cacao in molti lo tengono in casa, va bene, ma che dire del fenicottero e delle ultime parole usate dalla maga, identiche a quelle pronunciate da Tasso per chiederle: "Tu che dote hai?"

« Hai un mese di tempo per scoprirlo » l'avvertì la maga. « Inoltre, poiché una bambina di carta smetterà di esistere, vorrei essere sicura che un'altra ce ne sia a questo mondo, per non rimanere senza. Perciò dovrai portarmi un'altra come te. Questa sarà la tua seconda prova ».

Se il viso di Olga avesse potuto corrugarsi, accigliarsi, se le sue sopracciglia avessero potuto inarcarsi e gli angoli della bocca piegarsi verso il basso, la maga avrebbe letto, sul volto della bambina, il ritratto della mestizia.

« Ora vai, cara, il cielo si rannuvola e il vento sta salendo. Ti aspetto qui tra un mese. Grazie per la visita ».

Olga lasciò la casa della maga triste e confusa come non lo era mai stata in tutto il viaggio.

« Non possiedo alcuna dote e non conosco nessuno fatto come me » mormorò risalendo sulla zattera. Il coniglio fece una smorfia e non commentò.

Una burrasca li colse a metà strada. Cielo e mare si capovolsero in un inferno di lampi e onde altissime, che si abbatterono sul fragile battello. Le corde si spezzarono, la zattera si ruppe e Olga e il coniglio caddero tra i flutti

STORIE DI DOTI E DI DONI

« Com'è andata? » s'informò l'Omino a molla parlando sottovoce.

« Non lo so, dorme ancora » rispose Vaivìa indicando con un cenno del capo il carrozzone.

« È di carta o di carne e ossa? » domandò l'Emelona, fermandosi per sentire le novità.

« Non lo so, non l'ho vista ».

« Ma è tornata dall'isola? » C'erano anche i fratelli Qualamano a informarsi, quella mattina.

« Credo di sì ».

« E non è un po' strano che dorma ancora a quest'ora? È quasi mezzogiorno! »

« Poverina, deve essere stata una giornata piena di emozioni » suggerì l'Emelona.

« Sì, però è un po' strano davvero » rispose Vaivìa. « Vado a dare un'occhiata ».

La porta del carrozzone si aprì e passi leggeri si avviarono veloci verso lo stipetto di Olga.

« Santi numi! Accorrete! » gridò la scimmia.

La bambina versava in uno stato pietoso.

« L'ha portata il coniglio » disse Iuva. Se Olga fosse stata in sé si sarebbe stupita per la profondità della sua voce. « Lui e Olga sono caduti in mare ».

« Lui dov'è? » mormorò Vaivìa guardandosi attorno.

« Se n'è andato ».

Giubàt entrò trafelato.

« Come sta? »

Si piegò sulla bambina ed emise un singhiozzo: l'acqua le aveva sciolto parte dei capelli, e dunque della testa, le aveva cancellato le mani, i piedi, un pezzo delle ginocchia. Il corpo presentava vasti buchi e lembi strappati. A tenere insieme Olga era lo scotch dell'Omino a molla.

« Portate tutta la carta che trovate! » tuonò il Direttore affacciandosi all'oblò. « E il falegname! » strillò ancora.

Il falegname arrivò di corsa.

« Se fosse di legno saprei cosa fare » disse scuotendo la testa, « ma è di carta e, per giunta, ne è rimasta poca ».

« Ne sto facendo portare dell'altra » gli spiegò il Direttore.

L'artigiano nicchiò.

« La carta che abbiamo qui va bene per il vestito, ma per il corpo... non la reggerebbe in piedi. E farle le mani e il capo con questa... » tastò una locandina che era appena stata portata, « ... si affloscia, vedete? Non sarebbe dignitoso. Serve carta più spessa ».

« Creala! Producila! Inventala! » lo esortò Giubàt agitandosi. « Usa il legno! Tritalo! Riducilo in fibre! Bagnalo! Pressalo! Asciugalo! Stiralo! Non è così che si fa la carta? »

L'uomo si grattò un fianco, scosse la testa borbottando, si grattò di nuovo, sospirò e infine se ne andò senza promettere niente, ma assicurando che ci avrebbe provato.

Nel carrozzone, Vaivìa e l'Omino a molla tentavano di confortare Olga. Delicatamente la fecero scivolare fuori dallo stipetto e la adagiarono sui materassi di Iuva.

« Cosa possiamo fare per te? » le chiese Giubàt sedendole accanto.

« Niente, grazie » rispose Olga con un filo di voce.

« Hai visto la maga? »

« Sì... »

A fatica la bambina raccontò l'incontro con Ausolia e descrisse le prove che avrebbe dovuto affrontare.

« È tutto finito » bisbigliò con un singhiozzo.

« No, che parole devo sentire? Finito... Ci siamo noi qui con te, ti aiuteremo. Vero che l'aiuteremo, ragazzi? »

« Certo! »

« Tutti per uno! »

« Siamo qui per te! »

« C'è subito una cosa da fare... Mandate a chiamare gli Alati! » disse Giubàt.

Ai giovani cavallerizzi fu richiesto di setacciare

il mondo intero alla ricerca di una bambina uguale a Olga.

Gli Alati in groppa ai loro cavalli partirono in ogni direzione. Ma quasi subito qualcuno tornò indietro.

« *Capaten baté?* » chiese brusco al Direttore.

« Che domanda mi fai? » fece lui. « "Uguale come?", ma uguale a lei! Di carta, no?! Dovete trovare una bambina di carta come Olga! »

« *Babé ka ta banè, depadené, te giabadén...?* »

« No! Non senza mani, piedi, capelli e con i buchi nella testa, no! Dev'essere uguale a Olga tutta intera. Come quando stava bene ».

« *Ba* » sbuffò il giovane, ripartendo.

« E non tornate senza! » si raccomandò Giubàt.

Furono i giorni più difficili, per Olga e per la compagnia, che non smetteva mai di preoccuparsi e di prendersi cura della bambina: di giorno e di notte c'era sempre qualcuno accanto a lei, che la rincuorava, la sosteneva e ne teneva insieme i pezzi.

Dopo alcuni giorni le condizioni migliorarono un poco: la carta bagnata si asciugò e Olga riusciva a piegare la testa senza strapparsi e a sedere senza afflosciarsi.

« La troveranno, vedrai » le disse un giorno Imhe camminando sul bordo del suo letto, mentre era di turno per tenerle compagnia. « Loro trovano tutti! »

« Tu credi? »

« Sì! »

Olga sospirò.

« Come hai imparato a fare quello? »

« A stare in bilico? Da piccola, camminavo sul filo dei miei pensieri ».

« Tu sì che hai una dote » sospirò di nuovo la bambina.

« Ma anche tu ne hai una » rispose Imhe. « Sei molto coraggiosa ».

« Dici? »

« Sei arrivata fin qui da sola, affrontando mille pericoli ».

« Be', ora che mi ci fai pensare, è abbastanza vero ».

Il giorno dopo, Genko, il giovane domatore della pecora-leone, confermò il pensiero di Imhe, e cioè che gli Alati avrebbero certamente trovato una bambina di carta da portare alla maga Ausolia. E per tirare su il morale a Olga ordinò alla pecora di ruggire. La bambina si tappò le orecchie mentre il ruggito faceva tremare il carrozzone.

« Come riesci a dare un ordine tanto strano a una pecora e a farti ubbidire da lei? » domandò alla fine.

« Fortuna, penso » rispose Genko. « Non lo sapevo io di poter parlare con le pecore. E lei non sapeva di poter ruggire. Lo abbiamo scoperto insieme per caso: un giorno io le ho detto "ruggisci!" e lei ha ruggito. Non bisogna mai aver paura di provare ».

« E avete scoperto di avere una dote speciale. Beati voi ».

« Anche tu hai una dote speciale, secondo me ».

« Ah, sì? E quale? »

« Sei super paziente. Io, al posto tuo, a quel coniglio gli avevo già spaccato tutti i denti. Invece tu sei stata gentile, hai aspettato e alla fine hai ottenuto ciò che volevi ».

« Sai che un po' hai ragione? » disse Olga.

Nessuno aveva detto a Genko che il coniglio aveva salvato la vita alla bambina. Neppure lei lo sapeva.

Quella sera, i tre fratelli Qualamano, che si erano offerti volontari per trascorrere qualche ora con Olga, confermarono che gli Alati avrebbero trovato una bambina di carta "fosse stata anche al centro della Terra".

« A loro non sfugge nessuno » disse il maggiore dei tre.

« Voi credete? »

« Neanche un dubbio! » risposero quelli in coro facendo volare in aria tutt'e sei le mani.

« Vorrei tanto saperlo fare anch'io » mormorò Olga.

« Be', tesoro, aspetta prima di riaverle le mani » le disse il minore dei tre. Gli altri due tossirono imbarazzati. « Che ho detto mai? Se vuoi lanciare in aria le mani, devi avercele, le mani! »

« Il falegname sta studiando un modo per rifarmele » spiegò Olga con un sorriso. « Ma io non saprò mai fare quello che fate voi. È troppo difficile ».

« Oh, no, basta non essere troppo attaccati alle cose... »

« Io credo che voi abbiate una dote ».

« Perché, tu no? »

Olga fece di no con la testa.

« Sciocchezze! Certo che ce l'hai: sei fortissima! »

« Io? »

« Tu, tu, bambina! Chi altri vedi qui? Non c'è niente che ti fermi, vai avanti anche senza piedi e quasi senza testa. Se non è forza questa? »

« Forza anche di volontà, bada bene ».

« Sei forte tutta! Il foglietto di carta più tenace del mondo! »

'Mica male' pensò Olga.

Quanto a Iuva, se anche la matrona avesse pensato che gli Alati avrebbero trovato una bambina di carta, Olga non lo seppe mai, perché Iuva non lo disse. Durante i suoi turni con la convalescente affilava coltelli e rimestava minestre in grossi pentoloni.

Olga avrebbe voluto chiederle com'era diventata tiratrice di coltelli e cos'era successo alla sua vista, ma sapeva che la matrona non parlava volentieri.

Fu Vaivìa a fornire alcune spiegazioni. Poiché dormiva nel carrozzone, il turno di notte con la giovane paziente lo faceva lei e durante quelle ore la scimmia e la bambina parlavano molto.

Vaivìa non rivelò a Olga cosa avesse reso cieca la cuoca, né si soffermò sull'abilità della matrona nel tirare i coltelli; raccontò invece com'era nata la loro amicizia.

« Dei farabutti l'avevano accerchiata per rubarle un pugnale che portava alla cinta. Era un oggetto di rara bellezza, un'antica daga tribale, dono di un principe.

Il branco le girava intorno berciando per confonderla. La povera donna tentava di difendersi, ma non vedendoci i suoi colpi andavano a vuoto. A quel tempo lavoravo con un incantatore di serpenti. Vidi la scena e... "Davanti a te!" gridai d'istinto. Lei tirò un fendente e stese il più grosso

« Stupendo! » esclamò Mimma entusiasta. « Da oggi in poi facciamo così anche noi, Bruco: quando incontriamo Malan e la sua banda, tu ti togli subito gli occhiali, così non te li rompono, e io ti dico dove devi tirare i pugni ».

« E io le prendo di santa ragione » rispose Bruco in un arrotare di erre che impressionò tutti. « Le mani di Iuva sono badili! Pesanti come incudini. Ricevere un colpo da quelle equivale a essere investiti da un treno. Ora guarda le mie: mamma dice che le ho ereditate dalla nonna, sono mani da pianista. Se mai riuscissi a colpire Malan, e vorrei capire come, mi farei più male di lui. È una legge della fisica: "A ogni azione corrisponde una reazione uguale e contraria". Che se vuoi è il terzo principio della dinamica e... »

« Non importa, Bruco, lascia perdere » sbuffò Mimma rassegnata. « Non era una buona idea in partenza. Torniamo a Vaivìa che stava raccontando di come ha aiutato Iuva a difendersi dai bulli... »

« "Spalla sinistra! Giù di sette orecchie!" gridai ancora alla matrona accerchiata dai ladri. La gigantessa caricò e tirò oltre la sua spalla sinistra. E andò giù il secondo, che era più basso del primo di una spanna. Ci trovai gusto: saltai sulla spalla della donna e insieme stendemmo i delinquenti. Dissi addio all'incantatore e al suo *boa constrictor* e me ne andai con la mia nuova padrona » concluse Vaivìa. « Da allora siamo inseparabili. Io sono i suoi occhi e lei mi protegge. Ci vogliamo bene ».

Olga interpretò quell'amicizia come un dono: due creature, che più diverse non potevano essere, si erano incontrate, si erano capite ed erano diventate preziose l'una per l'altra.

« Perché mi fissi a quel modo? » chiese Vaivìa.

« Perché ti invidio un po' » rispose la bambina. « Vorrei essere capace anch'io di stringere amicizie così speciali ».

« E perché credi di non esserne capace? Pensi davvero che io sia così gentile con tutti? Tu sai parlare con gli animali, sai capirli. Guarda Orso e Vadritta: si fidano di te. Non è cosa da poco conquistare la fiducia di un orso ».

« Eh, già, magari un pochino è vero ».

Giubàt, dal canto suo, era pronto a scommettere l'amato cilindro che gli Alati avrebbero trovato un'altra "Olghetta", così la chiamò, in un baleno.

Faceva visita a Olga quattro o cinque volte al giorno e, seppure non si fermasse mai abbastanza per rispondere a tutte le domande che la bambina gli poneva – com'era nata la compagnia, dove avevano trovato Vadritta e Arrivabene, come mai l'Omino a molla non aveva un nome, chi era stato il primo a essere trovato, e via dicendo – il Direttore non si faceva mai mancare il tempo per elencare le doti che vedeva in lei: generosa, gentile, di buon carattere, intraprendente, accomodante, forte, sì, conveniva con i Qualamano che la bambina fosse molto forte, e paziente, molto paziente; e una sera che mangiavano tutti insieme nel carrozzone arrivò perfino a congratularsi per l'eccezionale fattura della carta con cui Olga era fatta.

« Grazie » rispose lei seduta sul letto, con la schiena poggiata contro i cuscini. « In questi giorni mi avete attribuito così tante qualità che non saprò mai quale scegliere da portare alla maga, lei ne vuole una soltanto ».

« Coraggiosa! » disse l'Omino a molla senza alcun dubbio.

« Disponibile! » sentenziò la scimmia.

« Gentile! » li corresse Giubàt. « Educata e simpatica, sì, davvero molto simpatica ».

« Deve sceglierne una, perché ne dici tre? »

« Perbacco, se hai ragione! È assai difficile scegliere » disse Giubàt

UN'ALTRA COME LEI

Dopo una settimana gli Alati tornarono.

« Allora? » li sollecitò Giubàt. Ci contava.

« *Nebenegep* » rispose il più grande, scendendo da cavallo per andare a bere la cioccolata.

« Niente? Come niente? È impossibile! Non avete cercato bene. Dovete ripartire subito! Ora! » L'Alato si voltò e gli puntò contro l'arco teso.

« Ritiro quello che ho detto, so che siete dei bravi cercatori e se non l'avete trovata voi vuol dire che non c'è » si affrettò a dichiarare il Direttore.

Il giovane abbassò l'arma, emise un grugnito e se ne andò.

Nei giorni seguenti, le visite alla paziente si diradarono. Gli amici erano a corto di argomenti per consolarla e Olga trascorreva sempre più tempo sola o con Vaivìa, parlando poco, a volte niente.

Il falegname, dopo aver collezionato misture d'ogni sorta, impasti viscidi e collosi, macedonie di coriandoli e altri fallimenti appiccicaticci, continuava a provare, benché con meno entusiasmo.

« Nella compagnia dei trovati non si perde nessuno! » dichiarò Giubàt, una sera, a lume di candela, battendo un pugno sul tavolo.

I fedelissimi mantennero lo sguardo chino. Né l'Omino a molla né Vaivìa né Iuva si sentirono di replicare che la speranza stava morendo nei loro cuori. Olga avrebbe fallito la seconda prova.

Poi un giorno...

« L'ho trovata! » gridò Imhe precipitandosi nel carrozzone. « Ho incontrato una persona che dice di conoscere una bambina di carta! »

« Davvero? Oh, che notizia è mai questa! » esclamò Giubàt. « E dov'è, dov'è? Portaci da lei ».

« È un viaggiatore ed è già ripartito per andare a prenderla. Impiegherà qualche giorno per trovarla, ma ha promesso di portarla qui, a Rapusino ».

« Hai sentito, Olga? L'hanno trovata! Un'altra bambina come te! La porteranno qui. Sei felice? »

Per la prima volta da molto tempo Olga sorrise.

Poiché le buone notizie, come le cattive, di rado viaggiano sole, quello stesso giorno, dopo Imhe, si presentò il falegname, con una risma di fogli spessi di carta bianchissima e un impasto di acqua e farina ultra adesivo.

Giubàt ordinò che l'artigiano fosse lasciato solo con la bambina, senza mille esperti che gli suggerissero come doveva fare.

Un'ora più tardi, il falegname uscì dal carrozzone spiegando che il risultato non era straordinario, ma meglio di così non poteva venire: la bambina poteva camminare, con un po' di cautela, usare le mani e mostrare una testa senza buchi o pezzi mancanti.

Olga apparve poco dopo. In piedi, aggrappata alla ringhiera del carrozzone, sorrise alla compagnia.

« Urrà! » gridarono gli amici lanciando in aria tutto ciò che avevano in mano: ombrelli, cappelli, cerchi, coltelli... « Viva Olga di carta! »

Giubàt, commosso, tirò su col naso, si tolse il cilindro e andò a omaggiare la bambina. In ginocchio, le prese una mano e gliela baciò.

« Non tiri troppo che si stacca » si raccomandò Olga sottovoce.

« Certo, certo » rispose lui alzandosi. « Avviserò gli altri di fare attenzione ».

I progressi, da quel giorno, si moltiplicarono: Olga imparò a usare le mani nuove, nonostante fossero molto più grandi e più pesanti delle sue originali, e non perfettamente uguali tra loro; imparò a camminare sui piedi abbozzati che le aveva fatto il falegname e non si vergognò mai di zoppicare né di mostrare la strana capigliatura che il pover'uomo, messo a fare un lavoro non suo, s'era inventato per ricostruirle la testa.

Sentendosi di nuovo in forma, riprese il suo ruolo di guardiana degli animali, tornò a esibirsi con Orso e s'impegnò per sdebitarsi delle molte cortesie che aveva ricevuto durante la convalescenza; aiutava in cucina e nel tempo libero offriva una mano a chi ne aveva bisogno.

« Quelle tienitele strette » le dicevano i più spiritosi.

Tutti ringraziavano e accettavano di buon grado un aiuto per segnare l'orlo a un vestito di scena, scrivere la lista della spesa, allacciare una fila di bottoni sulla schiena, spolverare gli spalti e altri facili lavoretti.

Una sera, vedendo l'Emelona armeggiare per far entrare tutti i suoi strumenti da donna volante nel baule dei costumi, Olga chiese in che modo potesse esserle utile.

« Grazie, cara, ho quasi finito » la rassicurò la signora.

« Cosa fai? » le chiese Olga.

« Mi preparo per partire » rispose lei.

« Parti? E dove vai? »

« Dove andiamo tutti. La sosta a Rapusino è finita, ci aspetta un'altra tappa e vieni anche tu, sai? »

« Io? E dove? »

« Ah, questo chiedilo a Vaivìa, è lei che ha l'elenco delle città. Io non ci bado più, vado dove mi portano ».

« Ma io non posso partire! Devo superare le prove della maga! Se tornasse il viaggiatore che è andato a prendere l'altra bambina di carta e non mi trovasse? Avrei perso ogni speranza. No davvero, non posso partire. Devo restare. E anche voi ».

« Non so che dirti. Prova a parlarne con Giubàt ».

Disperata, Olga corse dal Direttore.

« Questo è sempre stato il nostro programma, cara, fin dal principio, non possiamo cambiarlo » le disse Giubàt. « Mi dispiace, bambina, credevo tu lo sapessi ».

« Ma io... ma noi... » Olga spiegò daccapo le infinite ragioni che la volevano a Rapusino, e tutti i motivi per cui non voleva restarci da sola: « Siete la mia famiglia. Cosa posso fare senza di voi? Mi manchereste troppo. Dovete stare quiii! »

I saluti furono strazianti. Baci e abbracci non si contarono, lacrime e promesse neppure.

« Promettimi che starai bene! »

« Torneremo presto! »

« Ti penseremo ogni giorno! »

« Ti scriveremo! »

« Faremo il tifo per te! »

« Finirà di nuovo in acqua! »

« Vaivìa! »

« Volete che vi dica che sono contenta? Non lo sono! » si lamentò la scimmia. « Lasciarla qui è una pessima idea! Si caccerà nei guai, la assalirà un malintenzionato, si perderà e non la troveremo più. E io vi dirò... »

« Ve l'avevo detto » Giubàt concluse la frase con un sorriso. « Andrà tutto bene, mia cara Vaivìa » disse facendo una carezza alla scimmia. Poi cinse le spalle a Olga e le fece una promessa.

« Torneremo con le stelle cadenti ».

La promessa non impedì a Olga di piangere tutte le

sue lacrime mentre salutava il carrozzone che si allontanava e Orso, che ogni due passi si voltava domandandosi come mai lei non andasse con loro.

Calò la notte e la bambina era ancora lì, in piedi al centro dello spiazzo dove prima c'era la pista del circo.

« E così la maga ha trasformato anche te in un blocco di pietra » disse il coniglio, che passava per caso.

« Come? » fece Olga voltando la testa.

« Ehi, non sei di pietra! Almeno non lo è il tuo collo. Ti hanno inchiodata al terreno? »

« No ».

« Perché allora fai la statua? Stai lì da due ore. Sei una tizia stramba, lo sai? Per questo hai incontrato la maga? Per essere un po' meno stramboide? »

« No, non è per questo ».

Zoppicando Olga raggiunse gli scogli e si sedette.

« Devo trovare un posto dove dormire » disse.

« Non serve una magia per questo. In paese c'è una pensione ».

« Non ho che cinque soldi per pagare e vorrei conservarli per il viaggio di ritorno ».

« Allora ti serve una magia ».

« Ho un'amica, in paese, si chiama Cristaldina » ricordò Olga. « Forse potrei chiedere consiglio a lei, sa tante cose ».

« Cristaldina? Mai sentita ».

« Domani andrò a trovarla. Ora sono troppo triste ».

« Perché sei triste? Forse per via di quelle strane

mani? O quegli strani piedi? O quella testa squinternata che ti hanno fatto? »

« No, non per questo! » fece Olga seccata. « La mia famiglia è partita ».

« Oh, mi dispiace. E ti ha mollato qui? Avrai bisogno di un posto per dormire, perché non chiedi a Cristaldina, lei sa tante cose. È simpatica, ti aiuterà ».

« Hai appena detto che non la conosci! »

« Infatti ».

« E io che ti do retta ».

« Sì, sì, dammi la retta, ti ospito io! » disse il coniglio entusiasta.

« Ti ho appena detto che non ho soldi ».

« Carote? »

« E dove pensi che potrei trovarle? »

« In tasca. Allora vieni? »

« E dove? Sentiamo ».

« Nella tana del coniglio ».

« A casa tua? » Olga si prese la pancia e finse di ridere. Il coniglio ci rimase male.

« Non sarà sontuosa come il carrozzone di un circo, non avrà tendine di seta tintinnanti, fotografie alle pareti o finestrelle ovali, ma non per questo hai il diritto di offenderla » mugugnò con le orecchie basse. Olga, invece, non credeva alle proprie.

« Sei stato sul carrozzone del circo? »

« Neanche dipinto! » fece il coniglio tornando pimpante.

« Oh, va' a quel paese! » gli disse la bambina.

« Ci vado se vieni con me. Allora, vieni o no? »

« No, grazie ».

Il coniglio si strofinò i polpastrelli e strizzando gli occhi guardò il cielo.

« Una goccia » disse. « Eccone un'altra. E un'altra ancora. Piove. Ti saluto, vado a casa. Stammi bene, Olga di carta bagnata ».

« Aspetta! » lo richiamò lei.

« Chi? »

« Me ».

« Perché? »

« Perché non posso permettermi di bagnarmi un'altra volta ». Olga saltò giù dallo scoglio per seguire il coniglio. « Sono arrivata fin qui e voglio tentare di superare le prove della maga. Va bene, ci vengo a casa tua ».

« Mai avuta una casa ».

« Nella tua tana ».

« Mai avuta una tana ».

« Nella tua reggia? »

« Quella ce l'ho! »

« Potrei venire a ripararmi nella tua reggia? »

« Ma ben volentieri!

FASÌL BARTÒ

In disparte, ma non tanto da non udire, Almida ascoltava Olga narrare la storia. Si vedeva che non era contenta, a tratti aveva avuto l'impulso di interrompere la bambina e portarla via. Non le piaceva vederla in mezzo alla scena, con la gente che chissà che idea si stava facendo... Trovava sconveniente che una ragazzina di undici anni si esponesse al pubblico; temeva ciò che Olga avrebbe detto e, più di tutto, non sopportava che qualcuno leggesse nelle parole di sua nipote significati diversi da quelli di una favoletta inventata sul momento. Per questo i suoi occhi andavano spesso a Tomeo, la più acuta, la più intelligente lettrice di animi e di messaggi nascosti fra le righe. Era stata lei a consigliare a Olga di staccare un rametto dagli alberi a cui era più affezionata, prima che fossero abbattuti, e farne talee in un vaso per ricreare un piccolo bosco in ricordo di quello grande. Olga ne era stata entusiasta. Tomeo la conosceva bene. E ora 'Guarda, guarda come sta lì ad ascoltarla!' si diceva Almida.

Anche don Sero ascoltava. Seduto accanto ad Almida aveva bloccato ogni impulso della donna di alzarsi per trascinare via la nipote. Sentendo la sua vicina agitarsi, stese nuovamente il braccio davanti a lei per fermarla.

In quella, Mimma sbuffò.

« Io, quel coniglio, lo friggerei in padella! » disse torcendo le mani come se stringessero davvero il collo del rompiscatole. « Le avrà anche salvato la vita, ma così la porta ai matti. Come fa Olga a non scoppiare? »

« *Facis de necessitate virtutem* » recitò Bruco.

Debrìs gongolò.

Mimma chiuse un occhio e scrutò l'amico.

« Che significa? » chiese.

« È latino, vuol dire "Fai di necessità virtù" ».

« Non lo capisco neanche in italiano ».

« È come dire "Fai buon viso a cattivo gioco", cioè affronta con coraggio e buona disposizione d'animo le difficoltà che non puoi evitare ».

« Mia nonna dice: "Mordi nell'aglio e di' che è dolce". È uguale? »

« È un altro modo per dirlo... »

« Ed è ciò che ha fatto Olga di carta, ha morso nell'aglio e ha detto che è dolce? »

« Più o meno » rispose Bruco. « Ha seguito il coniglio nella tana perché non aveva alternative ».

« Però, non l'ha fatto sorridendo ».

« In effetti, no » confermò Olga.

La reggia del coniglio era una baracca sulla spiaggia, un cubicolo di assi vecchie e lamiere arrugginite tenute assieme con corde rigide e secche. Fasci di luce filtravano dalle fessure delle assi rivelando un tavolaccio, una sedia rotta, una branda zoppa.

Con l'alta marea la sabbia che faceva da pavimento si inzuppava, e c'era un forte odore di alghe e di pesce, benché il coniglio non mangiasse mai pesce: era vegetariano. Divorava frutta e carote crude, e questa si rivelò una fortuna per Olga che, per ricambiare l'ospitalità, scoperto che non c'erano fuochi o fornelli da accendere, si offrì di preparare i pranzi.

Lavorò quella sera e quella dopo ancora e poiché il coniglio, per quanto strampalato, si rivelò un "galanconiglio", Olga finì per fermarsi da lui. Al mattino uscivano insieme, il coniglio per andare alla zattera e Olga per tornare allo spiazzo dove aveva lasciato un messaggio per colui che, Imhe aveva detto, era andato a prendere l'altra bambina fatta come lei.

Il messaggio era scritto sopra un piccolo aquilone a forma di bambina, che Olga aveva realizzato con alcuni foglietti del suo taccuino, quelli ancora non scritti. Il messaggio diceva:

Sono nella tana del coniglio.

Ogni giorno Olga andava ad assicurarsi che l'aquilone volasse, che fosse in buone condizioni, che la scritta si leggesse e per vedere se ci fossero novità. Trascorreva lì quasi tutto il giorno. Aspettava, aspettava... E mentre aspettava pensava: 'Io che dote ho?'

Un giorno arrivò un signore con una bambina, ma

una bambina di carne e ossa, non di carta. Il signore chiese se l'aquilone fosse in vendita.

« Veramente no » rispose Olga. « Però se le piace... »

« Oh, è bellissimo! » disse l'uomo. « E come vola! Non avevamo mai visto un aquilone volare anche senza vento, di notte... È straordinario! Vorrei regalarlo a mia figlia ».

« Allora lo prenda pure ».

« Quanto costa? »

Olga non aveva idea di quanto far pagare l'aquilone. Lo aveva fatto in pochi minuti, assemblando i foglietti in modo da rendere la struttura solida e leggera.

« Non so » rispose.

« Vanno bene cinque soldi? » Il papà tirò fuori cinque monete d'argento e fece per metterle in mano a Olga, ma lei la ritrasse.

« Non potrei reggerle, le mie mani sono di carta » spiegò.

L'uomo si mise a ridere.

« Eh, per cinque monetine! Faccia almeno un tentativo » disse.

Olga sporse entrambe le mani unite a coppetta e con grande sorpresa scoprì che riuscivano a reggere il peso. Le sue mani di un tempo non ci sarebbero riuscite. Sorrise ringraziando in cuor suo il falegname.

Quando il signore e la bambina se ne furono andati, strappò altri foglietti e fabbricò un altro aquilone, questa volta a forma di coniglio. Sopra scrisse:

Sono nella baracca del coniglio sulla spiaggia.

Pochi minuti dopo una signora con due bambini arrivò allo spiazzo.

« Quanto costa il piccolo aquilone? » chiese.

« Lo voglio! Lo voglio! Lo voglio! » strillò uno dei bambini.

« Sì, sì, calma, ora lo compriamo. Allora quanto? »

« Cinque soldi » rispose Olga.

Mentre la signora tirava fuori il borsellino per pagare, il bambino prese l'aquilone; la signora ringraziò e i tre se ne andarono.

Olga infilò anche quelle monete nella borsa e s'impegnò a costruire il terzo aquilone. Quel giorno ne costruì quattro, uno più bello dell'altro. Tre li vendette. Il quarto, con il messaggio per il viaggiatore, lo lasciò legato allo scoglio, libero di volare alto nel cielo.

"Speriamo che non lo rubino" si disse tornando a casa.

E infatti lo rubarono.

Olga se ne accorse il mattino dopo, appena uscì dalla baracca.

Corse allo spiazzo e trovò una folla ad aspettarla: tutti volevano un aquilone.

« A forma di ombrello! »

« A forma di pasticcino con la panna! »

« A forma di gatto! »

« Di cane! »

« Di libro! »

« Di penna e calamaio! »

« Calma, calma, ne farò finché avrò carta » disse Olga sfogliando preoccupata il suo taccuino.

Costruì minuscoli aquiloni tutto il giorno; leggeri come l'aria, robusti come il legno, sempre più piccoli, perché la carta andava esaurendosi.

La scena si ripeté per diversi giorni e Olga non trovò mai il tempo per andare a trovare Cristaldina. Tuttavia era felice perché stava mettendo da parte un bel gruzzoletto. Una parte dei soldi la dava al coniglio, per ripagarlo dell'ospitalità, e una parte la metteva via per gli amici del circo e per la sua mamma.

Purtroppo però il viaggiatore non si vedeva e neppure l'altra bambina di carta.

Un mese passò.

La sera prima della scadenza, mentre aspettava il coniglio seduta sulla spiaggia, Olga ripensò alle parole della maga: "Se fallirai affronterai la terza prova...

« La più grafosa di tutte! » ricordò la Casolina portandosi una mano al cuore. « Povera la pampina di carta. Come farà? »

« Sssh » fece piano il professore, sfiorando un polso alla signora e rivolgendole un sorriso buono.

La Casolina, pensando che Debrìs si preoccupasse di non svegliare il signor Gibòd, che russava seduto sulla sedia con la testa rovesciata all'indietro, si scusò.

« Oh, no, non è per lui, quello non lo svegliano neanche i botti di San Prodo » spiegò Debrìs. « È per la nostra narratrice di storie, non vogliamo che perda il filo, nevvero? »

« Nooo! Io chieto umilmente scusa » disse la Casolina, rivolgendosi direttamente a Olga. « È colpa di emozione ».

A nonna Almida sfuggì un lamento.

« Non si deve scusare, fra poco dovrò interrompermi di nuovo » la rassicurò Olga. Il pubblico sussultò.

« Come, come? »

« Non finisce la storia? »

« Se ne va ora sul più bello? »

« Manca molto alla fine? » chiese il professore.

« No, ci siamo quasi » rispose la bambina. « Per questo dovrò interrompermi. Ma sarà solo per un istante ».

"Per alcuni la terza prova è insuperabile" aveva detto la maga, "se non a carissimo prezzo". Olga si chiedeva se avrebbe dovuto pagare e, nel caso, se i soldi che aveva guadagnato sarebbero bastati. Oppure si trattava di qualcos'altro, qualcosa di orribilmente pericoloso? Visioni tremende di prove terrificanti sfilarono davanti agli occhi pietrificati della bambina. « Povera me » sospirò.

Era una notte incantata. I pipistrelli radevano l'acqua, le barche ormeggiate dondolavano come culle mosse dal mare, ondine mansuete sciacquavano la riva... Poteva una notte così dolce preludere a un evento catastrofico, alla fine delle sue speranze se non perfino dei suoi giorni? Mentre Olga se lo domandava, nel cielo color cobalto si accese una scia dorata.

« Una stella cadente! » esclamò la bambina. 'Dove sono i miei amici? Avevano detto che sarebbero tornati con le stelle cadenti'.

Le sarebbe piaciuto festeggiare con la grande famiglia l'ultima sera a Rapusino. La compagnia, allegra e rumorosa, avrebbe tenuto lontana la paura e reso più lieve l'attesa del mattino. Invece, Olga sapeva che avrebbe aspettato l'alba seduta sulla sabbia umida, con il cuore in gola e le parole senza senso del suo sgangherato ospite a frastornarla e un gemito le sfuggì.

"Dovresti andarci tu dalla maga!" gli aveva detto un giorno spazientita per le sue battute.

"Ci sono stato" le aveva risposto il coniglio lasciandola di stucco. E tra una svolta, un salto illogico, un dietrofront e diverse contraddizioni, le aveva raccontato la sua storia...

Innanzitutto non era sempre stato un coniglio. Prima d'avere le orecchie lunghe e una coda vaporosa, era stato il signor Bartò, Fasìl Bartò, di professione topo di biblioteca.

Mite, schivo e impacciatissimo, era giunto al cospetto della maga in preda al panico. Parlava balbettando, attorcigliandosi nelle parole, interrompendosi, confondendosi, ghignando come una iena per la paura... Desiderava una nuova vita e un nuovo aspetto. Che aspetto? Uno qualsiasi, aveva detto, purché il cambiamento fosse radicale, tale per cui neppure sua madre lo avrebbe riconosciuto. Che vita? Una qualsiasi, all'aria aperta. Nient'altro? Nient'altro.

La maga aveva pensato che quel modo di parlare, nevrotico e sconclusionato, al signor Bartò non fosse di disturbo e che, perciò, desiderasse conservarlo, poiché a tal proposito non aveva mosso alcuna richiesta.

E così...

"Questo è il risultato" aveva concluso il coniglio indicando se stesso. "Avrei dovuto essere più preciso, tu che dici?"

"Mi dispiace" aveva mormorato Olga.

"Per cosa?"

"Per quel che ti è successo".

"Cosa mi è successo?"

"Per come sono andate le cose".

"Quali cose?"

"Mi dispiace per te!"

"Anche a me dispiace per te!"

"Perché?" aveva chiesto Olga allarmata. "Pensi che non supererò la prova?"

"Nooo! La supererai! Tu non sei come la bambina di vetro".

"La bambina di vetro?"

"Sì! La conosci anche tu?"

"No, io no" aveva risposto Olga disorientata, "perché lei è vissuta..."

"Lei, lei, lei... Dammi pure del tu, ci conosciamo da una vita!"

Il coniglio era fuori controllo.

"Perché hai nominato la bambina di vetro, cosa c'entra lei?" aveva insistito Olga.

"Qui non c'entra lei, siamo troppi, lo spazio è piccolo! E poi lei è vecchia, non ci viene alle feste".

"Stiamo dando una festa?"

"E tu questa come la chiami? Succo di mela, carote a palate... È la tua festa, bambina!"

"Davvero? Grazie, io non avevo..."

"Fammi gli auguri! Compio cent'anni!"

"Oh, coniglio, smettila, non capisco più niente".

"Davvero? Hai ragione, non è il mio compleanno. È quello di Cristaldina. Falli a lei, gli auguri, di anni ne compie trecento. Dico davvero, croce sul cuore!"

"Hai detto che non la conosci, che non l'hai mai vista".

"Straccetto, apri gli occhi: quella è più vecchia della mia zattera nuova, di mia zia, di tutti i pontili del porto e della chiesa di San Bartolomeo sulla montagna". E accostata una mano alla bocca: "A Cristaldina è andata peggio che a me" aveva confidato alla povera Olga sempre più confusa. "Ha sbagliato tutto. Tutto! Primo..." il coniglio contava sulle dita dei piedi "... non ha superato le prove".

"Nessuna? Neanche la terza, la più tremenda di tutte?"

"Oh, sì, quella l'ha superata. Secondo: si è espressa male: 'Voglio rimanere tale e quale come sono: bella, giovane e snella' aveva cinguettato con la vocina cristallina. 'Solo fammi smettere di essere fragile e trasparente. Ora, immediatamente!' Uno schiocco di dita ed eccola lì, un blocco di pietra impolverato dai secoli. Bel pasticcio ha combinato".

"Stai dicendo che Cristaldina era la bambina di vetro?" Incredula, Olga aveva atteso che uno dei misteri più antichi del suo paese venisse svelato. Invece...

"Forse non dovevo dirlo" aveva rimuginato il coniglio.

"Perché?"

"Non sta bene che un coniglio dica la parola *pasticcio*. Suona macabro in bocca sua. Mai mangiato il pasticcio di coniglio?"

"Ne ho uno davanti agli occhi in questo momento!" aveva risposto Olga, rassegnata al fatto che una conversazione sensata, con quella bestia, non era possibile averla.

E tuttavia il dubbio che Cristaldina fosse la bambina di vetro che era partita da Montetabà per andare a chiedere alla maga di diventare una bambina normale l'aveva solleticata al punto che quella notte stessa era uscita per andare in paese.

Dopo essersi persa un paio di volte, finalmente al terzo tentativo aveva ritrovato la piazzetta con la statua.

"Cristaldina!" aveva chiamato sottovoce. "Cristaldina, svegliati, devo parlarti!"

La statua non aveva risposto.

"Cristaldina, svegliati, per favore, ho cose importanti da dirti. Sai che forse tu e io veniamo dallo stesso paese? Se fosse così chissà quante cose avresti da chiedermi. Io di certo ne ho molte da chiedere a te. Per esempio: quanti anni hai? È vero che ne hai trecento? Mi sembra impossibile, perché sembri una ragazzina come me. Ed è vero che eri una bambina di vetro e che la maga ti ha trasformata in questa statua? Mi dispiacerebbe moltissimo! Però capirei perché sei avvolta nelle sciarpe: ti servivano per proteggerti dagli urti durante il viaggio, vero? Quelle, però, la maga non le ha trasformate in pietra... Sai, magari esiste un controincantesimo. Il bacio di un principe, per esempio. Io non conosco principi, ma potrei chiedere agli Alati di cercarne uno, cioè, glielo chiederebbe Giubàt, perché io ho paura di loro. Oh, svegliati, ti prego, abbiamo così tante cose di cui parlare. Vuoi che ti riporti a casa? Posso chiedere a Giubàt di caricarti sul tetto del carrozzone, sono sicura che direbbe di sì... Ehi, un momento! Mi sa che tu già lo conosci Giubàt! Ecco perché sai tante cose di loro: sapevi che mi avevano trovata, che dovevo provare il mio numero... La grande famiglia ha trovato anche te, non è vero? E magari anche tu avevi un numero tuo. Non vuoi svegliarti per raccontarmelo?" Olga aveva atteso lunghi istanti nella speranza che la statua si svegliasse e parlasse con lei. Ma non accadde.

Sospirando, allora l'aveva salutata: "Buona notte, Cristaldina" le aveva detto. "Non so se riuscirò a tornare. Ci proverò e allora forse vorrai raccontarmi in cosa consisteva il tuo numero del circo".

Olga aveva lasciato la piazza fiocamente illuminata sentendosi profondamente delusa.

"Giochi di luci e trasparenze" aveva mormorato una vocina poco dopo alle sue spalle.

Ma ormai la bambina di carta era troppo lontana per poterla sentire e la sua attenzione adesso era altrove. Tornando verso la spiaggia, infatti, non aveva fatto altro che domandarsi: lei come si era espressa davanti alla maga? Era stata abbastanza precisa? Era stata abbastanza gentile?

IL SEGRETO È NELLA CARTA

Il signor Grampet arrivò e diede un manrovescio al maggiore dei suoi figli.

« È da un'ora che ti cerco! C'è la legna ancora da consegnare e tu stai qui a fare che, eh? Niente! »

« Scusa, pa', stavo arrivando » cercò di giustificarsi Ari.

« Arrivando? Arrivando?! Ma cammina, perditempo! »

Il giovane saltò giù dalla panchina in tempo per evitare un secondo sganascione. Olga ci rimase male: immaginava come doveva sentirsi Ari e le dispiaceva per lui. Lo guardò allontanarsi di corsa verso casa finché qualcuno, fra i clienti del caffè, tossì.

« Cosa stavo dicendo? » chiese la bambina.

« Che Olga di carta era preoccupata per ciò che aveva detto alla maga » suggerì il professore.

« Ah, sì… »

Il mattino dopo, con il cuore pesante, Olga tornò agli scogli ad ammainare l'aquilone: il tempo che le era stato concesso per trovare un'altra come lei era scaduto.

Mentre recuperava la corda, scorse un branco di pesciolini in superficie, proprio sotto di lei, che si affollavano gli uni sugli altri per chiedere briciole e biscotti.

« Non ne ho » rispose lei sporgendosi. E in quell'istante vide il suo riflesso nell'acqua. Era la prima volta che si specchiava da quando la tempesta aveva ribaltato la zattera, e sbalordì davanti allo stato disperato del suo abito e di quella testa dalla forma balzana. Incredula, allungò una mano verso la propria immagine.

« Ohilà! Non facciamoci prendere da idee inopportune! » esclamò una voce accanto a lei, mentre una piccola mano guantata di rosso afferrava la sua. « Basta una volta, no?! O ci vuoi cadere di nuovo in mare? »

Olga strabuzzò gli occhi: c'era il viso triangolare dell'Omino a molla adesso vicino al suo! E quello di Giubàt, di Orso, di Iuva, di Vaivìa, di Imhe... Uno dopo l'altro comparvero tutti.

« Siete tornatiii! » gridò Olga saltando di gioia. « Come sono felice di vedervi! Non ne potevo più di aspettarvi, mi sentivo così sola ».

Dopo infiniti abbracci e baci, Olga raccontò agli amici come aveva trascorso il tempo e come si era sistemata nella baracca del coniglio.

« Sappiamo tutto, abbiamo letto i messaggi sugli aquiloni da molto lontano » disse Giubàt, « e abbiamo capito che erano diretti a quel fanfalucco che aveva promesso di tornare con l'altra bambina. Mi domando dove sarà finito quel... » Il Direttore non finì di parlare che un'ombra calò sul piazzale oscurando il cielo.

Olga riconobbe la forma e il suo cuore ebbe un balzo.

« Melooo! » gridò.

« Eccolooo! » esultò Imhe.

« Olgaaa! » salutò Melo saltando dalla cesta della mongolfiera. Il pallone atterrò dolcemente e un ragazzino dalla pelle ambrata e una massa di riccioli neri andò ad abbracciare la bambina.

Tra i presenti seguì un rapido scambio di sguardi stupefatti.

« Vi conoscete? » domandò incuriosito Giubàt.

« Eccome! » rispose Melo. « È la bambina che stavo cercando. E ora l'ho trovata ».

Imhe trasecolò.

« È lei la bambina di carta che hai detto di conoscere e d'aver lasciato a mille miglia da qui? È lei che eri andato a cercare? »

« Sì » disse Melo.

« Oooh, siamo a posto ».

Giubàt si lasciò cadere sullo sgabello che l'Omino a molla aveva appena scaricato dal carrozzone.

Silenzio. Desolazione. Disperazione.

Poi...

« Verremo con te! » annunciò il Direttore levandosi di nuovo in piedi. « Non ti lasceremo sola ».

« Siete gentili » rispose Olga, « ma non voglio che corriate pericoli a causa mia, qui il clima cambia rapidamente, io lo so ».

« Quisquilie! » replicò Giubàt. « Una nubècola non ci fermerà. Saremo al tuo fianco per sostenerti, esortarti e, all'occorrenza, difenderti a costo delle nostre vite. Piuttosto, occorre un natante: un battello, una canoa, un sandolino, una chiatta, un peschereccio, un galleggiante che ci traghetti fin là ».

Mentre Olga si avviava con il coniglio a bordo della piccola zattera, la compagnia del Miomagnifico Spettacolo, con Melo, negoziava un passaggio ai moli centrali. Le trattative andavano per le lunghe. Tutti i barcaioli avevano una scusa per non imbarcare la brigata, che tuttavia non smetteva di insistere.

Finché, dopo una buona mezz'ora, si decise per Iuva: a lei fu affidato l'incarico di sbloccare la situazione. La matrona nera chiamò la scimmia sulla spalla; dalla cinta di cuoio sfilò un coltello, piegò il braccio e attese le coordinate.

« Tre a destra... stop. Uno giù... stop ».

Il braccio puntò preciso la fronte del proprietario della barca grande, il quale immediatamente accettò di traghettare "gli allegri compagni", così li chiamò, all'isola della maga.

Quando giunsero alla casa col patio, Ausolia stava interrogando la bambina.

« Hai dunque scoperto che dote hai? » chiese.

Olga, scossa dal viaggio in zattera, stanca per non aver dormito, intristita per la lontananza da casa, sfatta dal tempo e dalle fatiche – senza più gli amici a rappezzarlo, il suo vestito di carta versava in uno

in orizzontale, lo piegò a metà, lo ridistese e tutt'a un tratto sembrò capire come doveva fare. Ripiegò il foglietto, lo ripiegò di nuovo, di nuovo ancora, distese un angolo, ne piegò un altro... Gli amici la guardavano incuriositi, e lo stesso faceva la maga.

Olga, concentrata, proseguiva a piegare e a ripiegare, seguendo linee che solo lei vedeva. Diede perfino l'idea di divertirsi.

« Ecco » disse infine soddisfatta mostrando alla maga un minuscolo aquilone a forma di gabbiano. L'oggettino, non più grande di un pollice, era perfetto.

La maga gli attaccò un filo di seta alla coda e lo lanciò in aria. Il gabbiano si sollevò in volo e i presenti si aspettarono che emettesse un grido stridulo.

« È meraviglioso! » esclamò Ausolia estasiata. « Come hai fatto? »

« Il segreto è nella carta » rispose Olga. « A osservarla bene, ogni carta mostra la sua fibra, che è molto più forte di quanto si creda. Però è anche flessibile e leggera, facile da modellare. Non c'è niente che non si possa fare con la carta, bisogna solo conoscerla e fidarsi di lei ».

« Ebbene con questo ritengo superata la prima prova » annunciò la maga lasciando tutti di stucco, soprattutto Olga.

« Sul serio? » disse la bambina.

« Non conosco nessuno che sappia fare aquiloni così belli » spiegò Ausolia. « Nessuno che conosca il segreto della carta. È certamente una dote che ti contraddistingue, bambina mia. Quantunque, mi trovo d'accordo con te e con i tuoi amici: hai dimostrato di non avere pregiudizi intrattenendoti con il tasso; di possedere uno spirito ardimentoso salendo sulla mongolfiera di Melo; hai saputo adattarti a ogni ambiente e situazione, dalla barca di Ik alla baracca del coniglio; sei stata paziente sempre; ti sei mostrata disponibile e gentile con i trovati del circo, ti sei fidata della bella principessa e del suo fenicottero e in quell'occasione sei stata sciocca e imprudente. Ma quasi subito hai riconosciuto l'errore, mostrando d'essere saggia e umile. E per quanto mi riguarda, penso anch'io che tu sia una persona simpatica. Possiamo perciò passare alla seconda prova: dov'è l'altra bambina di carta? »

La maga si sollevò per guardare oltre le spalle di Olga: incrociò lo sguardo smarrito di Giubàt che sudava sotto il cilindro, gli occhi vaghi del coniglio, quelli tristi di Melo...

« Allora? » domandò impaziente. « Dov'è? »

« Non c'è » rispose la bambina. « Non ho trovato nessuno fatto come me ».

« Ciò è sconveniente » commentò Ausolia contrariata. « E così hai scoperto d'essere unica al mondo ».

Olga trasalì. Come suonava diverso detto in quel modo: *unica al mondo*. Lei si era sempre sentita diversa, strana, sbagliata, inadatta, brutta. Mai unica al mondo! Unica al mondo le piaceva.

« Perciò sei venuta già sapendo di dover affrontare

la terza prova » le ricordò la maga. « Tu sai che il prezzo è molto alto ».

« Ho guadagnato un po' di soldi vendendo gli aquiloni... »

« I tuoi soldi puoi tenerteli. Tutti i soldi del mondo non basterebbero a pagare la magia che desideri. Ciò che voglio sei tu! » disse Ausolia

« Scusate un momento » Olga scese dalla panchina, si accostò al signor Gibòd e lo scosse delicatamente.

« Signor Gibòd, si svegli » gli sussurrò in un orecchio.

« Eh? Che c'è? » biascicò lui riprendendosi dal sonno.

« È ora! »

« Che ora? »

« L'ora che attendeva ».

« Oh! Ci siamo? Bene. Grazie per avermi avvisato. Sì, sì, molte grazie. Questa è la parte che preferisco ».

Olga tornò alla panchina e riprese a raccontare...

Le parole della maga fecero sollevare un "Oooh" di meraviglia fra i presenti.

« Lei vuole m... me? » balbettò la bambina.

« Sì » confermò Ausolia con naturalezza. « In cambio di ciò che vuoi diventare, mi consegnerai ciò che sei ora ».

« E... come? »

« Conservi nella borsa un pacchetto di ricordi: essi dicono chi sei, da dove vieni, quali sono le tue origini, i tuoi inizi. Consegnami quel pacchetto e Olga di carta smetterà di esistere in questo istante, per far vivere... Olga, una bambina normale ».

Silenzio.

« Ti sorprendi? Perché? Vuoi una vita nuova, non dovrebbe esserti difficile rinunciare a quella vecchia ».

Olga aveva immaginato di dover affrontare draghi o calarsi dentro voragini infuocate, scalare cascate ghiacciate, sommare e poi dividere e infine moltiplicare cifre a venti numeri, recitare scioglilingua dolorosi, restare appesa a testa in giù cento giorni e cento notti, attraversare il mare a nuoto, pagare mille soldi e mille e mille ancora, ma questo: separarsi da se stessa, abbandonare tutto ciò che era stata prima, la sua vita...

A questo non era preparata.

Gli amici, ammutoliti, non sapevano cosa sperare.

Olga aprì la borsa che teneva a tracolla: perdeva pezzi da tutte le parti, come lei. In un angolino intravide il fagotto dentro al quale aveva messo l'indirizzo di casa, un foglietto con il suo nome, una breve storia delle sue origini, che si era portata nel caso in cui il viaggio si fosse rivelato tanto lungo da offuscare i ricordi, il ritratto di sua madre.

Infilò la mano. Ce l'aveva fatta. Il suo sogno era a un passo dal realizzarsi. Bastava che tirasse fuori il fagotto e lo consegnasse alla maga. E finalmente avrebbe avuto la magia che desiderava da sempre, quella per cui aveva lasciato la casa e sua madre, per cui aveva rischiato di morire. La magia che l'avrebbe trasformata in una bambina di carne e ossa, come tutti, una bambina normale.

Ripensò al viaggio, ai pericoli, agli incontri, alle prove e mai come in quel momento le fu più chiara la decisione da prendere.

Fece un respiro profondo e: « Sono un foglietto di carta, in viaggio da cento giorni » disse. « Ho attraversato mari, monti, valli, terre ghiacciate e cieli aperti per essere qui. Ho stretto amicizie... » si voltò e sorrise gli amici. « Alcuni sono qui, altri sono rimasti indietro: mi piacerebbe rivederli. Vorrei che mi riconoscessero. Sono cambiata da quando sono partita: il mio abito bianco ora è pieno di colori. Ho i riccioli in testa! Idee! Le mie mani sono più grandi e reggono carichi più pesanti. I miei piedi sono più grossi e fanno passi più lunghi. Sono un foglietto di carta che è arrivato fin qui, e magari ci sono arrivata perché sono un foglietto di carta. Non avrei intrapreso questo viaggio straordinario se fossi stata una bambina normale. E poi, diciamocelo, normale come? » Olga si voltò e fece l'occhiolino a Melo.

« Però non sono arrivata fin qui da sola » continuò la bambina. « Mi ha accompagnato chi mi ha insegnato la pazienza, il rispetto, la gioia nella semplicità. Mi ha sorretto sempre chi mi ha fatta forte, coraggiosa e tenace, e ha creduto in me. Sa cos'ho scoperto, signora maga, durante questo viaggio? Che non sono fatta solo di carta... » Olga mostrò il fagotto. « Sono fatta anche d'amore e di amicizia, di ricordi e di speranze. E sono tutti stretti qui dentro. Come ha detto lei, in questo fagotto ci sono io, con la mia storia e i miei sogni, che non voglio finiscano mai. Così partirò per altri viaggi. Perciò, gentile signora maga, spero che non se la prenderà, se ora le dico che ci ho pensato bene e... no, grazie, io resto così ».

« Fai buon viaggio, Olga di carta » rispose Ausolia con un sorriso

EPILOGO

Bruco era entusiasta per come era finita la storia.

« È stato allora che le hai stretto la mano? » chiese a Olga tutto eccitato. « Per congratularti con lei? Io l'avrei fatto. Che carattere quel foglietto di carta! La stimo davvero! »

« Le ho stretto la mano per salutarla » spiegò Olga. « Lei tornava a casa e anch'io ».

« Tornò a casa con Melo? » Mimma già sognava una romantica storia d'amore tra i due amici.

« Sì » rispose Olga. « Ripercorsero il viaggio al contrario, facendo alcune tappe: si fermarono a salutare Ik, che però non c'era, era andato a prendere un orso, e Olga si chiese se per caso fosse stato il suo amico Orso, e se a Orso sarebbe piaciuto vivere sulla terra di ghiaccio, con Ik e la famiglia dei bambini ».

« Si fermarono anche nel bosco a salutare il tasso? »

« Sì, ma non trovarono mai più la tana. Così Olga lasciò un biglietto. Poi, però, immaginando che se Tasso avesse trovato un pezzo di carta nel bosco lo avrebbe preso a calci, inveendo e protestando, lo stracciò e al suo posto lasciò un aquilone, a forma di bambina di carta, che volava nel bosco. E sopra scrisse: "Questa sono io e questa è la mia dote. Tornerò presto a cercarti".

Quando giunsero sopra la casetta dal tetto rosso, Olga chiese a Melo di scendere. Si salutarono lì, nella valle delle donnole e dei caprioli. Si strinsero forte e non si dissero mai addio.

Il venditore di tracce non c'era e Olga lasciò una sacca di monetine d'argento davanti all'uscio socchiuso.

Poi s'incamminò verso la montagna innevata cantando la canzone del Ritorno. A metà strada notò un sentiero che non aveva mai visto e... »

«Adesso andiamo a casa » disse donna Almida tendendo una mano alla bambina.

Olga annuì, prese per mano sua nonna e si allontanò con lei.

La domenica seguente, alla messa, don Sero puntò il dito contro tutti i suoi fedeli. E si complimentò con loro. Da qualche giorno, in confessionale, udiva meno lamenti e più propositi; per le vie di Balicò notava che si scambiavano meno pettegolezzi e più inviti a pranzo; nelle case gli sembrava si leggessero più libri e si sorridesse di più; al circolo e al Caffè Centrale volavano meno "No!" e più "Ebbene, te lo concedo". Le signore erano più curate e i signori più gentili.

Sebbene non tutti mostrassero lo stesso cambiamento: Cherpia sbraitava e bestemmiava come sempre, pestando il suo bastone sulla schiena dei distratti. Barcabroncio, il barcaiolo, non diceva una parola e le poche che diceva le strascicava col broncio. Grumo Malan continuava ad aggredire il povero Bruno Debrìs, che un pomeriggio si presentò all'appuntamento con la faccia pennellata di verde.

« Che ti hanno fatto? » esclamò Mimma andandogli incontro.

« Ti stupisci ancora? » le rispose Bruco levandosi gli occhiali per pulirli.

« Hai riso come ti ho detto di fare? »

« Ci ho provato ».

« E loro? »

« Mi hanno dipinto la faccia con la vernice delle staccionate ».

« Hai pianto? »

« No ».

« Che cosa hai fatto? »

« Ho pensato ».

« A cosa? »

« Ho pensato che se venissi chiamato con un nome diverso da Bruco probabilmente non risponderei. E che i bruchi mi sono simpatici. Dunque non so perché non dovrebbe piacermi essere un bruco. Chi altro c'è qui fatto come me? »

« Nessuno ».

« Quindi sono unico al mondo » disse il ragazzino mostrando, con un sorrisetto felice, la faccia dipinta di verde.

« Il migliore dei bruchi! » esclamarono in coro Olga e Mimma.

E tutti e tre scoppiarono a ridere.

Il giovane Debrìs rifiutò di lavarsi la vernice verde dalla faccia per tre giorni, facendo infuriare mamma

Debrìs, borbottare il professore e incupire la banda Malan, che smise di tormentarlo per sempre.

Poi Mimma ripartì e le scuole riaprirono.

Olga però ricordava d'aver fatto una promessa a dei giovani amici, e così, la notte di Natale, con il cane Valdo e il gatto Gatto, s'incamminò lungo il sentiero dei caprioli, portando con sé un grosso carico.

« Spero non avremo troppo freddo là dove andiamo » disse la bambina. « Non vorrei buscarmi un raffreddore, domani ho appuntamento con Bruco alla bottega di Tomeo: vogliono sentire la nuova storia. Ci sarà anche Ari, non posso avere il naso viola e gocciolante. Perciò non tratteniamoci troppo, va bene? » Tirò fuori dalla borsa due scarpette di corteccia e seguì Valdo nel bosco.

Ai bambini in viaggio

Un bosco per quanto piccolo
può fare la felicità di molti.

E TU CHE DOTE HAI?

INDICE DEI CAPITOLI

Olga di carta

LA SERIE

Tre libri dedicati
al potere di raccontare le storie.
Ogni libro è una storia che va dritta
al cuore e porta ai lettori un nuovo,
delicatissimo mondo in cui l'autrice
affronta, con garbata ironia,
i temi delle fragilità, della vulnerabilità
e delle imperfezioni che ci spaventano
e che ci rendono umani.

Per i lettori di tutte le età

LIBRO 1

LIBRO 2

LIBRO 3

I libri di Elisabetta Gnone pubblicati da Salani

Olga di carta: Il viaggio straordinario

Le storie di Olga di carta: Jum fatto di buio

Le storie di Olga di carta: Misteriosa

Fairy Oak: Il segreto delle gemelle

Fairy Oak: L'incanto del buio

Fairy Oak: Il potere della luce

Fairy Oak: Capitan Grisam e l'amore

Fairy Oak: Gli incantevoli giorni di Shirley

Fairy Oak: Flox sorride in autunno

Fairy Oak: Addio, Fairy Oak

Fairy Oak: Un anno al villaggio

Salani Editore

Finito di stampare
nel mese di marzo 2020
per conto della Adriano Salani Editore s.u.r.l.
da Grafica Veneta S.p.A.
di Trebaseleghe (PD)
Printed in Italy